ABTRÜNNIGER FRATZ

KYLIE GILMORE

Übersetzt von
ANNA DRAGO

Abtrünniger Fratz: © 2020 von Kylie Gilmore

Übersetzung: Anna Drago

Coverdesign: Michele Catalano Creative

Herausgegeben von: Extra Fancy Books

ISBN-13: 978-1-64658-017-0

1

___

Drei Tage vor Weihnachten auf Villroy Island

Chloe

„Glaubst du, du kannst mit einem Typen befreundet sein, nachdem du mit ihm geschlafen hast?", frage ich meine ältere Schwester Sara.

„Nein."

Ich seufze und lehne meinen Kopf an den bequemen Ledersessel im Wohnzimmer ihrer Suite im Amalienpalast zurück. Der Palast ist mein zweites Zuhause, seit Sara Prinz Adrian Rourke geheiratet hat. Ich kann mich immer darauf verlassen, dass sie ehrlich zu mir ist. Trotzdem will ich nicht, dass es wahr ist.

„Aber –", beginne ich.

„Nein." Sie beugt sich vom Sofa vor und drückt meine Hand. Ihre grünen Augen sind direkt. „Chloe, ich weiß, du denkst, was du mit Michael hattest, war eine Freunde-mit-gewissen-Vorzügen-Sache, aber was du tatsächlich hattest, war eine Beziehung."

Ich runzele die Stirn. Es ist drei Monate her, dass ich

Michaels Antrag abgelehnt habe, der übrigens ein vollkommener Schock war. Ich hatte keine Ahnung, dass er so empfindet. Er ist eine Palastwache, und ich habe ihn kennengelernt, als ich Sara hier auf Villroy Island vor der Küste Südwestfrankreichs besucht habe. Ich hoffe, wir können Freunde bleiben. Ich werde Villroy schließlich regelmäßig besuchen, da Sara hier lebt.

Sara streicht ihr blondes Haar hinter die Ohren und fährt auf ihre mütterliche Art fort. Sie ist sieben Jahre älter und hat mich nach dem Tod unserer Eltern großgezogen. „Erinnerst du dich, wie ich vor Adrian war? Ich war so verschlossen, nicht bereit, mit jemandem ein Risiko einzugehen und ihn in mein Herz zu lassen. Und du hast mir gesagt, ich soll es bei ihm riskieren. Chloe, das war die beste Entscheidung meines Lebens. Sieh mich jetzt an, glücklicher denn je, verheiratet mit einem wunderschönen kleinen Sohn."

Ich schlucke den Kloß der Gefühle, der sich in meinem Hals festsetzt, herunter. Ich liebe es, dass Sara so glücklich ist. Sie hat es verdient. „Ich freue mich für dich, das weißt du, aber das ist überhaupt nicht vergleichbar. Adrian ist dein Freund aus Kindertagen. Es war wie Schicksal oder so. Michael ist nicht mein Schicksal."

„Das mag stimmen", sagt sie sanft. „Was ich sagen will, ist, dass, obwohl die äußeren Umstände unterschiedlich sind, du und ich im Inneren sehr ähnlich sind. Wegen dem, was mit Mama passiert ist und –"

Ich hebe eine Hand hoch. „Das hat nichts mit ihnen zu tun." Ich erinnere mich kaum an unsere Eltern, weil sie gestorben sind, als ich erst sechs Jahre alt war. Ich denke insgeheim, dass ich irgendwie kaputt bin. Ich weine nie. Selbst als meine Eltern gestorben sind, habe ich nicht geweint. Sara sagt, dass ich stattdessen drei Monate lang geschwiegen habe. Und ich habe Michael nicht geliebt, obwohl er ein guter Mann ist.

Sie seufzt. „Okay. Ich will dich nur ermutigen, dich ein

bisschen zu öffnen. Du neigst dazu, die Schotten dichtzumachen." Sie runzelt die Stirn. „Ich fürchte, ich war ein schlechtes Beispiel für dich, weil ich so lange keinen echten Kontakt zu anderen Menschen hatte. Ich will etwas Besseres für dich. Du bist ein fürsorglicher Mensch, der so viel Liebe zu geben hat."

„Ich liebe Henry." Das ist mein kleiner Neffe, ihr Sohn.

Sie lächelt. „Ich weiß, dass du das tust, aber er ist zu klein, um zu deinem sozialen Leben beizutragen."

Ich lache.

Sie wedelt mit dem Finger und sagt in unbeschwertem Ton: „Auch ernsthafte Studentinnen dürfen einen Freund haben. Das nennt man Work-Life-Balance, und manchmal bedeutet das, ein Risiko einzugehen, wenn der richtige Mensch auftaucht. Egal wie beängstigend es sich anfühlt."

Ich richte mich in meinem Sessel auf. Ich habe keine Angst. Sara ist nicht aufs College gegangen, also versteht sie den Druck nicht. Ich studiere Biologie und Chemie an der Columbia University in New York City in einem beschleunigten Programm, um in drei Jahren meinen Abschluss zu machen, und dann studiere ich Medizin. Ich wusste immer, dass ich dazu geboren bin, in die Forschung zu gehen, und dass ich dafür einige Opfer bringen muss. Lange Tage und harte Arbeit sind Teil des Deals. Ich wollte nur nie, dass jemand anderes deswegen verletzt wird.

Die Tür zur Suite öffnet sich. Mein Schwager Adrian kommt herein und hält meinen drei Monate alten Neffen Henry auf dem Arm. Adrian ist groß mit dunkelbraunem Haar, warmen, haselnussbraunen Augen und den scharfen Wangenknochen und dem kantigen Kiefer der Rourkes. „Er hat Hunger", sagt er zu Sara.

„Aww, hallo, Henry!", sage ich. Ich habe ihn am Tag nach seiner Geburt das erste Mal gesehen, das war im September, und jetzt sind wir wieder vereint. Er beachtet mich nicht. Er strampelt in Adrians Armen und verzieht sein kleines Gesicht, als wollte er gleich losschreien.

Sara öffnet schnell die Knöpfe ihrer Bluse und streckt ihm die Arme entgegen. Adrian übergibt ihr das Baby zum Stillen. Die drei sitzen dicht beieinander auf dem Sofa. Mein Hals schnürt sich zu, wenn ich diese liebevolle Familie sehe. Ich kann nicht anders, als mich wie ein Außenseiter zu fühlen. Früher waren es nur Sara und ich gegen den Rest der Welt gewesen.

Ich stehe auf. „Wir sehen uns später."

Sara blickt auf. „Kommst du zum Ball zurück? Du siehst sehr hübsch aus in dem Kleid. Die Farbe ist so ein schöner Kontrast zu deinen Haaren und bringt deine Augen wirklich zur Geltung." Sara und ich sehen uns ähnlich – blondes Haar und grüne Augen, nur dass ich mir vor kurzem die Haare rot gefärbt habe.

„Danke." Ich blicke hinunter auf das grüne Empirekleid, das meine Schwägerin für mich hat anfertigen lassen. Es ist ein Ball im Regency-Stil, also müssen wir alle in der angemessenen Kleidung aus der Regency-Ära aufkreuzen. „Ich bin nur zum Ball gegangen, weil Anna mich dort haben wollte. Ich tanze nicht gerne, und die Tänze haben alle kompliziert ausgesehen." Ich wedele mit meinen Händen durch die Luft. „Reihen von Tänzern, die sich miteinander verflechten und sich hin und her drehen."

Sara lächelt. „Das klingt doch lustig. Ich hoffe, wir machen nächstes Jahr wieder einen Weihnachtsball. Dann können wir Henry mitnehmen." Adrian war der Meinung, dass es zu früh war, Henry so vielen Keimen auszusetzen.

„Ich werde dafür sorgen", sagt Adrian und küsst ihre Schläfe.

Sie sehen einander in die Augen, die Liebe zwischen ihnen ist greifbar.

„Bis dann", murmele ich, gehe und schließe leise die Tür hinter mir.

Mit schweren Beinen gehe ich nach unten in mein Gästezimmer im zweiten Stock. Ich habe vor, mich umzuziehen und wieder für den MCAT zu lernen. Das ist der Aufnahmetest für das Medizinstudium, den ich dieses Frühjahr ablegen werde. Ab jetzt steht die Arbeit im Mittelpunkt. Sogar Freunde mit gewissen Vorzügen ist mehr, als ich bewältigen kann. Offensichtlich bin ich schrecklich in Beziehungen. Ich wusste nicht einmal, dass ich in einer war, bis er mir einen Antrag gemacht hat. Von jetzt an werde ich Beziehungen jeglicher Art meiden, damit niemand verletzt wird.

Es ist Nachmittag am Weihnachtstag, und ich liege in einem bequemen Sessel in meinem Zimmer und lese auf meinem Laptop das Neuste aus dem *New England Journal of Medicine*. Abgesehen von der Bescherung am Weihnachtsmorgen bin ich meistens in meinem Zimmer geblieben, habe medizinische Fachzeitschriften gelesen und gelernt. Normalerweise entspannt Lesen mich, doch heute bin ich unruhig.

Ich schaue zu meinem kleinen Zaubertroll Kablooey hinüber, der mit seinen knallblauen Haaren auf dem Beistelltisch sitzt. Ich habe ihn vor Jahren auf einem Flohmarkt gekauft, und er reist überall mit mir hin. Er ist mein Glücksbringer. „Ich denke, es ist Zeit für Kekse, was denkst du?"

Sein breites Lächeln bleibt unverändert.

Sieht für mich nach einem Ja aus.

Ich stelle meinen Laptop beiseite, stehe auf und strecke mich, bevor ich nach unten in die Küche gehe, wo ein paar Diener noch den Brunch aufräumen. „Hi, Eileen, haben Sie noch diese Notenkekse?"

Eileen, eine Frau mittleren Alters mit braunem Bob, lächelt mich an. „Natürlich, Miss Chloe. Wollen Sie welche als Weihnachtsdessert? Ich schiebe gleich eine Ladung in den Ofen."

„Wäre es okay, wenn ich sie mache?" Ich habe das schon

einmal während eines Besuchs gemacht, daher ist die Bitte gar nicht so ungewöhnlich.

Sie macht eine einladende Geste. „Natürlich. Seien Sie nur bis drei fertig, denn dann kommt der Chefkoch zurück, um mit den Vorbereitungen für das Abendessen zu beginnen."

Ich danke ihr und mache mich an die Arbeit. Ich kann im Schlaf Zuckerkekse backen. Das wird ein freundschaftliches Friedensangebot für den musikalisch veranlagten Michael sein.

Als ich fertig bin, leihe ich mir einen der alten Renaults aus, die die Diener auf der Insel fahren, und fahre den Hügel hinunter zu Michaels Haus. Sein Auto steht nicht in der Einfahrt. Ich schreibe eine SMS, in der ich ihn frage, wo er ist, doch er antwortet nicht. Ich rufe an, und der Anruf geht auf die Mailbox. Ich bin mir nicht sicher, ob er meine Nummer geblockt oder sein Handy ausgeschaltet hat. Die Sonne geht gerade unter, also muss ich schnell machen, bevor es dunkel wird.

Entschlossen, das durchzuziehen, hole ich die große Plastikdose mit Keksen, die ich vorsichtig auf dem Boden vor dem Beifahrersitz festgeklemmt habe, und mache mich auf den Weg zum Musikzimmer auf der Seite der Hütte. Da geht er jeden Tag rein, und ich weiß zufällig, dass das Fenster nicht richtig einrastet. Der Riegel ist kaputt, und er ist nie dazu gekommen, ihn zu reparieren. Ich wackele am Metallrahmen und schiebe ihn so weit wie möglich nach oben, was nicht viel ist. Ich bin klein und brauche ein bisschen mehr Höhe, um ihn ganz zu öffnen. Ich wollte die Kekse auf das Bücherregal unter dem Fenster stellen, doch sie passen nicht durch die kleine Öffnung.

Ich denke einen Moment darüber nach, wie ich das schaffen kann. *Ha! Ich weiß!* Ich gehe zur Veranda, stelle die Kekse ab und hole diesen Terrakotta-Pflanzkübel mit einer Miniaturkiefer, die er zu Weihnachten aufgestellt hat. Ich ziehe den Pflanzkübel hinüber und stelle ihn unter das Fenster. Um den dürren Baum herum ist gerade genug Platz für meine Füße. Ich gehe zurück, um die Kekse zu holen. Gut, ich kann das. Ich halte die Keksdose in einer Hand, benutze die andere Hand auf der Fensterbank, um das Gleichgewicht zu halten, und trete in die Erde des Pflanzkübels. Whoa. Meine Füße sinken bis zu meinen Knöcheln ein. Meine armen weißen Segelschuhe sind jetzt braun. Er muss den vor kurzem gegossen haben.

Okay, ich kann das immer noch schaffen. Ich habe jetzt die Höhe, die mir fehlt. Ich drücke das Fenster weiter auf und schiebe die Dose vorsichtig durch die Öffnung auf die Oberseite des Bücherregals. Dann ziehe ich meine geplante Rede aus meiner Hosentasche, um sie unter die Dose zu legen. Ich habe mir meine Rede ausgedacht, während die Kekse im Ofen waren, und habe sie aufgeschrieben, um sicherzugehen, dass ich die Worte richtig rüberbringe. Ich bin so froh, dass ich das gemacht habe, denn jetzt ist es die perfekte freundschaftliche Nachricht.

Ich bin gerade dabei, aus dem Pflanzkübel zu steigen, als mich ein plötzlicher Anflug von Nervosität wie angewurzelt stehenbleiben lässt, während ich auf diesen Zettel starre. Ich nehme ihn, ziehe mein Handy aus meiner Gesäßtasche und schalte die Taschenlampe ein, um ihn zu lesen, ignoriere die Feuchtigkeit, die aus dem Pflanzkübel in meine Socken sickert. Meine Nachricht ist kurz und bündig: *Ich wollte dir nie wehtun. Ich hoffe, wir können Freunde sein.*

Ich überlege, ob ich einen Stift finden muss, um meinen Namen hinzuzufügen. Vielleicht liegt ein Stift im Handschuhfach des Autos. Ich bin nicht zurück in mein Zimmer gegangen, um meine Handtasche zu holen, da ich nicht dachte, dass ich sie brauchen würde. Ich schaue gerade noch rechtzeitig zum Auto hinüber, um zu sehen, wie es den Hügel hinunterrollt. Scheiße! Ich stecke Zettel und Handy wieder in meine Tasche und steige aus dem Pflanzkübel. Einer meiner Füße bleibt an der verdammten Pflanze hängen, und das ganze Ding kippt um, und ich lande auf allen Vieren am Boden. *Uff.*

Okay, nichts kaputt. Ich springe auf und renne dem Auto hinterher.

„Warte! Halt!" Was sage ich da? Es sitzt doch niemand am Steuer.

Ich renne und winke wild, damit das Auto anhält. Als könnte ich damit auf magische Art und Weise die Schwerkraft umkehren. Ich habe wohl vergessen, die Handbremse anzuziehen. Ich bin es nicht gewohnt zu fahren, weil ich in der Stadt lebe.

Bitte fahr nicht in eines der Häuser.

Die Straße biegt nach links ab, das Auto nicht. Es fährt weiter, auf eine Klippe zu. *Oh nein. Nein, nein, nein.* Ich schlage mir die Hände vor den Mund und sehe entsetzt zu. *Bremsen! Bremsen!*

Der Wagen kommt auf halbem Weg über der Klippe zum Stehen, gebremst vom Gebüsch. Ich atme erleichtert auf. Zumindest sind keine Menschen oder Häuser in Gefahr. Unten ist nur der Strand.

Ich betrachte das Auto aus allen Winkeln und überlege, ob es eine Möglichkeit gibt, sicher ins Auto zu kommen und es nach oben oder nach unten zu bringen. Nein. Ohne Abschleppen geht da nichts. Ich seufze und lasse meine Schultern hängen.

Ich drehe mich um und stapfe wieder den Hügel hinauf zu seinem Haus. Wenigstens kann ich meine Nachricht unter die Keksdose legen.

Ich stelle den Pflanzkübel auf, und dann muss ich mit den Händen die Erde wieder hinein schaufeln und so verdichten, dass ich eine stabile Oberfläche habe, um wieder hineinzuklettern. *Okay, noch einmal mit Gefühl.* Ich wische mir die Hände an meiner Jeans sauber, ziehe mich zum Fenstersims hoch und schiebe den Zettel unter die Keksdose.

Ich schlucke den Kloß in meinem Hals herunter, schließe

das Fenster, steige vorsichtig aus dem Pflanzkübel und schleppe ihn zurück auf die Veranda.

Ich werfe einen letzten Blick auf das Haus – einst meine warme und glückliche Oase – und wende mich ab. Der Palast liegt am Ende einer langen, kurvenreichen Straße. Ich überlege, ob ich einen Wagen rufen soll, doch ich will nicht, dass Sara davon erfährt. Sie wird sich aufregen und dann ausflippen. Es ist hart, wenn deine große Schwester gleichzeitig deine Mutter ist.

Ich gehe die Straße entlang zurück zum Palast, und meine Schuhe schmatzen bei jedem Schritt.

Und dann öffnen sich die Schleusen des Himmels, und ein eisiger Regen peitscht mir ins Gesicht.

Als ich zum Palast komme, sind meine Füße taub, meine Waden schreien vom steilen Anstieg, und mein Gesicht schmerzt. Ich ziehe meine schlammigen Schuhe und Socken aus, bevor ich die Eingangshalle betrete, wo sofort ein Diener, ein älterer Mann namens Pierre, auftaucht, um mir zu helfen. Ich erkläre die Auto-Situation, und er versichert mir, dass sich sofort jemand darum kümmern wird. Er stellt keine Fragen, Gott sei Dank. Dann bringt er meine nasse Baseballmütze, meine Jacke, meine Schuhe und meine Socken zum Waschen und macht auf dem Weg halt, um mit einer Wache über das Auto zu sprechen.

Mist, sieht so aus, als würde Michael eher früher als später davon erfahren. Die anderen Wachen sind für ihn wie Brüder. Im Nachhinein war es nicht sehr klug, im eisigen Regen bergauf zu laufen – ich hätte einen Wagen rufen sollen –, doch ich war einfach zu emotional, um klar zu denken.

Pierre bleibt stehen und dreht sich zu mir um. „Soll eines der Dienstmädchen Ihnen bei der Rückkehr in Ihr Zimmer helfen, Miss Chloe?"

„Danke, ich komme schon klar."

Er nickt, dreht sich um und geht. Er ist so freundlich, kein

Wort über mein Aussehen zu verlieren. Ich muss wie ein begossener Pudel aussehen und fühle mich auch so.

Ich bin halb oben, als ich von unten Baby Henry schreien höre. Sara muss auf dem Weg zurück in ihre Suite sein. Ich kann nicht zulassen, dass sie mich so sieht. Ich bin zu erschöpft, um mich heute mit weiteren Dramen auseinander-zusetzen.

Ich renne nach oben, und meine verkrampften Waden protestieren gegen die Bewegung. Henrys Weinen kommt näher und näher. Ich werde es nie in mein Zimmer am Ende des langen Flurs schaffen, bevor sie mich entdeckt. Ich versuche die erste Tür rechts von mir. Abgeschlossen. Zweite Tür? Offen!

Ich stürze hinein, schließe die Tür leise hinter mir und drehe mich um. Mir bleibt der Mund offenstehen. Vor mir steht ein halbbekleideter Rourke. Die Männer der Familie Rourke könnten alle aus dem gleichen Guss sein. Aber wer lässt beim Anziehen die Tür unverschlossen?

Mein Blick wandert von seiner breiten Brust zu seinem wunderschönen Gesicht mit den funkelnden blauen Augen, scharfen Wangenknochen und einem ordentlich gestutzten Bart. Er ist nicht irgendein Rourke. Es ist der, den ich auf der anderen Seite des Ballsaals gesehen habe, dessen Lächeln mich angezogen hat. Er hat ausgesehen, als könnte man Spaß mit ihm haben – das vollkommene Gegenteil von mir – und ich wollte sehen, wie sich das anfühlen würde. Ich habe Recht gehabt. Als ich Sara nach ihm gefragt habe, hat sie gesagt, dass er dafür bekannt ist, dass er gerne feiert. Ich mag die Partyszene nicht einmal. Was ist es, das mich so zu ihm hinzieht? Ich habe meine Chance verpasst, ihn auf dem Ball zu treffen, nach meinem fehlgeleiteten Versuch, mich in dieser Nacht wieder mit Michael zu versöhnen (er hatte Dienst und hat mir eine Abfuhr erteilt), und jetzt ist dieser Mann hier. Halb nackt.

Seine Finger liegen immer noch auf dem mittleren Knopf

seines offenen weißen Hemdes, das den Blick auf seinen Waschbrettbauch freilegt. Ich schaue nicht auf seine dunkelblauen Boxershorts. Hitze färbt meine Wangen, und mein Mund wird trocken. Vielleicht habe ich doch einen Blick riskiert.

Seine tiefe Stimme strotzt vor guter Laune. „Oh, hallo. Bist du okay?"

2

Brendan

Chloe, die schöne Rothaarige, die vom Ball verschwunden ist, bevor ich sie zum Tanzen auffordern konnte, ist gerade einfach so in mein Schlafzimmer geplatzt. Frohe Weihnachten für mich! Ich habe die Königin – die Quelle aller Familieninformationen – nach Chloe gefragt, nachdem ich sie vor ein paar Tagen auf dem Ball gesehen hatte. Ich wollte sichergehen, dass wir nicht verwandt sind, denn es war Lust auf den ersten Blick. Bei diesen Veranstaltungen hier am Hof weiß man nie, wer zur Familie gehört. Ich habe sie seitdem nicht mehr gesehen, bis sie in mein Zimmer geplatzt ist.

Sie verschränkt die Arme, umarmt sich fest und fröstelt. Ein Beschützerinstinkt, von dem ich nie wusste, dass ich ihn habe, erwacht. Ich gehe auf sie zu und erinnere mich dann, dass ich keine Hose trage.

Ich halte einen Finger hoch. „Einen Moment nur. Lass mich mich schnell anziehen, dann helfe ich dir." Ich schnappe mir meine marineblaue Anzugshose von der Stelle, wo ich sie auf dem Bett liegengelassen habe, und ziehe sie an. „Ich bin übrigens Brendan."

Sie nickt. „S-sorry, ich wollte dich nicht stören." Ihre Zähne klappern. „Ich bin Ch-Chloe."

Ich hole meine Lederjacke aus dem Schrank und hänge sie um ihre Schultern. Sie ist so zierlich, dass sie an ihr aussieht wie ein Mantel. „Was ist passiert? Hattest du einen Unfall?" Ihr rotes Haar hängt in nassen, welligen Strähnen über ihre Schultern, ihr pinkfarbener Cardigan und das passende Tanktop sind um den Hals durchnässt, ihre Jeans ist klatschnass mit Schlamm- und Grasflecken, und sie ist barfuß.

Sie zittert wieder und zieht die Jacke zu. „Es ist eine lange Geschichte. Können wir einfach sagen, dass ich in den Regen gekommen bin?" Ihre Stimme ist hoch und schrill.

Ein urtümlicher Alarm schrillt in meinem Kopf. *Frau in Not. Muss retten.*

„Klar, okay", sage ich beruhigend. Ich überlege, wie ich sie am besten schnell warm bekomme, als sie sich versteift und aufmerksam den Stimmen auf dem Flur lauscht. Sie legt einen Finger an ihre Lippen und fleht mich mit ihrem Blick an, still zu sein. Ich höre ein Baby weinen, und wahrscheinlich sind das die Eltern des Babys, die sprechen, aber ich kann nicht verstehen, wer es ist oder was sie sagen. Im Palast leben ein paar Babys und ein Kleinkind (das immer noch wie ein Baby kreischen kann, wenn ihm danach ist).

Als sie vorbei sind, entspannt sie sich. „Meine Schwester und ihre Familie. Auf dem Weg zu ihrem Zimmer kommt sie immer an meinem vorbei."

„Und du willst sie nicht sehen?"

„Ich will nicht, dass *sie* mich so sieht." Ihre Stimme ist erstickt, und meine Brust zieht sich zusammen. Etwas ist ihr passiert, und alles, was ich will, ist, es besser zu machen. „Ich kann heute einfach kein Drama mehr ertragen, verstehst du?"

„Ja."

„Sie ist meine große Schwester, aber sie hat mich großgezogen, also ist sie wie meine Mutter. Sie würde eine große Sache daraus machen."

Was ist mit ihren Eltern passiert?

Sie zieht meine Jacke aus und gibt sie zurück. „Danke! Ich werde mich umziehen gehen. Ich bin am Ende des Flurs."

„Du brauchst sicher keine Hilfe?"

„Ich komm schon klar." Sie öffnet die Tür, späht hinaus und schließt sie schnell wieder. „Sie klopft an meine Tür."

„Soll ich ihr sagen, dass du irgendwo hingegangen bist?"

Sie zieht ihr Handy aus ihrer Gesäßtasche. „Ich schreibe ihr, dass ich in der Bibliothek lerne." Sie starrt lange auf ihr Handy, scheint eine SMS zu lesen, beißt sich auf die Unterlippe und schreibt schnell.

Ihre Miene ist niedergeschlagen, ihre Zähne klappern wieder. Ich lege meine Jacke wieder um ihre Schultern und lese eine Nachricht über ihrer Schulter. *Ich will dich eine Weile nicht sehen, okay?*

Ich wende mich ab. Das klingt nicht nach etwas, das eine ältere Schwester sagen würde. Es hört sich so an, als ob ein Typ mit ihr Schluss gemacht hat.

Nach ein paar Augenblicken atmet sie zittrig aus und hebt den Kopf. „Alles gut." Dann steht sie einfach da, zieht meine Jacke um sich und sieht verloren aus.

„Geh dich in meinem Bad heiß duschen. Du erkältest dich sonst." Ich gehe zu meiner Kommode und hole ein langärmeliges Baumwollshirt und eine Jogginghose heraus. Ich nicke in Richtung Tür. „Komm. Was Warmes zum Wechseln habe ich auch für dich."

Ich drehe das Wasser in der Dusche auf und hoffe, dass sie kommt. Ich denke wirklich, sie sollte nicht länger warten, sich aufzuwärmen. Außerdem würde ich gerne mit ihr reden, um mich zu vergewissern, dass es ihr gut geht und ob ich etwas tun kann, um ihr zu helfen.

„Danke", sagt sie leise, als sie ins Bad kommt. Sie hat meine Jacke zurückgelassen und sieht in ihrem durchnässten Zustand so klein und verletzlich aus. Sie zittert, ihre Miene ist angespannt. Ich will sie nur hochheben und vor der Welt beschützen, damit sie nichts mehr traurig macht. Normalerweise bin ich nicht so heldenhaft, aber etwas an ihr bringt das in mir zum Vorschein.

„Ich gehe dann mal raus", sage ich, als mir bewusst wird, dass ich sie vom Duschen abhalte.

Während Chloe duscht, ziehe ich mich fertig an. Das Weihnachtsessen findet im Speisesaal statt, was bedeutet, dass Anzug und Hemd erwartet werden. Bei Krawattenzwang trete ich jedoch in Streik. Krawatten und ich verstehen uns nicht. Es fühlt sich immer an, als hätte ich einen Galgenstrick um den Hals.

Ich setze mich auf das graue Sofa im Wohnzimmer meiner Suite, lege die Füße auf den Tisch und spiele mit meinem Handy. Eine Weile später höre ich den Föhn – die Zimmer sind wie ein Fünfsternehotel ausgestattet – und bemerke, dass sie fast fertig ist. Ich versuche, darüber nachzudenken, wie ich sie zum Reden bringen kann. Mir fällt verspätet ein, dass sie vielleicht Verletzungen haben könnte, die Aufmerksamkeit brauchen. Es sieht so aus, als wäre sie gefallen. Ist sie aus einem Auto geworfen worden? Von einem Motorrad gefallen? Einem Fahrrad? Das wären ganz unterschiedliche Verletzungen. Und was ist mit ihren Schuhen passiert?

Ich höre, wie sich die Badezimmertür öffnet, und wenige Augenblicke später kommt sie heraus. Sie ertrinkt in meinen Klamotten, auch wenn sie die Ärmel und die Jogginghose hochgekrempelt hat. Es ist irgendwie zum Lachen, aber auch verdammt süß.

Sie streckt die Arme aus und lächelt. Mein Herz pocht. Sie ist schön, wenn sie lächelt. Es lässt ihr Gesicht strahlen. „Ich weiß, dass ich lächerlich aussehe, aber ich fühle mich so viel besser, danke!"

„Kein Problem. Willst du mir erzählen, was passiert ist? Hast du dich verletzt?"

Ihr Lächeln verschwindet. „Ich werd's überleben."

Ich gestikuliere auf das Sofa. „Setz dich!"

„Ich sollte gehen."

Ich stehe auf. „Bist du sicher, dass es dir gut geht?"

Sie hebt die Hand, und die langen Ärmel hängen wie Engelsflügel herunter. Sie sieht auch aus wie ein Engel. Ihr rotes Haar fällt in einer sanften Welle um ihre Schultern, ihre grünen Augen glänzen vor Intelligenz, ihre Gesichtszüge sind zart – feine Wangenknochen, schlanke Nase, eine sanft geschwungene Oberlippe. Ein scharfer Anflug von Lust trifft mich. Nicht jetzt. Ich muss sicher sein, dass es ihr gut geht.

„Chloe?"

Sie presst ihre Lippen aufeinander. „Wahrheit?"

„Absolut."

Ihre Lippen zucken. „Ich bin aus Versehen in eine Beziehung mit einem Freund gestolpert."

„Furchtbar, wenn sowas passiert." Ich habe einige Erfahrung in diesem Bereich. Frauen verlieben sich immer in mich, selbst wenn ich ihnen sage, dass ich nicht an etwas Ernsthaftem interessiert bin. Es ist, als wäre ich eine Herausforderung oder so.

„Ja", sagt sie leise. „Er will mich nicht mehr sehen, obwohl ich versucht habe, es wiedergutzumachen. Ich habe Zuckerkekse gebacken. Es ist dumm." Sie wendet den Blick ab, ihre Lippen sind fest zusammengepresst. Ich habe den Drang, sie in meine Arme zu ziehen, und dann, wenn es ihr wieder gut geht, will ich den Typen schlagen, der ihr wehgetan hat. Sie hat sich die Zeit genommen, Zuckerkekse für ihn zu backen! Meine Güte, er hätte zumindest ein bisschen Wertschätzung zeigen können. Für mich hat noch nie eine Frau was gebacken. Sie hat sich wirklich Mühe gegeben. Ich beiße die Zähne zusammen.

Sie erzählt weiter. „Es hat sich herausgestellt, dass wir nie wirklich Freunde waren." Sie blinzelt schnell, verschränkt die Arme und starrt auf meine Brust. „Es ist nur schwer, weil das mein Zuhause ist, wenn ich nicht am College bin, und er war mein einziger Freund hier."

Und dann kommt die eine Sache, von der ich nie gedacht hätte, dass ich sie zu einer Frau sagen würde, zu der ich mich hingezogen fühle, aus meinem Mund. „Ich werde dein Freund sein, solange du hier bist." *Was tue ich da? Ich katapultiere mich in die Freundeszone!*

Ihre Brauen heben sich über ihren großen grünen Augen. „Oh, danke. Bist du oft hier?"

„Ich bin einer der Rourkes aus Brooklyn." *Der Pöbel.* So nennen uns einige der älteren Generation, seitdem mein Vater auf den Thron verzichtet hat, um meine Mutter, eine Bürgerliche, zu heiraten. Dafür wurde er ins Exil geschickt. „Wir haben uns erst vor Kurzem wieder mit den Rourkes aus Villroy vertragen, also denke ich, dass ich wahrscheinlich zu Feiertagen und Familiensachen hier sein werde."

„Meine Schwester ist Adrian Rourkes Frau."

Ich weiß. Die Königin hat es mir erzählt. „Cool. Das ist meine Cousine."

Es trifft mich wie ein Schlag auf den Kopf. Vergiss Lust auf den ersten Blick. Mit unserer Familienverbindungen ist zwangloser Sex ein No-go. Es gäbe zu viele potentielle Folgen und unangenehme zukünftige Begegnungen. *Teufel nochmal.* Ich habe gelernt, bei Frauen vorsichtig zu sein und darauf zu achten, dass sie von mir nicht mehr als etwas Zwangloses erwarten. Mit jemandem, der mit meiner Familie verbunden ist, würde das natürlich nicht funktionieren. Vermische niemals Familie und Affären. Oder sowas in der Art.

Jeder Fehltritt meinerseits würde sofort durch das Familiennetzwerk bekannt. Und während die Villroy und Brooklyn Rourkes wieder miteinander reden, ist der Familienfrieden immer noch neu. Jahrzehntelanges Exil kann man nicht mit ein paar Besuchen ungeschehen machen. Ich werde sicherlich nicht der Grund sein, warum mein Vater sein Königreich ein zweites Mal verliert. Es bedeutet ihm viel, in seiner Heimat willkommen zu sein.

Schätze, die Freundeszone war ein kluger Schachzug. Ah, verdammt.

Sie wackelt mit den Fingern. „Tschüss. Ich bringe dir deine Klamotten zurück, sobald sie gewaschen sind."

„Das musst du nicht tun."

„Das werde ich nicht. Ein Diener wird das erledigen." Sie rümpft die Nase. „Ist es nicht seltsam, Diener zu haben?"

„Ich hätte nichts gegen einen Vollzeitkoch zu Hause."

„Nicht wahr?" Sie lächelt, und ich lächle zurück, unsere Blicke begegnen sich einen Moment lang, bevor sie ihren abwendet. Die Anziehung ist definitiv nicht einseitig. „Ich hole nur schnell meine Klamotten aus dem Badezimmer. Ich habe sie in ein Handtuch gewickelt, um nichts schmutzig zu machen."

„Ich hol sie dir."

„Nein, ich mach das schon."

Sie dreht sich um und geht weg. Meine Jogginghose rutscht ihr über die Hüften, und sie hält sie mit einer Hand fest. Mein Shirt hängt ihr weit über den Po, sodass ich so oder so nichts Interessantes sehen würde. Nein, ist sowieso tabu. Ich reiße meinen Blick von ihr los und sage mir, dass es so am besten ist. Chloe ist meine Freundin. *Eine* Freundin. Und das ist jetzt eine Premiere.

ICH SITZE im Speisesaal zum Weihnachtsessen und kann nicht umhin zu bemerken, dass Chloe nicht hier ist. Ich hoffe, es geht ihr gut. Wir trinken zu Beginn einen trockenen Champagner. König Gabriel sitzt am Kopfende des Tisches mit seiner Frau, Königin Anna, auf der einen Seite und seiner Mutter, der ehemaligen Königin, auf der anderen Seite. Villroy wirkt hier traditionell, aber soweit ich das beurteilen kann, regieren König und Königin gleichberechtigt. Ihre zweijährige Tochter Mila sitzt auf dem Schoß meines Vaters und plappert aufgeregt mit ihm. Irgendwas über ihren geheimen Feengarten.

Ich setze mich absichtlich an das andere Ende des Tisches, wo noch freie Plätze sind, und hoffe, dass Chloe neben mir sitzen würde. Ich blicke über den Tisch, dorthin, wo Chloes Schwester Sara mit Adrian und ihrem Baby Henry sitzt. Ich schneide Henry eine lustige Grimasse, als er mich bemerkt, reiße meine Augen auf und strecke meine Zunge heraus. Er starrt, ohne zu blinzeln, zurück, die Augen weit aufgerissen, bevor er von Adrian abgelenkt wird, der ihn an Sara weiterreicht. Chloe würde das Weihnachtsessen nicht verpassen, oder?

Weihnachten ist eine große Sache für meine Familie. Es ist das einzige Mal, dass alle gemeinsam freihaben und zusammen feiern können. Obwohl ich viele meiner fünf Brüder bei der Arbeit sehe, nachdem wir alle Miteigentümer von Byrne Construction (der Firma meines Onkels, bevor er in den Ruhestand gegangen ist) sind und der neuen Firma, die wir gegründet haben, Rourke Management, für die Immobilienentwicklung. Meine Aufgabe ist es, neue Grundstücke in Brooklyn auszukundschaften. Bisher habe ich uns eine geschlossene Grundschule an Land gezogen, die wir erfolgreich in kommerzielle Büroräume umgebaut haben, und unser aktuelles Projekt, eine alte Seilfabrik am Wasser, die wir in Mietlofts für Designer und Künstler umbauen. Ich bin immer auf der Suche nach dem nächsten Projekt. Ich habe ein Auge auf ein paar heruntergekommene Lagerhäuser am Wasser als möglichen Wohnraum geworfen.

„Hat der Weihnachtsmann dir alles gebracht, was du dir gewünscht hast?", fragt mein jüngerer Bruder Garrett und unterbricht meine Gedanken. Wir nennen ihn Beast wegen seines wahnsinnig muskulösen Körpers. Der Junge hebt Gewichte weit über das Notwendige hinaus. Seine Hanteln nehmen in unserer Wohnung sein halbes Zimmer ein. Was will er erreichen? Hulk-Status?

Ich lehne mich zu ihm und antworte leise. „Weißt du, ich denke, vielleicht hat er das. Ich habe vorhin die hübsche Rothaarige vom Ball wieder getroffen." *Nicht, dass ich etwas deswegen unternehmen würde.*

Er schnaubt. „Jede Frau kann feurig sein. Rotschopf, blond, brünett." Ich sage immer, dass ich Rothaarige mag, weil sie feuriger sind. Allerdings muss ich zugeben, dass Chloe eher nachdenklich als feurig wirkt.

Ich zucke mit einer Schulter. „Was kann ich sagen? Ich stehe eben auf einen Typ Frau."

„Ich liebe sie alle." Er grinst, und seine blaugrünen Augen funkeln amüsiert. Er ist der Einzige von uns, der die blaugrünen Augen meines Vaters geerbt hat, die aussehen wie das Meer hier. Angeblich ist es das Zeichen der wahren Herrscher von Villroy. Nicht, dass der jüngste Sohn der im Exil lebenden Familie jemals König werden würde. Ich denke, Garrett wäre, mal sehen ... Zwölfter in der Thronfolge. Nach König Gabriel sind da meine Cousins – vier Prinzen und zwei Prinzessinnen – und unsere Familie mit fünf Brüdern vor Garrett. Oder Moment, vielleicht gehört die kleine Tochter von König Gabriel da auch irgendwo rein. Garrett könnte also der dreizehnte in der Reihe sein. Glückliche dreizehn.

Ich lache. „Liebe sie alle, stoß dir deine Hörner ab. Das klingt ungefähr richtig für vierundzwanzig."

Er schüttelt lächelnd den Kopf. „Ich habe die Eine nur noch nicht getroffen, weißt du? Sie ist irgendwo da draußen."

Ich unterdrücke ein Lachen. Unter seinem so toughen Äußeren ist er so ein Softie. *Die Eine.* Als gäbe es nur eine Frau für ihn. Totaler Bullshit. Er sollte diese Zeit in seinem Leben genießen, in der Frauen in seinem Alter nicht so sehr nach einer langfristigen Bindung suchen. Die Frauen in meinem Alter (sechsundzwanzig), die ich getroffen habe, haben das definitiv schon im Kopf. Okay, es gibt einen ganz bestimmten Grund für meine neue Vorsicht – Mallory. Vor ein paar Monaten – nachdem wir nur drei Samstagabende miteinander geschlafen hatten – hat sie gesagt: „Wo geht das hin, Bren? Ich habe es verdient, es zu wissen." Ich hätte nie die Nacht bei ihr verbringen sollen. Das hat sie auf falsche Gedanken gebracht. Ich hatte ihr im Vorfeld gesagt, dass ich nichts Ernstes will. Das Schlimmste ist, dass sie geweint hat, als ich es beendet habe. So richtig geheult. Und dann hat sie mir einen Stiletto an den Kopf geworfen. Ich habe mich gerade noch rechtzeitig geduckt. Ich werde nicht lügen, ich habe mich total beschissen gefühlt deswegen. Ich will nicht, dass eine Frau meinetwegen weint. Deshalb bin ich jetzt vorsichtiger.

Bitte jetzt nicht falsch verstehen. Eine feste Beziehung ist für manche Männer großartig. Wie meine älteren Brüder – Dylan, er ist verheiratet, und sein erstes Baby kommt in ein paar Wochen; Sean, heiratet am Valentinstag (ich weiß, zum Kotzen romantisch); Jacks Hochzeit ist im Juni; und Connor hat sich gerade erst verlobt, sie haben noch keinen Hochzeitstermin. Von meinen Eltern ganz zu schweigen.

Ich schaue zu ihnen hinüber, als mein Vater mit meiner Mutter anstößt. Sie lächeln und sehen sich in die Augen. Er hat alles aufgegeben, um sie zu heiraten, eine Bürgerliche aus Brooklyn, New York. Es war schwer für ihn, mit nichts aus seinem Königreich ins Exil geschickt zu werden. Keine Apanage, nicht einmal ein kleines Kissen, um ihm den Neuanfang zu erleichtern. Alles, damit er mit „der besten Frau der Welt" zusammen sein konnte. Seine Worte, oft wiederholt. Ich weiß also, dass bei einigen Männern die ganze Liebes- und Beziehungssache funktioniert. Und vielleicht werde ich eines Tages, wenn ich zu alt bin, um länger auf der Pirsch zu sein – vielleicht mit vierzig oder so –, eine Familie gründen. Aber nicht jetzt.

Ich blicke zur Tür des Speisesaals, als sie sich öffnet. Ich empfinde … Vorfreude? Nein, es ist nicht sie, nur ein Diener in der Uniform aus weißem Hemd und schwarzer Hose. Der Mann geht auf ein Wort zum König und der Königin. Dann bleibt er stehen, um mit Chloes Schwester zu sprechen, die aufsteht, ihrem Mann etwas zuflüstert und mit dem Baby im Arm geht. Stimmt was nicht mit Chloe? Vielleicht geht es ihr schlechter als ich dachte. Sie schien in Ordnung zu sein, als sie mein Zimmer verlassen hat. Ich hätte nochmal nach ihr sehen sollen.

Ich sterbe vor Neugier, doch ich weiß, dass es mich nichts angeht und ich mich nicht einmischen sollte. Sara ist auf dem Weg zu ihr. Eine weitere Runde Champagner wird gebracht, und das Gespräch wird lauter. Mein Vater geht um den Tisch herum, um mit allen zu plaudern. Natürlich schleppt er Mila mit sich herum. Er versucht, sie zu unterhalten, während wir darauf warten, dass das Essen serviert wird. Normalerweise dauert ein Abendessen mit mehreren Gängen eine Weile, und ich denke, die Königin will warten, bis alle da sind, bevor wir anfangen.

Kurze Zeit später sagt eine leise Stimme: „Sorry wegen der Verspätung."

Das ist sie. Adrenalin durchströmt mich, jedes Nervenende in Alarmbereitschaft. Ihre rosa Wangen heben sich von ihrer hellen Haut und den roten Haaren ab. Sie hält ihren kleinen Neffen an ihrer Brust. Meine eigene Brust schmerzt bei diesem Anblick. Sie sieht einfach so natürlich und liebevoll aus mit einem Baby im Arm. Wie ein schöner Engel.

Reiß dich zusammen, Bren. Lass den Engelmist.

Die Ironie ist, dass mich meine Eltern immer ihren kleinen Fratz genannt haben, weil ich als Kind ein kleiner Teufel war. Ich habe schon immer gern Spaß gehabt. Der Engel und der Teufel. Ha! Nicht für die Dauer gemacht, aber auf jeden Fall ein oder zwei Tête-à-Têtes wert. Wenn sie nur nicht mit dem Rourke-Clan verwandt wäre, könnte ich es versuchen.

Warum in aller Welt habe ich angeboten, ihr Freund zu sein? Das ist zu viel verlangt von einem leidenschaftlichen Mann.

Ich begegne ihrem Blick. „Frohe Weihnachten, Chloe!"

Sie lächelt herzlich. „Dir auch!" Sie gibt ihren Neffen ihrer

Schwester zurück und nimmt mir gegenüber Platz, entfaltet ihre Stoffserviette und blickt verlegen drein. Sie trägt eine weiße Strickjacke über einem roten Kleid, das ihre zierlichen Kurven sanft umfließt. Mein Innerstes zieht sich zusammen. Es ist alles andere als aggressiv sexy. Das Kleid bedeckt sie bis zum Hals, doch ich kann ihre Schlüsselbeine sehen, und die Drosselgrube dazwischen ist so feminin und verlockend. Ich will sie mit den Fingern nachzeichnen und küssen und schmecken. *Whoa, whoa, whoa, reiß dich zusammen!*

Ich blinzle und senke den Blick, als ich bemerke, dass ich sie anstarre. Wahrscheinlich auch noch mit einem hungrigen Gesichtsausdruck. Normalerweise bin ich viel subtiler.

Ich werfe einen Blick zu Beast hinüber, und er grinst. *Erwischt.* Ich muss cool bleiben.

Wenige Augenblicke später kommt der erste Gang – Austern und Kaviar. Sind Austern nicht ein Aphrodisiakum? Nicht, dass ich in meinem jetzigen Zustand eines bräuchte. Ich kann nicht aufhören, sie heimlich anzusehen. Sie spricht meistens leise mit Sara und Adrian. Ihre Bewegungen sind anmutig, ihre Stimme sanft. Ist sie schüchtern? Vorhin hat sie nicht schüchtern gewirkt. Sie ist definitiv nicht mehr traurig. Nicht gerade glücklich, eher neutral. Ernst.

Ein paar Diener machen die Runde und bieten Wein an, den sie ablehnt. Ich auch, da ich eher Biertrinker bin.

Ich konzentriere mich wieder auf mein Essen. Wir essen hier immer gut mit viel Fisch und Meeresfrüchten, da Villroy eine Insel ist und die Fischereiindustrie eine lange Tradition hat. In jüngerer Zeit liefert die Fischindustrie auch die Rohstoffe für die High-End-Kosmetiklinie, die sie in ihrem Day Spa verwenden. Sie betreiben auch ein Casino, in das meine Brüder und ich morgen gehen wollen, bevor wir übermorgen mit dem königlichen Jet nach Hause fliegen. Es zahlt sich schon aus, als Prinz geboren zu werden. Ich lasse das gern ins Gespräch einfließen, wenn ich Frauen abschleppe. Sie glauben mir zuerst nie, aber sie *wollen* es immer glauben.

Jetzt kann ich es beweisen, indem ich ihnen mein Bild bei der Hochzeit meines ältesten Bruders Dylan auf Villroy zeige. Die meisten Frauen drehen fast durch, wenn sie das sehen, und fragen unweigerlich nach einem Besuch im Palast.

Ich ertappe Chloe dabei, wie sie mich ansieht. Ihre Wimpern flattern nach unten, und sie wendet sich wieder ihrer Schwester zu. Sie hat mich gemustert. Ich straffe meine Schultern und strecke meine Brust heraus. Aber dann erinnere ich mich an ihren verwundbaren Zustand vorhin. Ich muss ihr heldenhafter Beschützer sein. Wenn es nicht heroisch ist, meine natürlichen Triebe zu unterdrücken, dann weiß ich nicht, was es ist. Jemand gebe mir bitte eine Medaille dafür.

Die Gänge werden nacheinander serviert – Hummer, gefüllte Gans, Kartoffelpüree (auch mit Hummer), Rosenkohl und irgendein Gemüse, das ich nicht kenne. Ich schließe mich dem Gespräch an, scherze mit meinen Brüdern und senke gelegentlich meine Stimme, wenn mein Vater mir einen Blick zuwirft, der mich an meine Manieren erinnern soll. Ich kann manchmal ein bisschen zu laut werden. Mein Vater besteht wegen seiner strengen königlichen Erziehung auf Manieren. Trotz alldem kehrt meine Aufmerksamkeit immer wieder zu Chloe zurück. Jedes Mal, wenn sich unsere Blicke begegnen, sieht sie weg. Ich weiß, dass sie mich heimlich ansieht. Ich kann es spüren.

Nach einem köstlichen Bûche de Noël zum Dessert werden wir in den Salon zum Brandy am Kamin eingeladen. Ich mag den Salon, es ist der bequemste Raum im Palast mit seinen Ledersofas und Clubsesseln, doch zuerst muss ich wissen, ob Chloe da sein wird. Ich möchte mich wirklich erkundigen, ob es ihr gut geht.

Sie springt vor allen anderen aus der Esszimmertür, und ich folge ihr.

„Hey, Chloe, gehst du in den Salon, um was zu trinken?"

Sie dreht sich um und schüttelt den Kopf. „Ich trinke nicht."

„Warum nicht?"

„Ich bin noch keine einundzwanzig."

Habe ich nicht gesagt, dass sie ein Engel ist? Ich habe gehört, dass Trinken bei College-Studenten sehr beliebt ist.

Ich gehe zu ihr, und meine Lippen verziehen sich zu einem kleinen Lächeln. „Wir sind auf Villroy. Das gesetzliche Mindestalter zum Trinken ist hier achtzehn."

Sie rümpft ihre entzückende Nase. „Nein, danke."

„Du musst nicht trinken. Wir hängen einfach alle rum. Komm schon, es wird nett."

Ihre grünen Augen suchen meine. „Baggerst du mich etwa an?"

Mann, ich bin grottenschlecht in diesem Freund-Ding.

Hitze kriecht meinen Hals empor. „Nein. Was? Nein. Wie kommst du darauf?" Ich gestikuliere den Flur entlang. „Ich habe nur gefragt, ob du mit uns kommen willst."

Sie studiert mich für einen langen Moment.

Habe ich zu stark protestiert?

„Okay", sagt sie. „Aber ich gehe jetzt zurück in mein Zimmer."

„Warum?"

„Um medizinische Fachzeitschriften zu lesen."

Meine Augen weiten sich überrascht. Ich dachte, sie wäre auf dem College. Und sie liest schon medizinische Fachzeitschriften? Tut man das nicht erst als Arzt?

Ich starre sie an. „Du studierst Medizin?"

Sie nickt. „Ich habe vor, in die Forschung zu gehen und Krebs zu heilen."

Ich starre sie einen Moment lang an. Ich kann nicht anders. Nicht nur, weil es eine so noble Sache ist. So sagt sie es ganz nüchtern. „Wow. Okay."

Sie hebt das Kinn. „Das ist eine wichtige Arbeit."

„Keine Frage." Ich vergrabe meine Hände in den Taschen.

„Aber hast du jemals gehört, dass nur Arbeit und kein Spaß auf Dauer langweilig ist?"

Sie runzelt die Stirn. „Hast du mich gerade langweilig genannt?"

Ich grinse. „Nicht dich. Du musst dir ab und zu eine Auszeit nehmen, damit dein Verstand scharf bleibt."

Der Rest meiner Familie strömt in den Flur, redet und lacht. Ich spähe über meine Schulter in ihre Richtung und wende mich wieder ihr zu. „Also könnten wir im Salon vielleicht was anderes tun als trinken. Was, das Spaß macht." Ich möchte Zeit mit ihr verbringen, ob es nun zu mehr führt oder nicht. Sie ist einfach so anders als die Frauen, die ich normalerweise treffe. Und ich möchte ihre Geschichte hören, was heute wirklich passiert ist, als sie in mein Zimmer geplatzt ist und aussah, als wäre sie aus einem fahrenden Fahrzeug geworfen worden.

„Was, das Spaß macht", wiederholt sie und runzelt die Stirn, als müsste sie darüber nachdenken. Ich muss fast lachen. Wer denkt schon darüber nach, Spaß zu haben?

Ihre Schwester kommt mit dem schlafenden Henry auf dem Arm. „Hi, Brendan." Ich habe sie bei ihrer Hochzeit mit meinem Cousin kennengelernt, obwohl ich Chloe damals irgendwie nicht bemerkt habe. Wahrscheinlich, weil diese Hochzeit das erste Mal seit Jahrzehnten war, dass unsere Familie nach Villroy gekommen ist. Angespannte Zeiten.

„Hey, Sara. Sieht so aus, als wäre dein kleiner Kerl erledigt." Henrys Mund steht weit offen.

„Oh, wie süß", sagt Chloe, streichelt seine Wange und küsst sie dann. Etwas in der Nähe meines Herzens verschiebt sich.

Sara lächelt das Baby an und wird dann ernst, als sie Chloe ansieht. „Ich bringe ihn ins Bett. Ich gehe auch. Ich bin immer noch mindestens dreimal pro Nacht mit ihm wach. Ich wollte nur nachhören. Geht's dir gut?" Sie klingt sehr mütterlich und besorgt.

Chloe sieht mich verlegen an. „Mir geht's gut." Ihre Stimme ist angespannt.

„Bist du sicher?", hakt Sara nach. „Es macht mir nichts aus, wenn du zum Lernen in mein Zimmer kommen willst."

Chloe schüttelt den Kopf. „Nein, du brauchst deinen Schlaf. Mir geht's gut."

„Wirklich?", fragt Sara.

Chloe atmet scharf aus. „Ich wollte gerade was mit Brendan machen."

Sara blickt einen Moment interessiert zwischen uns hin und her, bevor sie einen Schritt zurücktritt. „Na dann. Wir sehen uns morgen früh. Gute Nacht", sagt sie und geht den Flur entlang.

Chloe starrt auf den Marmorboden, die Brauen finster zusammengezogen. Scheint ihrer großen Schwester/Mutter nicht schwer zu fallen, sie verlegen zu machen, denke ich.

Ich neige meinen Kopf, um ihrem Blick zu begegnen, und lächle. „Ich gehöre ganz dir, Partygirl."

3

Chloe

Es ist so peinlich, dass Sara immer wieder nach mir sieht. Mir geht's gut. Und wir hatten vorhin ein langes Gespräch, in dem ich ihr das bestätigt habe. Ich bin dankbar für das, was sie für mich getan hat, aber ich bin alt genug, um sie mehr als Schwester als als Mutter zu brauchen.

Ich erwidere Brendans Blick. Seine Brauen heben sich über strahlend blaue Augen – ein so verblüffendes Blau, dass es schwer ist, den Blick abzuwenden –, sein Gesichtsausdruck ist erwartungsvoll. Ich reiße meinen Blick von diesen hypnotisierenden Augen los, doch ich kann nicht ganz von ihm wegsehen. Sein dunkelbraunes Haar ist oben lang und zerzaust und fühlt sich wahrscheinlich weich an. Sein Haar, kombiniert mit seinem ordentlich gestutzten Bart und seinem diabolischen Lächeln, lässt ihn irgendwie verwegen wirken. Verwegen – den Ausdruck habe ich aus den historischen Liebesromanen meiner Schwägerin. Ich habe einen gelesen, um zu sehen, wie sie so schreibt, denn schließlich hat sie einen Haufen Auszeichnungen und ist Bestsellerautorin. Und ich wette, Brendan ist ein Schwerenöter, immer auf der Suche nach seiner nächsten Eroberung.

Bevor das weitergeht, informiere ich ihn: „Ich bin nicht auf der Suche nach einem One-Night-Stand. Nur damit das klar ist."

Seine Lippen zucken. „Das wäre, als würde ich meine Cousine küssen. So falsch."

Ich versteife mich. Ich hätte schwören können, dass er mich vorhin beim Abendessen ganz genau gemustert hat. Ich wende den Blick ab, meine Wangen werden rot. Ich fühle mich wie ein totaler Idiot, anzunehmen, er wäre an mir interessiert. Er muss mich beim Abendessen angesehen haben, weil *ich* ihn immer wieder angesehen habe. Ich wollte es nicht. Er ist einfach, na ja, jede Frau mit einem Puls würde bemerken, wie sexy und attraktiv er ist, noch mehr als alle anderen Rourke-Männer, weil seine Augen funkeln und er aussieht, als würde er immer lächeln. Er sieht tatsächlich aus, als könnte man viel Spaß mit ihm haben. Bei dem Gedanken breitet sich meine Röte auf meinem Hals aus. Nein, daran denke ich nicht.

Er beugt sich zu meinem Ohr, sein Atem fließt heiß über meine Haut und lässt einen Schauer über meinen Rücken rinnen, während er flüstert: „Lass uns Freunde sein." Nur, dass es sich so anhört, als würde er sagen: *Lass uns zusammen ins Bett hüpfen.*

Doch das ist nur mein Verstand, der mir einen Streich spielt. Die Worte stehen so dermaßen im Widerspruch zu der Reaktion meines Körpers auf ihn, dass ich vollkommen aus dem Gleichgewicht geraten bin.

Er richtet sich auf, ein kleines Lächeln im Gesicht und ein wissender Ausdruck in seinen Augen. „Oder du könntest weiter mit deiner großen Schwester rumhängen. Sie scheint ziemlich besorgt um dich zu sein."

Das reicht. Ich habe es nicht nötig, dass meine Schwester mich begluckt und sich dauernd versichert, dass es mir gut geht. Und nur um das zu beweisen, gehe ich nicht direkt zurück in mein Zimmer, um zu lernen. Ich werde genau das tun, was ich versprochen habe. Ich bleibe bei diesem Typen, der mich als platonische Freundin sieht. Oder Cousine. Groß-artig. Fein. *Es. Wird. Lustig.*

„Komm." Ich nicke mit dem Kopf, damit er mir folgt. Ich gehe am Speisesaal vorbei und zum Turmzimmer den Flur runter. Ich kann Leute hören, die immer noch im Speisesaal reden und langsam gehen. Irgendwann werden sie alle im Salon sein, doch ich bin nicht in der Stimmung für einen Menschenauflauf.

Auf halbem Weg zum Turmzimmer gehe ich langsamer. Michael kommt auf uns zu, sein kurzes blondes Haar und sein graues T-Shirt sind schweißnass. Er hat wahrscheinlich gerade im Fitnessstudio unten trainiert.

„Wo bringst du mich hin?", fragt Brendan, ohne auf die bevorstehende Konfrontation zu achten.

Ich kann meine Stimme nicht finden. Michaels Blick wandert von mir zu Brendan und zurück, seine Miene ist finster.

„Erde an –" Brendan verstummt, als Michael vor mir stehen bleibt.

Ein Muskel in Michaels Kiefer zuckt. „Danke für die Kekse."

„Gern geschehen."

Er sieht Brendan an. Sie sind ungefähr gleich groß und ähnlich gebaut– eins dreiundachtzig, breitschultrig und muskulös –, doch Michael ist darauf trainiert, bei Bedarf zu entwaffnen, auszuschalten und zu töten. Er ist der Captain der Palastwache. Mein Herz pocht mir bis zum Hals. Brendan rührt sich nicht.

Michael knirscht mit den Zähnen. „Fass sie an, und du stirbst." Er strafft seine Haltung und salutiert Brendan. „Ein Scherz. Es ist meine Pflicht und eine Ehre, die Rourkes zu beschützen." Er lässt seine Hand sinken und marschiert wie ein Soldat davon. Es ist lustig, doch irgendwie nicht.

Ich gehe weiter in Richtung Turmzimmer und bin mir nicht sicher, was ich danach sagen soll.

„Das war also überhaupt nicht beunruhigend", sagt Brendan leise.

Ich sehe ihn von der Seite an. „Er ist eine Wache hier."

„Also hast du einem ausgebildeten Killer Kekse gebracht?"

„Du würdest dich doch auch mit ihm gut stellen wollen, oder?"

Er bleibt plötzlich ernst stehen. „Hat er dir gedroht? Würde er dir was tun?"

„Nein. Die königliche Familie hat ihn zum Captain der Wache gemacht. Wenn sie ihm vertrauen, warum sollte ich es nicht?"

Er schüttelt den Kopf. „Ich vertraue ihm nicht weiter, als ich ihn werfen kann." Er grinst, und seine Augen funkeln. „Dir andererseits könnte ich wirklich sehr, sehr weit vertrauen. Du bist so winzig." Er tut so, als ob er mich wie einen Football werfen würde, und pfeift lange, während ich vermutlich in seiner Vorstellung durch die Luft fliege.

Ich schnaube und gehe weiter zum Turmzimmer. „Ich bin nicht winzig. Ich bin zierlich."

„Ich will dich so gerne durch die Luft werfen, natürlich auf einen weichen Landeplatz, doch dein Ex würde mich töten, wenn ich dich anfassen würde, also ist das keine Option." Er schüttelt den Kopf, als wäre er genervt, doch ein Lächeln umspielt seine Lippen.

„Mich zu werfen war nie eine Option, Spinner." Ich glaube nicht, dass Brendan es jemals ernst meint. Ich meine, Michael hat ihn im Grunde gerade eben bedroht, und er hat es mit einem Lächeln ignoriert. Ich bin ein bisschen nervös wegen der ganzen Sache. Nicht wegen mir, sondern wegen Brendan. Der arme Kerl ist nur nett. Er denkt nicht einmal so über mich.

Ich gehe in den hinteren Teil des Turmzimmers und ziehe

mit beiden Händen ein hölzernes Bücherregal auf, das gleichzeitig die Tür zu einem geheimen Durchgang ist.

Brendans Augen weiten sich, und dann lächelt er mich
herzlich an. „Sehr cool."

Ich lächle zurück. Es fühlt sich fast so an, als würde er
mich auch für sehr cool halten. Etwas, das mir nie jemand
gesagt hat. Ich schlüpfe hinein und gehe einen abschüssigen
Gang mit niedriger Decke hinunter. Das Licht ist schwach –
nur das, was durch die offene Tür in den Gang fällt.

Brendan zieht sein Handy aus seinem dunkelblauen
Blazer und schaltet die Taschenlampe ein. Ich beobachte
seinen Gesichtsausdruck, als er in den Gang tritt. Sara hat ihn
mir gezeigt. Früher war es ein Fluchtweg zum Seitenausgang
des Palasts gewesen, Teil der Verteidigungsanlage, jetzt ist es
ein Lagerraum.

„Was ist das?", fragt er und beleuchtet eine Steinskulptur.
„Amor?"

„Das sind Putten." Der Gang ist voll davon, hauptsächlich
an der Wand aufgehängt, einige nur angelehnt. „Sie waren
Teil eines älteren Flügels des Palastes, der nach dem großen
Brand abgerissen wurde."

„Das ist wirklich cool."

Ich folge ihm, während er sein Licht auf die Putten richtet,
von denen einige beschädigt, doch immer noch niedlich sind,
während wir uns weiter den Flur entlang bewegen. Ein
Gefühl des Friedens überkommt mich. Es macht Spaß, ihm
einen Teil des Palasts zu zeigen, von dem nur wenige wissen,
und ich liebe diese Engelchen mit ihren süßen, runden
Gesichtern, die hier darauf warten, dass Besucher sie wieder
bewundern.

Brendan dreht sich zu mir um und senkt sein Handy,
damit das Licht nicht in meine Augen fällt. „Ich hatte keine
Ahnung, dass es diesen Gang gibt. Hat dein Ex ihn dir
gezeigt?"

Ich lasse die Schultern sinken. „Nein, meine Schwester.

Können wir bitte nicht über meine Ex sprechen? Es ist eine unangenehme Situation."

Er blickt finster drein und knurrt: „Fass sie an und du stirbst." Dann lächelt er und spricht mit seiner normalen Stimme weiter: „Verstanden. Psycho-Ex."

„Er ist nur ein bisschen angepisst, weil ich seinen Antrag abgelehnt habe."

„Oh Scheiße. Er hat dir einen Antrag gemacht? Das ist ernst. Ich dachte, es sei eher eine lockere Sache. Kein Wunder, dass er mich nicht leiden kann."

„Na ja, das war vor drei Monaten."

Er nickt. „Und wie lange warst du versehentlich in einer Beziehung mit ihm?"

Ich zucke zusammen und höre meine eigenen Worte aus seinem Mund. „Okay, du musst eines verstehen. Es war on und off in den neun Monaten, nur wenn ich in den Semesterferien hier war."

„Neun Monate! Das ist eine wirklich lange Zeit für eine lockere Sache." Er schmunzelt. „Es ist schön, jemanden zu treffen, der noch schlechter in Beziehungen ist als ich."

Ich bin angespannt und fühle mich in die Defensive getrieben. „Ich habe von Anfang an klargemacht, dass ich in meinem Leben keinen Platz für eine Beziehung habe. Ich konzentriere mich sehr auf mein Studium. Ich bin in meinem zweiten Jahr an der Columbia, noch ein Jahr, dann kann ich Medizin studieren. Dann gibt es Praktika, meine AIPler-Zeit und meine Doktorarbeit. Ich habe noch einen langen Weg vor mir." Ich mache eine ausladende Geste. „Ich meine, einen *langen* Weg. Erst, wenn ich in der Krebsforschung bin, suche ich mir jemanden, mit dem ich eine Familie gründen kann und werde."

Er legt eine Hand auf meinen Arm. „Chloe, du musst dich vor mir nicht rechtfertigen. Ich verstehe das."

Ich beruhige mich. „Oh. Danke."

„Und was bist du, ein Genie? Dass du die Columbia in

drei anstatt in vier Jahren abschließt? Und das ist eine Top-Schule. Sie haben sogar den Jahrgangsbesten meiner High-school abgelehnt."

Ich zucke eine Schulter. „Ich arbeite nur hart."

„Klar. Kennst du noch andere Geheimgänge?"

„Einen noch. Der führt zum Verlies."

„Im Ernst? Das würde ich gerne sehen."

Ich schüttle den Kopf. „Ist wirklich widerlich da. Es gibt Spinnen, und ich weiß nicht einmal, was da unten sonst noch rumkreucht und fleucht, und es riecht nach gruseligem Schimmel."

Er lacht. „Noch nie von gruseligem Schimmel gehört."

„Und du willst ganz sicher nicht nachts dorthin gehen. Es ist kalt und dunkel." Ich verschränke die Arme und kämpfe bei dem Gedanken gegen einen Schauer an. „Ich denke, da gibt es auch Fledermäuse."

Er lehnt sich an die Wand und verschränkt die Arme vor der Brust. „Willst du dann ein bisschen hier rumhängen?"

„Ja. Kann ich deine Lampe ausleihen? Ich habe mein Handy in meinem Zimmer gelassen."

„Sicher, doch zuerst will ich was von dir."

Ich erstarre, plötzlich argwöhnisch.

Er lacht. „Du siehst aus, als wollte ich deinen Erstgebo-renen verlangen." Er stupst meine Schulter an. „Ich wollte nur wissen, wie du vorhin klatschnass, schmutzig und zitternd in meinem Zimmer gelandet bist."

Ich lehne mich neben ihm an die Wand. Etwas an dem intimen Raum macht es mir leichter, darüber zu reden. Also erzähle ich ihm die ganze lächerliche Geschichte.

Er dreht sich zu mir um. „Es war dir so wichtig, die Freundschaft zu bewahren?"

„Ich habe mich schrecklich gefühlt, weil ich ihn verletzt habe."

„Das ist verdammt heroisch, was du getan hast."

„Nein."

„Doch", sagt er.

Ich atme scharf aus. „Freunde mit gewissen Vorzügen gibt es also nicht wirklich. Der Freundschaftsteil ist nicht echt."

Er ist für einen Moment still und scheint darüber nachzudenken, bevor er schließlich sagt: „Du hast wahrscheinlich Recht. Niemand will wieder einfach nur befreundet sein, wenn er die Grenze einmal überschritten hat."

Ich richte mich auf und strecke meine Hand nach seinem Handy aus. „Lektion gelernt."

Er gibt es mir, seine Augen fest auf meine gerichtet. „Du hast ein großes Herz."

„Habe ich das?" Einen Moment lang flackert Hoffnung auf, doch dann merke ich, dass er mich nicht gut genug kennt, um mein wahres Ich zu sehen. Kaputt und zerbrochen.

„Gott ja. Du investierst Zeit und Mühe, um diese Kekse zu backen und sie ihm zu bringen. Du hast gelitten, um Wiedergutmachung zu leisten. Nur jemand mit einem großen Herzen würde das alles tun. Für die meisten Leute wäre es einfach vorbei."

„Vielleicht hätte ich es einfach vorbei sein lassen sollen."

Er tippt mir unter das Kinn. „Hey, es ist absolut nichts falsch daran, ein großes Herz zu haben. Das ist wahrscheinlich der Grund, warum du Krebs heilen willst. Du willst der Welt was zurückgeben."

Wärme breitet sich in mir aus. In einer Sache hat er Recht – es ist mir wichtig, etwas zurückzugeben. „Danke!"

Er nickt.

Ich wende mich ab und benutze das Licht seines Handys, um weiter den Gang entlangzugehen und auf dem Weg zu meiner Lieblingsskulptur von zwei Engeln ein paar andere Putten anzusehen. Ich bleibe stehen, um sie zu bewundern, für immer erstarrt auf beiden Seiten einer steinernen Säule. Sie sehen aus, als ob sie sich gegenseitig anstarren. So nah und doch so fern.

Ich gehe zu ihm und gebe ihm sein Handy zurück. „Danke! Jetzt können wir gehen." Ich gehe voran.

„Das war genug Spaß, was?", sagt er hinter mir.

Ich kann das Lächeln in seiner Stimme hören. Er zieht mich damit auf, dass ich nie Spaß habe. „Vielleicht solltest du wissen, dass ich und meine Mitbewohnerin Lindsey uns am Wochenende und nach den Prüfungen Zeit für Spaß nehmen."

„Oh, ja? Was macht ihr?"

„Filmabend, Beautyabend, manchmal gehen wir ins Planetarium."

„Nennst du das Planetarium Nerdabend?"

Ich presse meine Lippen aufeinander. Ich habe diesen Spott in meinem Leben oft gehört. Ich bin kein Nerd. Ich nehme nur mein Studium erst. Das ist ein Unterschied.

Ich warte, bis wir wieder im Turmzimmer sind, und schließe die Bücherregaltür sicher hinter uns, bevor ich antworte: „Mir ist es lieber, wenn meine Freunde weniger beleidigend sind."

Er hält seine Hände hoch. „Ich meinte Nerd auf die coole, geniale Art und Weise. Ich finde edel, was du anstrebst." Er deutet auf mich. „Eine Berufung, nicht nur ein Job."

Ich atme tief ein, Stolz lässt mich aufrecht stehen. „Danke!"

„Was macht ihr bei diesem Beautyabend?" Er blickt auf meine Nägel. „Du scheinst sie nicht zu lackieren, und Make-up trägst du auch nicht."

Ich trage schon Make-up, aber es ist dezent. Es ist irgendwie schmeichelhaft, dass er denkt, dass ich von Natur aus so aussehe. „Beim letzten Beautyabend nach der letzten Prüfung habe ich meine Haare rot gefärbt. Sie hat ihre lila gefärbt."

Er schließt die Augen. „Nein." Er klingt fast verzweifelt.

„Was?"

Er öffnet die Augen. „Du bist keine echte Rothaarige?"

„Nein, ich bin blond wie Sara. Warum? Ist das wichtig?"

Er winkt ab. „Nein, keine Sorge. Hey, ich habe meinen Laptop mitgebracht. Willst du den neuesten *The Fast and the Furious*-Film sehen?"

„Ist das diese lange Serie von Filmen über Verfolgungsjagden?"

„Ja, ich liebe sie. Gerade ist ein neuer rausgekommen."

Ich tippe auf mein Kinn. „Hmm, ich fürchte, ich werde den Plot nicht verstehen, da ich die Verfolgungsjagden davor nicht gesehen habe."

Er zieht an einer Haarsträhne. „Sehr clever. Wir fangen mit dem ersten an."

Ich verliere mich für einen Moment in seinen funkelnden blauen Augen. Ich wette, sein Leben besteht nur aus Spaß. Was für ein leichtes Leben muss er in seiner Kindheit gehabt haben, umgeben von Menschen, die ihn lieben, all diese gute Laune und Fröhlichkeit. Wahrscheinlich hatte er in seinem ganzen Leben noch nie einen einsamen Moment. Der Kontrast zu meinem eigenen Leben ist fast lächerlich. Sara und ich hatten uns, und das war's. Ich hatte lange einsame Zeiten, während sie bei der Arbeit war. Vielleicht habe ich mich deshalb in meine Schulaufgaben gestürzt. Ich muss zugeben, egal wie gut man in den Wissenschaften ist, sie geben einem nicht das warme Gefühl, in der Nähe von Brendan und seiner Familie zu stehen.

Es hat jedoch keinen Sinn, sich etwas zu wünschen, was ich nie hatte. Bildung ist mein Sprungbrett in ein besseres Leben, sowohl für die finanzielle Sicherheit als auch um einen Unterschied in der Welt zu machen. Als ich ein Kind war, sind meine Schwester und ich gerade so über die Runden gekommen. Ich bin ernsthaft hin- und hergerissen zwischen dem Spaß, den er verspricht, und meinem Bedürfnis, mich wieder an die Arbeit zu machen. „Keine Ahnung, Brendan. Das hört sich so an, als könnte es eine Weile dauern."

„Nein. Ein paar Stunden, und dann kannst du die anderen Filme in deiner Freizeit nachholen."

Ich betrachte es aus einem anderen Blickwinkel. Einen Film auf seinem Laptop anzusehen bedeutet, dass wir in unmittelbarer Nähe wären. Ich kann nicht leugnen, dass ich mich zu ihm hingezogen fühle. Andererseits sagte er, mich zu küssen wäre wie seine Cousine zu küssen. Okay, die vernünftige Entscheidung wäre, ihn auf sicherer Distanz zu halten. Auf diese Weise besteht keine Gefahr, dass ich impulsiv auf ganz natürliche biologische Triebe hin handle.

„Es wird dir gefallen, versprochen", sagt er mit schmeichelnder Stimme. „Der Film spricht jeden an, auch zukünftige Ärzte. Wie heißt du eigentlich mit Nachnamen?"

„Travers."

„Auch für Sie, Dr. Travers."

Ich unterdrücke ein Lächeln. Ich habe mein ganzes Leben darauf gewartet, dass mich jemand Dr. Travers nennt. Ich liebe es, wie es sich anhört. *Dr. Chloe Travers.*

Chloe Travers, MD.

Dr. Travers, wir brauchen Ihre Meinung zu dieser atypischen Zellformation.

Ich zucke mit den Schultern. „Okay."

Er grinst und geht mir voraus zu seiner Suite. Wir setzen uns auf ein weiches graues Sofa im Wohnzimmer, um den Film auf seinem Laptop auf dem Sofatisch anzusehen. Er macht es sich bequem, doch sein Blick bleibt auf den Film gerichtet. Ich denke, ich muss mir keine Sorgen wegen der Nähe machen. Es ist klar, dass er mehr an diesem Film interessiert ist, den er bereits gesehen hat, als an mir. Kein Problem. Ich mache es mir ebenfalls bequem und zwinge mich, den Blick auf den Bildschirm zu richten, so zu tun, als wäre ich allein, ignoriere die Hitze seines Körpers und seinen sexy holzigen Duft. *Konzentrier dich auf die Verfolgungsjagden und die großmäuligen Männer.*

Irgendwann schrecke ich auf und wische mir den Sabber

vom Gesicht. Oh mein Gott. Ich bin eingeschlafen, und mein Kopf ruht an seiner Schulter.

Ich richte mich langsam auf und blicke zu ihm auf.

Er lächelt, seine blauen Augen sind warm auf meinen. „Was ist Ihre professionelle Meinung zu dem Film, Dr. Travers?"

Ich lächle, meine Brust fühlt sich warm an. „Hat mir gefallen."

„Welcher Teil?"

Ich denke zurück an den frühen Teil des Films, bevor ich eingeschlafen bin. „Der Teil mit dem heißen großmäuligen Typen."

„Ah ja. Irgendein bestimmter?"

Ich starre auf den Bildschirm des Laptops und versuche, mich an den Namen des Schauspielers zu erinnern. Doch auf dem Bildschirmschoner fliegen mir nur Sterne entgegen. Wie lange habe ich geschlafen? Hat er nur hier gesessen und mich stundenlang an seiner Schulter schlafen lassen? Das war so nett von ihm!

„Vin Diesel?", schlägt er vor. „Du stehst auf Glatzköpfe?"

Ich lache und sehe in seine funkelnden Augen. Mein Blick fällt auf seine sinnlichen Lippen, die immer lächeln wollen. Plötzlich spüre ich diese Anziehung, als ob ich näherkommen will. Chemie ist eine mächtige Sache.

„Chloe." Seine Stimme klingt heiser.

Ich benetze meine Lippen. „Alle Jungs waren heiß." Aber ich meine ihn.

Ich sollte gehen, aber ich kann mich nicht bewegen.

Er steht auf und streckt seine Hand nach mir aus. Ich stehe allein vom Sofa auf und wage es nicht, ihn anzufassen. Ich fühle mich ihm aus irgendeinem Grund nahe. Dumm. Nur, weil ich an seiner Schulter eingeschlafen bin und er mich für … ich weiß nicht einmal wie lange hat schlafen lassen.

Ich studiere ihn für einen Moment, und er betrachtet mich genauso, während wir uns vor dem Sofa gegenüberstehen. Es ist, als ob wir versuchen, uns über die nächsten Schritte klar zu werden. Sind wir wirklich Freunde? Wenn ja, könnten wir morgen auch rumhängen. Ich weiß nicht, ob ich es vorschlagen soll.

Er streckt einen Daumen in Richtung Tür. „Soll ich dich zurück in dein Zimmer bringen?"

„Ich bin nur den Flur runter. Ich denke, das schaffe ich auch allein."

Er lacht.

Er ist so ein warmherziger Mensch. Manche Leute lassen sich von meinem trockenen Humor abschrecken. „Gute Nacht, Brendan. Danke für den Film!"

„Kein Problem." Ein Mundwinkel verzieht sich zu einem schiefen Lächeln und ein Grübchen erscheint in seiner stoppeligen Wange. Es ist ungemein ansprechend. Ich sage mir, es ist nur ein Grübchen, und er kann nichts dafür. „Danke, dass du mir deinen Geheimgang gezeigt hast." Er schließt für einen Moment die Augen. „Und das meinte ich nicht so schmutzig, wie es sich vielleicht angehört hat. Glaubst du, du wirst dir die anderen *The Fast and the Furious*-Filme ansehen?"

„Nein."

Er zieht die Brauen über Augen hoch, die amüsiert funkelten. „Ich muss dich beim Vin Diesel Fanclub anmelden."

Ich kichere und schlucke es dann sofort herunter. So bin ich nicht. Ich *kichere* nicht. Ich wedle warnend mit dem Finger und gehe.

Als ich in mein Zimmer komme ich, lächle ich, was eindeutig beweist, dass ich weiß, wie man Spaß hat.

4

Brendan

Heute ist mein letzter Tag auf Villroy, und ich mache das Beste daraus, indem ich mit meinen Brüdern und Cousins in einem privaten Raum im Casino Poker spiele. Geht es noch besser? Kostenlose Getränke, gute Gesellschaft, und ich bin um ein paar hundert Euro reicher. Im Moment laufen zwei Spiele, jeweils gemischt mit Leuten aus Villroy und Brooklyn. Adrian ist derjenige, auf den ich an meinem Tisch ein Auge haben muss, ein echter Profispieler. Er braucht das Geld nicht. Ihm gehört das Casino, und er ist immens erfolgreich, doch er spielt jede Hand, als würde sein Leben davon abhängen, sie zu gewinnen.

Ich habe das Gefühl, Adrian wird uns mit einem Full House überraschen. Er hat uns schon zweimal erwischt. Ich hatte einfach Glück mit meiner letzten Hand, und ich weiß es. Meine Gedanken wandern immer wieder zurück zu Chloe. Ich schätze, ein Teil von mir hat auf mehr Spaß mit ihr gehofft. Ich reise morgen früh ab. Sie war nicht beim Familienessen und ist auch nicht ins Casino gekommen. Adrian hat mir vorhin erzählt, dass sie drei Wochen auf Villroy bleibt, bevor sie ans College zurückkehrt. Es ist nicht so, dass sie mich nach den Vorlesungen zu Hause würde sehen wollen, also ist jetzt die Zeit für Spaß. Ich weiß nicht, warum ich dauernd an sie denke. Es ist einfach –

Ihr Lächeln.

Es fühlte sich wie ein Sieg an, sie lächeln zu sehen, besonders als mir klar wurde, was für ein ernster Mensch sie ist, so konzentriert auf ihr Studium. Ich habe sie zum Lächeln gebracht.

Beast stößt mir mit dem Ellbogen in die Rippen. „Deine Rothaarige ist hier."

Mein Kopf ruckt hoch. Sie ist gerade mit ihrer Schwester reingekommen. Sie sieht aus wie eine junge College-Studentin. Sie trägt eine grüne Strickjacke über einem passenden Tanktop zu Jeans und schwarzen Wildlederstiefeletten. Natürlich, sie *ist* eine junge College-Studentin. Für mich jedoch nicht. Sie ist zu ernst, zu ehrgeizig, zu sehr ... Arzt.

Familienverbindungen. Konsequenzen. Unangenehme Situationen.

Psycho-Killer-Ex. Tod.

Und dann beißt sie sich auf die Unterlippe und winkt mir zaghaft zu. Es trifft mich wie ein Schlag in die Magengrube.

Ich stehe auf und werfe meine Karten verdeckt auf den Tisch. „Ich bin raus."

Ein Protestchor folgt.

„Was?", frage ich, und meine Augen kleben schon an Chloe. Sie sieht sich im Raum um, während sie mit ihrer Schwester spricht.

„Im Ernst jetzt?", fragt Beast.

„Das ist lahm, Mann!", brummt einer meiner Brüder. Ich kann nicht sehen, wer es ist.

Ich durchquere bereits den Raum und zwinge mich zu langsamen, gleichmäßigen Schritten, damit ich nicht so eifrig aussehe, wie ich mich fühle. Ich begegne ihrem Blick und lächle. Sie lächelt zurück, und Wärme breitet sich in mir aus.

„Hey, Chloe", sage ich, als ich sie endlich erreiche. „Machst du gerade Lernpause?"

„Nein, ich studiere gerade Anatomie", sagt sie trocken.

„Jemand Besonderes?" Ich sehe mich um und finde einen glatzköpfigen Mann, der mit Drinks auf einem Tablett die Runde macht. Ich spreche aus dem Mundwinkel. „Der Glatzkopf, oder?"

Sie kichert und schlägt sich mit der Hand vor den Mund.

Ich grinse. „Vin Diesel wäre so neidisch."

„Ich gehe spielen", sagt Sara zu Chloe.

Mir ist klar, dass ich unhöflich war. Ihre Schwester steht die ganze Zeit hier. „Hi Sara, schön dich wiederzusehen."

„Ja, ja", sagt sie mit einem Lächeln in der Stimme, bevor sie zu Adrian geht. Sie wird wahrscheinlich meinen Platz im Spiel übernehmen.

Chloe schüttelt den Kopf. „Sie sagt, du bist mein neues Boy Toy."

„Lächerlich. Ich bin durch und durch ein Mann."

„Man Toy reimt sich nicht."

„Hmm, wie wäre es mit Bam Man?"

Sie zieht eine Braue hoch. „Im Ernst? So wie in *Slam, bam, danke, Ma'am*? Nicht gerade ein Kompliment für dich, wenn du so schnell fertig bist."

Ich straffe angesichts der Beleidigung meine Haltung. „Bin ich nicht, glaub mir. Wie auch immer, was geht?"

„Sara hat mich aus meinem Zimmer gezerrt."

„Hat sie dich an den Haaren hierher geschleift?"

„Sie ist verdammt hartnäckig."

„Okay, also, du bist hier. Stehst du auf Poker?"

„Nicht wirklich. Ich kann spielen. Sara ist eine verdammt gute Spielerin, und wir haben schon oft zusammen gespielt. Ich finde es aber einfach nicht amüsant."

„Dann Spielautomaten? Unten gibt es Roulette, Craps und ..."

„Ich weiß, Brendan. Ich war schon oft hier."

Ich neige den Kopf. „Klar. Also, was spielst du gerne?"

„Meistens hänge ich hier nur lange genug rum, bis Sara zufrieden ist, und gehe dann in mein Zimmer zurück, um zu lernen."

„Willst du das wirklich machen?" Ich hebe meine Hand. „Ich meine, du hast einen charmanten Freund, der bereit ist, mit dir zu spielen."

Sie kichert und schlägt sich wieder mit der Hand vor den Mund.

Ich ziehe die Hand herunter. „Warum versteckst du dein Lachen, Partygirl?"

„Weil ich selbst überrascht bin. Du bist lustig."

Meine Brust schwillt. „Ja, ich weiß. Also ... was willst du machen?"

Sie stemmt die Hände in die Hüften, lässt sie sinken und verschränkt dann die Arme. „Ich weiß nicht."

Sie sieht in dem lauten Raum so unbehaglich aus, dass ich denke, dass jemand, der die meiste Zeit mit Lernen verbringt, die Ruhe einer Bibliothek gewohnt sein muss. Sie hätte es nie überlebt, im Rourke-Haushalt aufzuwachsen – sechs wilde Jungs in einem Reihenhaus mit drei Schlafzimmern. Zum Glück haben meine Eltern den Keller zu einem Aufenthalts-raum/zusätzlichem Schlafzimmer ausgebaut, um uns mehr Platz zum Ausbreiten zu geben.

„Willst du wohin gehen, wo es ruhiger ist?", frage ich.

Ihre grünen Augen leuchten. „Ja."

„Lass uns runter in die Bar gehen. Die ist nicht so voll. Adrian sagt, dass an Silvester mehr Leute das Casino besu-chen als an Weihnachten. Du könntest was Alkoholfreies bestellen."

„Klar, okay."

Ich gehe voran. „Es war ziemlich ruhig, mit nur einer Schwester aufzuwachsen, oder? Ich frage, weil ich fünf Brüder habe und es nie ruhig war."

„Eigentlich ja, aber auch, weil meine Eltern gestorben

sind, als ich sechs war. Ich erinnere mich nicht viel an die Zeit, als wir zu viert waren."

Kein Wunder, dass sie so ernst ist. Sechs ist wirklich jung, um seine Eltern zu verlieren. „Das muss hart gewesen sein."

Sie geht etwas schneller. „Ja. Danach haben wir bei meinem Onkel in Brooklyn gelebt, doch als ich neun war, ist er gegangen, um in Nashville als Country-Sänger groß rauszukommen, also sind es seitdem nur ich und Sara. Sie ist sieben Jahre älter und hat viel gearbeitet, um unseren Unterhalt zu verdienen. Jedenfalls bin ich es deshalb gewohnt, viel allein zu sein."

„Tut mir leid. Ich wollte kein schmerzhaftes Thema ansprechen."

Sie zuckt mit den Schultern. „Ist mein Leben. Es hat keinen Sinn, die Geschichte neu zu schreiben und sich was anderes zu wünschen. Ich musste einfach das Beste aus dem machen, was mir gegeben wurde."

Wahr. Sie tut mir einfach leid. Kein Wunder, dass Sara sich um sie sorgt. Sie hat sie praktisch wie eine alleinerziehende Mutter aufgezogen. Sara tut mir auch leid. Die beiden haben wirklich beschissene Karten vom Schicksal ausgeteilt bekommen.

„Lass uns über was anderes reden", sagt sie, als die Bar in Sicht kommt. „Deine Familie ist sehr laut. Sowohl die Rourkes aus Brooklyn als auch die aus Villroy. Ist das genetisch bedingt, oder denkst du, es geht ums Überleben, wenn man versucht, über die Menge von Geschwistern gehört zu werden, damit man seinen gerechten Anteil an den Ressourcen bekommt?"

Ich lache, als wir die Bar betreten. Es ist erst kurz nach neun, und der Laden ist praktisch leer, wie ich es vorhergesagt habe. Nur der Barkeeper und zwei Typen an einem Ende der Bar. Die Jungs checken Chloe aus, bemerken meinen Blick und wenden sich wieder dem Boxkampf im Fernsehen zu.

„Genetisch", antworte ich auf ihre Frage nach unserer

Lautstärke. „Aber wenn man zu langsam ist, ist das Essen schon ratzfatz aufgegessen. Wenn eine Packung Eis über die Schwelle gekommen ist, war sie innerhalb von fünf Minuten leergeputzt." Ich setze mich an die Bar, und sie nimmt den Hocker neben mir. „Ich hatte allerdings nie das Gefühl, kämpfen zu müssen, um irgendwas zu bekommen. Ich habe die Aufmerksamkeit meiner Eltern bekommen, indem ich einfach ich selbst war. Sie haben mich einen schelmischen kleinen Teufel genannt. Ihren Fratz." Ich zwinkere ihr zu.

Sie sieht mich kopfschüttelnd an. „Das kann ich mir bei dir gut vorstellen."

Ich grinse und klopfe mir auf die Brust. „Jupp."

„Was kann ich Ihnen bringen?", fragt der Barkeeper, ein älterer Mann mit schütterem braunem Haar.

Ich werfe einen Blick auf die Auswahl der Biere vom Fass und bestelle ein belgisches Ale.

„Haben Sie was Fruchtiges?", fragt Chloe.

„Aber natürlich." Der Barkeeper reicht ihr eine Getränkekarte.

Ich beuge mich vor, um sie mit ihr zu lesen. Es gibt viele witzig klingende Cocktails, die alle mit dem königlichen Element und Villroy spielen – Royaltini, Villroy Breeze, sogar einen Lobster Snap.

„Ich kann auch alles ohne Alkohol machen", sagt der Barkeeper. „Und Cola haben wir auch." Er weist auf die Rückseite der Karte hin.

„Können Sie mir ein paar Minuten geben, damit ich mich entscheiden kann?", fragt Chloe.

Er nickt und geht zur Zapfanlage, um mein Bier zu zapfen.

Chloe beugt sich vor, um sich mir anzuvertrauen: „Meine Schwester sagt, ich war als Kind ein teuflischer Wirbelwind, aber ich erinnere mich an nichts davon."

„Du? Wirklich?"

Sie nickt. „Sie sagt, ich habe mir die Kleider vom Leib

gerissen und bin nackt über den Strand gerannt, habe Sandburgen niedergetrampelt, die sie und Prinzessin Silvia für mich gebaut haben, unser Mittagessen den Möwen zugeworfen und Krabben die Beine ausgerissen." Prinzessin Silvia ist Adrians Zwillingsschwester, was bedeutet, dass Chloe den Rourkes schon lange nahesteht.

„Meine Art von Mädchen. Wie seid ihr nach Villroy gekommen, als ihr klein wart?" Vor dem Casino und dem Spa war es nicht gerade ein Touristenziel.

„Mein Vater war ursprünglich aus Frankreich und hatte schöne Erinnerungen an seine Sommer auf Villroy. Ich habe jeden Sommer hier verbracht, seit ich ein Baby war. Sara steht Silvia und Adrian nahe, da sie alle gleich alt sind. Ich war die verrückte kleine Schwester, die sie ertragen mussten."

Im Grunde kennt die königliche Familie Chloe also seit ihrer Geburt. Und jetzt ist mein Cousin ihr Schwager. Ja, ich muss auf jeden Fall aufpassen, dass ich hier keine Grenze überschreite. Das könnte üble familiäre Konsequenzen haben.

„Was hast du sonst noch Teuflisches angestellt?", frage ich.

Sie lächelt und senkt den Kopf. „Anscheinend habe ich auch einen lebenden Fisch geschluckt, aber das war ein Unfall. Ich dachte, ich könnte ihn mit der Spucke in meinem Mund am Leben halten und nach Hause bringen, damit er mein Haustier wird."

„Wow, das habe ich noch nie gemacht. Ich habe einmal die Kreditkarte meines Vaters in den Briefkasten gesteckt. Ich wollte sehen, wie sie durch den Schlitz rutscht. Junge, war er angepisst."

Sie schüttelt den Kopf. „Kinder, oder?" Sie betrachtet noch einmal die Karte. „Ich habe noch nie in meinem Leben Alkohol getrunken, aber bei all dem Gerede über meine unbeschwerten Tage will ich einen probieren." Sie begegnet meinen Augen mit einem kleinen Lächeln auf ihrem wunderschönen Engelsgesicht. „Ein bisschen wild sein."

Ich verspanne mich in voller Alarmbereitschaft. Chloe

darf nicht wild werden. Sie wäre dann viel zu verlockend. Wilde Frauen sind wie Butter für mein Brot. Ich darf hier nicht essen! Das ist Familienterritorium.

„Keine gute Idee", sage ich.

„Warum?"

Ich schüttele den Kopf und versuche verzweifelt, mir einen guten Grund aus den Fingern zu saugen. „Darum."

„Nur einen Cocktail. Und ich kann mich zum Palast zurückfahren lassen. Ich kann Spaß haben und vernünftig sein." Sie wendet sich wieder der Getränkekarte zu und kaut auf ihrer Unterlippe, während sie sie studiert. Mein Innerstes zieht sich zusammen. Da ist etwas mit diesen Lippen mit der sanft geschwungenen Ober- und der volleren Unterlippe. So sexy. Ich reiße meinen Blick von der Versuchung los.

Mein Bier kommt, und ich trinke einen großen Schluck. Ich fühle mich ruhiger und bemühe mich um die verantwortungsbewusst klingende Stimme meines ältesten Bruders. „Du solltest Alkohol wirklich meiden, da du keine Toleranz hast. Trink mit Verstand." Moment, ich denke, das ist aus einer Werbung, die die Zuschauer zum Trinken auffordert, aber auf verantwortungsvolle Weise.

Sie dreht sich zu mir um. „Villroy Breeze klingt gut mit den Erdbeeren. Ist Rum süß?"

Ich öffne meinen Mund, um zu sagen, dass Rum wie Hustensaft schmeckt und sie den um jeden Preis meiden sollte, doch es ist zu spät.

Sie hebt eine Hand, um den Barkeeper herbeizuwinken. „Ich nehme bitte einen Villroy Breeze. Mit Alkohol."

Ich schüttle den Kopf. Das ist furchtbar. Gleich wird sie locker und entspannt sein, genau, wie ich meine Frauen mag. Wenn sie dann noch wild wird, bin ich erledigt.

Sie nimmt mein Bier, trinkt einen Schluck und streckt die Zunge heraus. „Widerlich."

„Nicht wahr? Vergiss es. Ich wette, dein Drink ist auch grässlich." Ich wende mich ab und trinke noch einen großen

Schluck Bier. Sobald ich mit diesem Bier fertig bin, gehe ich zurück zum Pokerspiel. Ich werde sie bei ihrer Schwester abliefern und für den Rest des Abends Abstand halten.

Sie knufft mich in die Rippen. „Lass mich nichts Verrücktes oder Peinliches tun."

Ich schlucke. „Was zum Beispiel?"

„Ich weiß nicht." Sie wedelt mit der Hand. „Irgendwas."

Sie kann sich nicht einmal was Wildes vorstellen. Ausgezeichnet. Vielleicht hat der Alkohol keine Wirkung auf sie. Vielleicht wird sie nur kichern oder so was in der Art.

Ich entspanne mich und stelle mir vor, was wild bedeuten könnte. Es ist lustig, weil sie nichts davon tun würde. „Willst du nackt auf einem Tisch tanzen?"

Sie lächelt. „Nein. Ich tanze nicht."

Perfekt. Jetzt kann ich Spaß mit ihr haben.

Ich senke meine Stimme, damit der Barkeeper, der am anderen Ende der Bar ihren Cocktail mixt, es nicht hören kann. „Willst du einen Striptease hinlegen für den alten Knacker hinter der Bar?"

Ihre Augen weiten sich. „Warum endet bei mir alles immer nackt?"

Ich hebe mein Bier und verstecke ein Lächeln. „Du hattest als Kind offenbar eine Vorliebe fürs Nacktsein."

Sie schüttelt den Kopf. „Oh ja? Und jetzt bin ich so ein Weichei."

„Das bist du total."

„Hey!"

Ich kichere vor mich hin und sie wirft mir einen finsteren Blick zu. Sie ist es nicht gewohnt, aufgezogen zu werden. „Ich stimme dir nur zu", sage ich.

Ein paar Minuten später sehe ich zu, wie sie ihren ersten vorsichtigen Schluck von ihrem Cocktail trinkt. „Mmm, der ist köstlich!"

Der Beschützer in mir kommt hervor. „Vorsicht, manchmal versteckt das süße Zeug den Alkohol und man trinkt zu schnell." Ich bin mir nicht sicher, ob ich sie oder mich beschützen will.

Sie trinkt nochmal und drückt ihre Finger an ihre Stirn. „Ahhh! Hirnfrost. Lass uns ein paar Hummer-Nachos bestellen. Ich habe nichts zu Abend gegessen."

Ich richte mich auf. „Chloe, man trinkt nicht auf leeren Magen."

„Ja, Sir", sagt sie zackig.

War das zu hart? Ich bin der coole Typ, mit dem man feiert. Mann, das ist krank.

Ich bemühe mich um einen netteren Ton. „Klar, Nachos kann ich immer essen."

Sie gibt die Bestellung auf und dreht sich wieder zu mir um. „Ich mag es, einen Freund zu haben. Es ist, als ob du ein natürliches Abwehrmittel gegen jeden anderen Kerl wärest, der sich mir nähern könnte." Sie nickt in Richtung der beiden Typen am Ende der Bar. Sie sind beide Anfang zwanzig, wahrscheinlich Einheimische.

Meine Kiefermuskeln zucken. *Genau das, was ich immer sein wollte – ein Männerabwehrmittel.*

Ein Bier, und ich bin weg.

Ich trinke einen großen Schluck. Ich fange an, es zu spüren, denn es ist mein drittes Bier heute Abend. Ich hatte vorhin beim Pokerspiel schon zwei. Gut, dass wir Nachos bestellt haben. Ich sollte langsamer trinken.

Sie stößt mir mit dem Finger in die Brust. „Schau mal."

Sie berührt mich.

Ich sehe sie an. „Was ist?" Oh Scheiße. Ihr Cocktail ist fast weg.

„Ich fühle mich superglücklich." Sie schnappt nach Luft. „Fühlt es sich so an, wenn man beschwipst ist?"

Ich unterdrücke ein Lachen. „Ja."

Sie lacht und trinkt ihr Glas leer. „Fantastische Arbeit hier, Mr. Barkeeper. Kann ich noch so einen haben?"

Er nickt und macht sich an die Arbeit.

„Okay, aber iss was, bevor du weitertrinkst", sage ich. „Verstanden?" Ich klinge wie eine totale Spaßbremse. Ich bin eine totale Spaßbremse. Ich darf diese Situation einfach nicht aus dem Ruder laufen lassen.

„Bren-dan." Sie sagt meinen Namen gedehnt mit verspielter Stimme. „Mir geht's gut."

„Ich sage das als dein guter Freund mit Erfahrung auf dem Gebiet des Alkohols. Du bist winzig, und du hast keine Toleranz." Und jetzt klinge ich, als hätte ich einen Stock im Arsch. Ich tröste mich damit, dass es der Beschützerinstinkt ist, den sie in mir geweckt hat. Ich bin immer noch ein Typ zum Spaß haben. Ja wirklich.

„Winzig", schnaubt sie. „Ich kann mächtig zuschlagen." Sie knufft meine Schulter, und es fühlt sich an, als wollte sie an einer Tür anklopfen. Und ich spiele hier nicht den Toughen. Es ist, als hätte sie noch nie in ihrem Leben zuge-schlagen.

Ich zucke zusammen, als würde es wehtun, und sie reibt meine Schulter. „'Tschuldigung", singt sie. „Jetzt musst du zugeben, dass ich eins sechzig reine Kraft bin."

Der Barkeeper kommt mit ihrem Cocktail, und ich sehe ihn an. „Können Sie den mit den Nachos bringen?"

„Brendan Rourke!", protestiert sie.

„Dr. Traversen."

Sie atmet tief durch. „Bin ich peinlich?"

„Nur ein bisschen laut."

„Okay, du bist der Experte." Sie nickt dem Barkeeper zu, den Drink zu behalten, bis die Nachos kommen.

Ich entspanne mich. „Korrekt. Ich bin der Experte für Villroy Breeze für jungfräuliche Trinker."

„Oh, ich bin keine Jungfrau."

Das habe ich mir jetzt selbst zuzuschreiben.

Ich schüttle meinen Kopf, als sie sich zu mir vorbeugt. Ich weiß nur, dass sie im Begriff ist, zu viel zu erzählen. „Nicht –"

Sie fährt mit einem lauten Bühnenflüstern fort: „Ich habe

es im Sommercamp für Biomedizintechnik an Mike verloren, als ich sechzehn war. Ich hatte ein Vollstipendium im Camp für Wissenschaftsenthusiasten von der Penn, denn so bin ich nunmal."

Meine Schultern sind angespannt. War Mike ein anderer Schüler oder ein Lehrer? Und was ist mit ihr und Typen namens Michael? „Und wie alt war Mike?"

„Sechzehn."

Ich entspanne mich.

„Er war anfangs nicht sehr gut, aber –"

„Kein Notwendigkeit für —"

Sie hält einen Finger hoch. „Am Ende des Sommers hat er *endlich* den Zauberknopf gefunden." Sie zieht mich an der Schulter an sich heran, um mir laut ins Ohr zu flüstern: „Ich drücke mich höflich aus. Der korrekte anatomische Begriff ist natürlich ..." Sie kichert in mein Ohr, und ich richte mich auf, um mein Gehör zu schonen.

„Ich fühle den Alkohol jetzt wirklich, Bren!"

Ich kann nicht anders, als zu lachen. „Das sehe ich."

Sie seufzt glücklich. „Ich mag es, einen Freund zu haben. Jetzt kannst du mir sagen, wie ein Typ das sieht. Warum glauben Typen, dass eine Frau, die allein in der Bibliothek sitzt und studiert, darüber reden will, was sie am Wochenende vorhat?"

Sie sieht ratlos aus. *Weiß sie nicht, wie schön und sexy sie ist?*

Sie schüttelt meine Schulter. „Komm schon, du bist ein Kerl. Sag mir, warum sie das tun."

Ich seufze. *Wie bin ich nochmal in der Freundeszone gelandet?* Es ist harte Arbeit, nicht die Grenze zu überschreiten. Ich halte es einfach, bleib bei den Fakten. „Du bist ein hübsches Mädchen –"

„Frau."

„Du bist eine hübsche Frau, die allein sitzt, also denken sie, du bist Single. Sie hoffen, bei dir landen zu können."

Sie schüttelt den Kopf. „Aber es ist die *Bibliothek*. Natürlich bin ich da, um zu studieren."

„Deshalb wollen sie später ein Date mit dir. Die meisten Leute gehen am Wochenende aus."

„Die meisten Leute wollen nicht an die Harvard Medical School. Außerdem sind meine körperlichen Bedürfnisse schon erfüllt. Wozu brauche ich noch einen Typen?"

„Brauchst du nicht." Da stimme ich ihr zu. Was soll ich sonst auch sagen, es sei denn, ich will in ein Gebiet vordringen, in das ich nicht vordringen sollte?

Sie lächelt strahlend, und mein Herz pocht. Sie ist unwiderstehlich, wenn sie lächelt. Und wenn sie es nicht tut.

Oh, verdammt. Ich muss hier raus. Aber ich fühle mich jetzt verantwortlich für sie. Ich dachte nicht, dass sie nur von einem Drink betrunken sein würde. Natürlich wusste ich auch nicht, dass sie das Abendessen ausgelassen hat. Ich kann eine betrunkene Frau nicht im Casino allein lassen. Sie könnte etwas tun, das sie später bereut. Sobald sie ihren zweiten Drink getrunken und ihre Nachos gegessen hat, bringe ich sie sicher zurück in ihr Zimmer. Und das war's dann.

Hoffentlich bekommt sie einen Kater und entscheidet, dass es sich nicht lohnt, mich oder irgendeinen Typen jemals wieder so zu foltern.

5

Chloe

Brendan ist sooo widerlich. Ich bin froh, dass ich nicht mit Brüdern aufgewachsen bin. Eine Käseschnur von den Nachos hängt in seinem Bart. Ich würde ihm davon erzählen, aber er muss nicht heißer aussehen, vielen Dank auch. Ich trinke gerne fruchtige alkoholische Getränke mit ihm. Ich bin ein bisschen beschwipst, aber es ist okay. Brendan ist vernünftig genug für uns beide.

Die Nachos sind köstlich, und ich verschlinge mehr als meine Hälfte. Ich lasse mir Zeit mit meinem zweiten Drink, damit er lange reicht. Ich werde auf keinen Fall drei Drinks trinken. Brendan hat das gesagt. Er ist der Experte. Ich habe auch ein großes Glas Wasser getrunken. Ich muss wahrscheinlich um drei Uhr morgens aufstehen und Pinkeln gehen.

„Was hat dich dazu gebracht, Krebs heilen zu wollen?", fragt er.

Ich kaue und schlucke. „Es ist die Geißel unserer Existenz, und ich will der Menschheit helfen. Der ganzen Welt." Ich wische mir mit dem Handrücken über den Mund. „Ich widme der Forschung mein Leben."

„Hat jemand, der dir nahesteht, Krebs gehabt?"

„Nein. Meine Eltern sind von einem betrunkenen Lastwagenfahrer überfahren worden, als sie auf dem Gehsteig nach Hause gegangen sind." Ich wende mich ihm zu, als er schweigt. Oh nein, nicht das, alles, nur nicht das. Er sieht mich mitleidig an. Ich lege meine Hand über seine Augen.

Er lächelt und sieht verdammt umwerfend aus. „Was soll ich nicht sehen?"

„Ich will dich nicht sehen, Brendan-bo-bendan." Ich lasse meine Hand sinken, zupfe den Käsefaden aus seinem Bart und halte ihn ihm hin. Er steckt ihn sich in den Mund. „Eww, Jungs sind ekelhaft."

„Männer."

Ich lache. „Männer sind ekelhaft."

„Ich bin sehr gut konditioniert. Ich klappe immer den Toilettensitz runter."

„Deine Mutter hat dich richtig erzogen."

„Das hat sie, doch mein Vater ist auch ein echter Verfechter von Manieren und Etikette, da er hier dazu erzogen wurde, einmal den Thron zu besteigen. Aber im Ernst, wie kommt es, dass du so darauf konzentriert bist, in die Krebsforschung zu gehen? Es gibt andere Möglichkeiten, der Menschheit zu helfen."

Ich nehme den letzten Nacho und halte ihn einen Moment lang in die Höhe, überrascht, dass er mir erlaubt hat, ihn zu nehmen. „Meine Highschool hat einen Kurs für naturwissenschaftliche Forschung angeboten. Da bin ich mit einem Mentor zusammengebracht worden, der in der Krebsforschung tätig ist. Das hat mein Interesse geweckt, und je mehr ich darüber gelesen habe, desto sicherer war ich, dass es das war, was ich machen wollte. Es ist mein Lebensinhalt." Ich stecke den Nacho ganz in meinen Mund und kaue, schließe meine Augen, während die Aromen von Hummer, Käse und salzigen Chips in meinem Mund zusammenschmelzen. *Fantastisch.*

Ich öffne meine Augen und sehe, wie er mich anstarrt. „Tut mir leid, wolltest du den letzten Nacho?"

Er lacht. „Ein bisschen spät, um zu fragen."

„Wir könnten noch eine Portion bestellen."

„Nein, schon gut. Es ist cool, was du aus deinem Leben machst."

Ich nicke. „Ich freue mich besonders auf die CRISPR-Forschung. Hast du davon gehört? Da werden Gene manipuliert. Sie arbeiten daran, das eigene Immunsystem eines Patienten zur Bekämpfung von Krebs zu nutzen."

„Hab noch nichts davon gehört. Erzähl mir mehr."

Und das tue ich. Ich kann stundenlang über biomedizinische Forschung reden. Und er scheint tatsächlich interessiert zu sein, denkt mit und stellt gute Fragen. Noch nie in meinem Leben hat mir jemand so intensiv zugehört, wenn ich über meine Leidenschaft gesprochen habe, außer Sara natürlich.

Wir reden stundenlang, bis die Bar schließt. Ich bin nicht mehr so beschwipst, nachdem wir so lange hier gesessen haben. Brendan hat mir vom Bau- und Immobilienentwicklungsgeschäft seiner Familie in Brooklyn erzählt. Ich bin in Brooklyn aufgewachsen, also haben wir auch ein bisschen darüber gesprochen und uns zum Spaß über die besten Läden für Pizza, Bagels und Essen aus aller Herren Länder gestritten. Brooklyn ist ein Schmelztiegel von Nationalitäten. Er ist in einer viel schöneren Gegend aufgewachsen als ich. Sara hat ihr Bestes für mich getan mit ihren zwei Jobs und einem kleinen monatlichen Scheck von unserem Onkel, nachdem er uns für seine Nashville-Träume verlassen hat. Er ist nie groß rausgekommen. Geschieht ihm recht. Nicht, dass ich bitter bin.

„Ich rufe uns einen Wagen", sagt er und zückt sein Handy.

Sie spielen wahrscheinlich immer noch oben Poker, doch die Bar schließt, um dem Barkeeper eine Auszeit zu gönnen, wenn nicht viel los ist.

Er steckt sein Handy in die Tasche. „Willst du draußen oder hier drinnen warten?"

„Lass uns nach draußen gehen."

Wir nehmen unsere Jacken und machen uns auf den Weg zum Ausgang. Brendan ist jetzt ruhig und wirkt irgendwie ernst. Plötzlich mache ich mir Sorgen, dass ich zu viel geredet habe.

„Ist alles in Ordnung?", frage ich.

„Ja."

„Habe ich zu viel über meine Forschung gesprochen?"

Er schüttelt den Kopf und schenkt mir ein sanftes Lächeln. „Überhaupt nicht."

Ich beiße mir auf die Unterlippe. Ich habe definitiv zu viel geredet. Ich glaube, ich habe ihn um den Verstand gelangweilt. *Großartige Art und Weise ihm zu zeigen, dass man mit dir Spaß haben kann, Chloe. Ihm das Ohr über deine eigenen Interessen abkauen.* Ich hätte ihn mehr über ihn fragen sollen.

Er öffnet mir eine der Glastüren, und ich trete hinaus in die frische Nachtluft. Die Sterne leuchten am dunklen Himmel, es ist fast Vollmond. Ich warte darauf, dass er sich mir anschließt. Ich will ihn gerade fragen, was ihm an seiner Arbeit am besten gefällt, als er mich überrascht.

„Ich bin so beeindruckt von dir, Chloe. Du wirst Spuren hinterlassen und so vielen Menschen helfen. Es ist … du bist ganz außergewöhnlich."

Meine Wangen werden von dem Kompliment rot, und ich senke verlegen den Blick. „Ich bin nichts Besonderes. Es gibt viele Leute, die diese Art von Arbeit machen."

Er hebt mein Kinn. „Du bist heldenhaft in deinen Ambitionen."

Mein Atem stockt, mein Herz rast. „Danke!"

Er lässt seinen Griff los und wendet sich ab. Ich bin überrascht, wie enttäuscht ich bin.

„Was gefällt dir an deiner Arbeit?", frage ich.

Er schüttelt den Kopf. „Es ist nicht dasselbe wie deine, das sage ich dir. Ich bin in das Familienunternehmen hineingeboren worden. Ich habe nie daran gedacht, was anderes zu machen."

„Gefällt es dir nicht?"

„Nein, das schon. Ich arbeite gerne mit meinen Brüdern und der Crew zusammen. Ich kann mich nicht beschweren."

„Was gefällt dir daran am besten?"

„Ich arbeite gerne mit Werkzeugen. Und in letzter Zeit suche ich nach neuen Projekten für die Entwicklung."

„Das ist auch cool. Menschen brauchen immer einen Ort zum Leben und Arbeiten."

Er seufzt. „Ja, das definitiv."

Scheiße. Ich dachte, wir hätten eine lustige Nacht, aber jetzt scheint er niedergeschlagen zu sein, weil er denkt, dass meine Arbeit wichtig ist und seine vielleicht nicht.

„Jeder macht das, worin er gut ist", sage ich. „Wenn ich versuchen würde, einen Bohrer zu benutzen oder was auch immer du mit Rohren machst, wäre ich eine Katastrophe, und ich hätte zu viel Angst, einen Draht anzufassen."

Er lacht. „Du bist süß, aber es gibt viele Leute, die meinen Job machen könnten."

„Meinen auch."

Er schüttelt ungläubig den Kopf.

„Es ist wahr! Niemand arbeitet im Vakuum. Es gibt eine globale wissenschaftliche Gemeinde, genauso wie es eine globale Bauarbeiterschaft gibt. Die Welt braucht alle Arten von Menschen in allen möglichen Berufen."

Er grinst. „Gerade als ich dachte, du wärst keine feurige Rothaarige, zeigst du es mir."

Ich starre ihn an, suche nach einer cleveren Antwort und finde keine. Ich bin blond, und daran ist nichts auszusetzen. Was ist das nur mit ihm und Rothaarigen? Vielleicht eine Ex?

Unser Wagen kommt, ein silberner Mercedes, und der Fahrer steigt aus und öffnet die Tür für uns. „Danke, Eli", sage ich. Ich bin oft genug hier, um die Fahrer zu kennen.

„Gern geschehen", sagt er herzlich.

Sobald wir uns auf dem Rücksitz niedergelassen haben, scheint Brendan munter zu werden. „Ich schätze, du wirst heute Abend noch lernen, oder?" Er zieht mich wieder auf. Ich will ihm das Gegenteil beweisen. Ich kann über einen längeren Zeitraum Spaß haben. Oder wenigstens zwei Tage meiner dreiwöchigen Wintervorlesungspause.

„Nein. Nicht heute Nacht."

„Nein?", fragt er mit einem Lächeln in der Stimme. „Aber Chloe, es ist nach Mitternacht. Verwandelst du dich dann nicht in einen Kürbis?"

„Willst du mich unbedingt ärgern?"

„Es macht irgendwie Spaß zu hören, wenn du deinem Haar gerecht wirst."

Ich packe die Spitzen meiner schulterlangen Haare und werfe sie in die Luft. „Was ist das mit dir und roten Haaren?"

Er krallt sich in die Luft. „Rothaarige sind leidenschaftlich."

„Ich kann leidenschaftlich sein. Sex ist nur Biologie und völlig natürlich. Ich habe keine Probleme oder Hemmungen deswegen." Tatsache.

„Bist du noch beschwipst?" Seine Stimme klingt erstickt.

„Nein, scheint weg zu sein. Ich hatte heute Abend wirklich Spaß. Bist du morgen da?"

Er starrt geradeaus. „Ich reise morgen früh ab."

Oh. Ich denke, dann müssen wir uns wohl verabschieden.

Verdammt. Ich will nicht, dass der Spaß endet.

Ich studiere sein Profil. Sein Kiefer ist angespannt, aber dann werde ich von seinen sinnlichen Lippen abgelenkt. Es juckt mich in den Fingern, seinen sorgfältig gestutzten Bart zu berühren. Weich oder borstig? Wie würde es sich anfühlen, wenn er sich an mir reibt? Ich habe noch nie einen Mann mit Bart geküsst.

Brendans Worte von vorhin fallen mir wieder ein: *Das wäre, als würde ich meine Cousine küssen. So falsch.*

Ich wende mich ab und schaue aus dem Fenster. Ich muss aufhören, ihn zu wollen. Heute Abend hat er sich eher wie ein überfürsorglicher großer Bruder benommen als wie ein Typ, der Lust auf mich hat.

Den Rest der Strecke fahren wir schweigend, aber es ist eine angespannte Stille, fast als hinge die Frage in der Luft – wird der Spaß weitergehen? Oder vielleicht bin das nur ich. Ich bin nicht bereit dafür, dass unsere gemeinsame Zeit zu Ende geht.

Im Palast angekommen, gehen wir, immer noch schweigend, zu den Treppen, die zu unseren Zimmern führen. Ich erwische ihn ein paarmal dabei, wie er mich ansieht, wahrscheinlich weil ich *ihn* anstarre.

Wir erreichen zuerst sein Zimmer. Er bleibt vor seiner Tür stehen. „Ich würde dir ja anbieten, dich zu deinem Zimmer zu begleiten, aber du hast ja schon gesagt, dass du das allein schaffst. Vorhin, meine ich."

Ich betrachte sein Gesicht, seine dichten Wimpern umrahmen das Blau seiner Augen. An seiner rechten Augenbraue ist eine Narbe, eine kaum sichtbare Linie. Die einzige sichtbare Unvollkommenheit. Ich möchte ihm plötzlich die Kleider vom Leib reißen und nach mehr Unvollkommenheiten suchen. *Oh Gott. Eine kalte Dusche wäre jetzt angebracht.*

Andererseits reist er morgen früh ab, und ich werde ihn nie wieder sehen müssen.

Nein. Wir sagten, wir machen diese Freundesache. Es ist nur so, dass er so heiß ist und er *mich* heiß macht.

„Gute Nacht, Chloe. Wir sehen uns auf Villroy."

Ich reibe die Seite meines Halses. „Ja. Tschüss." Ich trete einen Schritt zurück, obwohl alles in mir ihm näherkommen will.

Scheiß drauf.

Ich mache zwei Schritte auf ihn zu, packe seinen Kopf und küsse ihn.

Er küsst mich nicht zurück. Keine Spur.

Ich lasse ihn los, mein Gesicht flammend rot. „Tut mir leid."

„Ja", murmelt er, packt den Türknauf hinter sich und öffnet die Tür. „Nacht."

Und dann ist er weg.

Ich schlage mir die Hände vors Gesicht, so beschämt, dass ich mich nicht einmal bewegen kann. *Was ist nur los mit mir?*

Ich lasse meine Hände sinken und starre in die Ferne. Meine Güte, er wollte nur ein guter Freund sein, als ich einen gebraucht habe. Habe ich meine Lektion nicht mit Michael gelernt? Freunde mit gewissen Vorzügen zu sein ruiniert jede Freundschaft.

Ich eile den Flur entlang zu meinem Zimmer. Ich kann nur hoffen, dass ich ihn vor nächstem Weihnachten nicht wiedersehen muss. Ich werde den ganzen Besuch an Saras Seite verbringen. Ich kann es nicht ertragen, ihm wieder allein gegenüberzutreten. Hoffentlich ist ein Jahr genug Zeit für ihn, um diesen ungewollten Kuss zu vergessen.

6

Sechs Monate später ...

Brendan

Ich lebe nicht so gerne allein, wie ich dachte. Mein ganzes Leben habe ich mit dem einen oder anderen Bruder zusammengelebt. Mein derzeitiger Mitbewohner Beast housesittet für unseren älteren Bruder Sean und dessen Frau Josie, eine Schauspielerin, während sie für einen Film, in dem sie mitspielt, in Vancouver sind. Ein Krimi, in dem sie eine der Verdächtigen spielt. Das ist alles, was sie erzählen darf. Wie auch immer, ich kann Beast nicht zum Vorwurf machen, dass er ihr Angebot angenommen hat, in ihrem Haus zu wohnen. Sie leben in einem schicken Brownstone in Park Slope in Brooklyn. Sie haben sogar ein Heimkino mit einer riesigen Leinwand, die per Fernbedienung von der Decke herunterfährt. Also bin ich an einem Samstagnachmittag allein, schaue fern und versuche, nicht daran zu denken, dass ich allein bin.

Meine Gedanken wandern zu Chloe, wie so oft in einem Moment der Stille. Okay, ich bin Mann genug, um zuzugeben, dass ich seit Weihnachten auf Villroy mit ihr nicht mehr so viel Spaß mit einer Frau hatte. Da. Ich habe es gesagt. (In meinem Kopf. Niemand sonst muss diesen peinlichen Mist wissen.) Ich weiß nicht, warum sie mir nicht aus dem Kopf geht, wenn man bedenkt, wie unterschiedlich wir sind. Ich meine, ja, sie ist verdammt hübsch anzusehen, und ich bewundere auch ihren Verstand. Das Tolle an einer klugen Frau ist, dass man sich darauf verlassen kann, dass sie alles rational und vom Verstand her angeht, anstatt eine große unangenehme emotionale Szene zu machen. Sie würde mir nie einen Stiletto an den Kopf werfen, während sie sich die Augen meinetwegen ausweint wie gewisse andere Frauen. *Mallory.*

Gleichzeitig habe ich aus gutem Grund nichts mit Chloe angefangen. Sie in dieser Nacht stehenzulassen war das Schwierigste, was ich je getan habe.

Trotzdem frage ich mich, wie es ihr geht. Ich habe nachgelesen, wie man an die Harvard Medical School kommt. Hat sie beim MCAT gut abgeschnitten? (Das ist der Aufnahmetest für die medizinische Fakultät.) Ist sie glücklich? Ist sie Single?

Geht mich nichts an.

Unruhig stehe ich vom Sofa auf. Es ist ein sonniger Junitag. Ich sollte joggen gehen, ein paar Kalorien verbrennen, nachdem ich heute Abend vorhabe, in einer Bar etwas zu trinken. Ich werde später sehen, wer da ist, um auszugehen. Ich schnappe mir meine Sneakers aus dem Schlafzimmer, setze mich ans Fußende meines Betts und schnüre sie. Seltsam, wie unattraktiv die Barszene in letzter Zeit war.

Ich öffne die Haustür und jogge die Treppe hinunter, gerade als jemand mit einem Stapel Kisten kommt, die höher als ihr Kopf gestapelt sind. Definitiv eine Frau, den zierlichen Händen nach zu urteilen.

„Lass mich dir helfen", sage ich.

Sie bleibt stehen und späht um die Kisten herum. „Ich schaff das schon."

Ich erstarre. Ihr Haar ist blond, aber ich kenne dieses

Gesicht. Diese grünen Augen, ihre feinen Züge, den sanften Schwung ihrer Oberlippe. „Chloe?"

„Brendan?"

„Was machst du hier?", fragen wir gleichzeitig.

Ich lache. „Ich wohne hier."

„Ich auch für den Sommer."

Ich nehme ihr die beiden obersten Kisten ab, lasse ihr eine übrig und gehe wieder nach oben. „Zweiter oder dritter Stock?"

„Zweiter."

Adrenalin durchströmt mich. Da wohne ich. Im zweiten Stock gibt es vier Wohnungen, und mein Nachbar, ein Paar, ist gestern erst abgereist, um den Sommer bei seiner Familie in Italien zu verbringen. Chloe zieht direkt neben mir ein.

Heilige Scheiße.

Fragen schießen mir durch den Kopf – wie ist sie zu meiner Nachbarin geworden? Was macht sie diesen Sommer? Erinnert sie sich an diesen Kuss?

„Wusstest du, dass ich hier wohne?", frage ich.

Ihre Brauen schießen in die Höhe. „Nein. Sara hat die Wohnung für mich arrangiert. Das Paar ist für den Sommer nach Italien gegangen."

„Ja, die Marchettis."

Wie soll ich der Versuchung widerstehen, wenn sie direkt neben mir wohnt?

Ich erinnere mich daran, warum ich mich überhaupt dagegen gewehrt habe. Unser Familienanschluss. Wahrscheinlich ist sie so hier gelandet. Mein Cousin Phillip hat uns von dem Gebäude erzählt. Der Besitzer ist ein Freund von ihm. Phillip kennt als UN-Botschafter für sauberes Wasser die halbe Welt. Ich wette, Sara hat durch ihren Mann von der Wohnung erfahren, der es wiederum von seinem Bruder gehört hat.

Das ist schlecht. Ich darf nicht der Grund dafür sein, dass es eine weitere Eskalation zwischen den Rourkes aus Villroy und denen aus Brooklyn gibt. Es würde meinen Vater umbringen, in seinem Königreich nicht mehr willkommen zu sein. Wenn man zum König erzogen wurde, bedeutet einem das Königreich alles.

Ich bleibe vor ihrer Tür stehen und warte darauf, dass sie sie aufschließt. „Ich wohne gleich nebenan."

Sie konzentriert sich auf die Tür, doch mir entgeht nicht, wie sich ihr ganzer Körper anspannt. „Kleine Welt."

„Alles Familie. Phillip hat uns von diesem Gebäude erzählt. So hat Sara wahrscheinlich davon gehört." Ich folge ihr in die Wohnung und stelle die Kisten ab. Sie stellt ihre Kiste daneben, nimmt ihre Laptoptasche von der Schulter und legt sie auf den hellen Holzsofatisch.

Ich reibe meine Hände aneinander. „Noch was?"

„Nur mein Koffer."

„Ich gehe ihn holen." Ich gehe die Treppe hinunter und schnappe mir einen großen schwarzen Rollenkoffer, den sie im Foyer abgestellt hat. Ich kann nicht glauben, dass sie direkt neben mir wohnt. Ignoriere ich sie? Aber was ist, wenn sie wie in Villroy als Freunde rumhängen will? Ich darf nicht unhöflich sein, wenn sie fragt, besonders nachdem ich ihren Kuss abgelehnt habe. Ich wollte sie so gern küssen. Das passiert also, wenn man das Richtige tut. Es beißt einem später in den Arsch. *Und ich dachte, das sei eine Willensprobe gewesen? Was ist dann das jetzt?*

Ich drücke ihre unverschlossene Tür auf und schiebe den Koffer in den Flur. Das ist eine Zweizimmerwohnung, und ich weiß zufällig, dass ihr Schlafzimmer die Wand mit meinem teilt. Sagen wir einfach, ich habe das Bett der Frisch-vermählten nebenan knarren gehört. Ich musste mir Ohrstöpsel besorgen.

Chloe sieht sich zufrieden um. Die Wohnung ist gemüt-lich mit einem hellbeige gepolsterten Sofa, ein paar geschwungenen Holzstühlen und verschiedenen Holzti-schen. An der Wand hängt eine Reihe groß gerahmter

Schwarz-Weiß-Fotos von der Hochzeit der Marchettis in Italien. Schick.

„Was gibt's Neues?", frage ich.

Sie breitet die Arme weit aus. „Nicht viel. Ab Montag habe ich mein Praktikum in einem Labor."

„Wie lange dauert dein Praktikum?"

„Acht Wochen. Dann werde ich Sara auf Villroy besuchen, bis ich wieder ans College zurückgehe."

Acht Wochen. Das ist lang genug, um sich wirklich in jemanden zu verheddern. Das heißt, wenn man eine Beziehung will. Was ich nicht will. Das eigentliche Problem dabei ist, dass acht Wochen lang genug sind, um versucht zu werden, die Grenze zu überschreiten. Was ich auch nicht will.

Hat sie noch Kontakt zu ihrem Psycho-Ex? Demjenigen, der gedroht hat, mich umzubringen, wenn ich sie anfasse?

Wen interessiert das? Es ist nicht so, als würde er bis nach Brooklyn fliegen, um mich zu töten. Ziemlich sicher.

Eine unbehagliche Stille breitet sich zwischen uns aus, während ich versuche, herauszufinden, was ich zu dieser Frau sagen kann, nachdem ich so hart gearbeitet habe, um sie zu vergessen.

„Wie ist es letztes Semester am College gelaufen?", platze ich heraus.

Sie zwirbelt eine Locke ihrer weich aussehenden schulterlangen blonden Haare und sieht zur Tür. „Gut."

Will sie, dass ich gehe?

„Hast du beim MCAT gut abgeschnitten?"

Sie neigt den Kopf. „Du weißt, was MCAT ist?"

„Ja, ein Freund von mir hat ihn gemacht", murmele ich – eine glatte Lüge. Ich kenne außer meiner Ärztin niemanden, der Medizin studiert hat. Aber ich habe sie nie nach dem Test gefragt. Was auch immer.

„Ich bin mit meinem Ergebnis zufrieden", sagt sie und verschränkt ihre Hände vor sich.

Ich starre auf ihre verflochtenen Hände, und sie

verschränkt sie stattdessen hinter ihrem Rücken. Sie trägt ein smaragdgrünes Tanktop, Jeans und weiße Keds. Genau wie sie es auf Villroy getragen hat. Sie ist großartig in der Tanktop-Jeans-Kombination, obwohl sie da noch eine Strickjacke getragen hat. Mein Blick fällt auf die Vertiefung zwischen ihren Schlüsselbeinen, die Linie ihres Halses, ihr zartes Kinn.

Plötzlich merke ich, dass ich zu lange starre und der Gesprächsball in meinem Spielfeld ins Aus gerollt ist. „Gut. Das ist gut. Hast du Hunger? Wir könnten ... " Ich deutete auf die Tür.

„Nicht wirklich. Ich habe vor zwei Stunden zu Mittag gegessen."

Ich nicke. Macht Sinn. Es ist Nachmittag. „Brauchst du Hilfe beim Auspacken?" Nur Ihr guter, hilfsbereiter Nachbar hier.

Sie verschränkt die Arme und lässt sie wieder sinken. „Das sind nur meine Forschungsarbeiten und ein paar Notizbücher. Das schaffe ich selbst."

Ich reibe mir den Nacken. Warum ist das so schwer? Sie ist einfach eine Frau, mit der ich ein paar freundschaftlich Drinks hatte. Eine platonische Freundin. Meine einzige platonische Freundin überhaupt. „Also, ich bin gleich nebenan. Klopf an, falls du was brauchst."

„Okay." Sie geht zur Tür.

Das ist wohl mein Stichwort zu gehen.

„Bis dann." Ich gehe hinaus.

Dann stehe ich einen Moment im Flur, mir schwirrt der Kopf. Könnte das noch unangenehmer sein? Ich muss daran arbeiten, ein guter Nachbar zu sein. Ich will nicht den Sommer damit verbringen, auf jedes Geräusch von nebenan zu lauschen und darüber nachzudenken, was sie tut oder mit wem.

Scheiße. Muss ich mitanhören, wenn sie sich mit einem Typen verabredet?

Ich jogge die Treppe hinunter, bei jedem Schritt aufgewühlter. Das wird nicht funktionieren. Ich muss schnell eine
Lösung finden.

Ich frage mich, ob ich bei Beast einziehen könnte. Nein.
Das wäre feige. Das ist meine Wohnung. Und Chloe Travers
wird mich nicht vertreiben. Egal wie unbehaglich es werden
könnte.

~

Chloe

Benommen gehe ich in die kleine Küche. Brendan Rourke.
Der Typ, von dem ich gehofft hatte, ihn lange nicht mehr von
Angesicht zu Angesicht zu sehen, wohnt gleich nebenan. Ich
nehme mit zitternder Hand ein Glas und halte es unter den
Wasserhahn. Das war so wahnsinnig peinlich. Er muss sich an
diesen ungewollten Kuss erinnert haben. Ich fühlte mich
einfach so ... gedemütigt. Er denkt wahrscheinlich, *Scheiße, die
Frau, die nach mir lechzt, ist gleich nebenan. Jetzt muss ich den
ganzen Sommer über ihren Avancen ausweichen.*

Wenn er nur wüsste. Nach sorgfältiger Abwägung der
Fakten bin ich zu dem Schluss gekommen, dass er meine
Lieblingsfantasie mit meinem Vibrator Blaze ist, weil sich
mein Verstand ein anderes Ende für diese Nacht in Villroy
ausgemalt hat. Reine Selbsterhaltung. In meiner Fantasie-
Version erwidert er meinen Kuss und zieht mich in sein
Zimmer. Viele Orgasmen folgen. *Danke, Blaze.*

Ich atme scharf aus. Das muss niemand wissen, schon gar
nicht mein neuer Nachbar. Dass ich mit seinen funkelnden
blauen Augen, seinem entspannten Lächeln und dem süßen
Grübchen regelmäßig an ihn denken muss, ist auch leicht zu
verstehen. Er war ein Lichtblick in einer verletzlichen,
einsamen Zeit über die Feiertage. Eine andere Theorie, die ich
habe, ist, dass, wenn ich überarbeitet bin – so wie letztes
Semester –, meine Gedanken zum letzten Mal zurückwan-

dern, als ich Spaß hatte. Es war so lustig mit ihm. Zwei plausible Theorien, um zu erklären, warum ich ihn anscheinend nicht vergessen kann. Es ergibt Sinn, wenn man es objektiv betrachtet. *Jetzt kannst du vergessen, ihn zu vergessen! Er ist gleich nebenan.*

Hat Sara gewusst, dass er in diesem Haus wohnt?

Ich schicke ihr eine kurze SMS und lasse sie wissen, dass ich in Ordnung bin. Dann frage ich sie nach Brendan.

Sara: *Brendan wer?*

Sie wusste es nicht. Wir alle wussten durch Phillip von diesem Haus, genau wie Brendan gesagt hat.

Ich: *Brendan Rourke wohnt nebenan.*

Sara: …

Sie fragt wahrscheinlich bei Adrian nach. Es ist Nacht in Villroy, was bedeutet, dass sie beide im Casino arbeiten, das sie gemeinsam besitzen und betreiben.

Ich bringe mein Wasser zum Sofa und lasse mich schwer darauf fallen.

Sara: *Adrian sagt, dass es höchstwahrscheinlich durch Phillip ist. Phillips Kumpel gehört das Gebäude. Ist doch cool, oder? Du hast letztes Weihnachten mit Brendan in Villroy rumgehangen. Habt euch sofort verstanden.*

Ich habe ihr nie von meinem ungewollten Kuss erzählt. Zu peinlich.

Ich: *Ja, wir haben auf Villroy rumgehangen.*

Sara: *Großartig! Jetzt weiß ich wenigstens, dass du diesen Sommer nicht nur arbeiten wirst. Hab ein bisschen Spaß! Richte ihm Grüße von Adrian und mir aus. Muss arbeiten. Hab dich lieb!*

Ich schreibe ein kurzes „Ich dich auch" zurück und lege mein Handy auf den Sofatisch. Ich starre auf die gemeinsame Wand mit Brendans Wohnung, Adrenalin schießt durch mich hindurch. Zeit für Ablenkung.

Ein paar Minuten später stecke ich knietief in Mappen und Notizbüchern, als ich meine Kartons auspacke. Ich hatte das Glück, ein achtwöchiges Praktikum mit dem Schwerpunkt Krebsgenomdynamik in einem Krebszentrum der NYU in der Stadt zu bekommen. In diesem Sommer dreht sich alles um Arbeit. Ich werde recherchieren, Zeit damit verbringen, Bewerbungen für die medizinische Fakultät zusammenzustellen und zu studieren, um im nächsten Semester den Sprung zu machen. Bei meiner hohen Kursdichte hilft es, wenn man früh mit dem Lernen anfängt. Mein Vibrator wird viel Action bekommen, aber hey. Zumindest lenkt mich Blaze nicht ab, wenn wir fertig sind. Den Namen Blaze hat er sich für den glühend heißen Sprint ins Ziel verdient. Ich denke, ich werde ihn heute Abend benutzen, um mich zu entspannen.

Ich fühle mich etwas besser und organisiere eine Lernecke für mich mit einem langen Beistelltisch, der voller gerahmter Fotos steht. Ich verteile die Rahmen auf einige der im Wohnzimmer verstreuten Beistelltische. Ich hänge meine Arbeitskleidung im Schlafzimmerschrank auf – ein paar Röcke und Blusen, die ich kombinieren kann – und lege den Rest meiner Kleidung in die beiden leeren Schubladen der Kommode.

Nachdem ich meine Sachen organisiert habe, gehe ich einkaufen und danach zurück zu meiner neuen Wohnung. Die Gegend ist nicht allzu weit von dort entfernt, wo ich aufgewachsen bin, also finde ich mich ziemlich gut zurecht. Ich verstaue das Essen, setze mich aufs Sofa und überlege, was ich zuerst tun soll. Soll ich Abendessen machen? Die neuste veröffentlichte Arbeit des Forschungsleiters, unter dem ich arbeiten werde, lesen? Oder das Problem angehen, das neben mir wohnt?

Ich muss reinen Tisch machen mit Brendan. Ich werde ihn abklopfen, sehen, ob er sich an diesen peinlichen Kuss erinnert, und wenn er es tut, werde ich ihm versichern, dass er sich diesbezüglich keine Sorgen machen muss. Vielleicht kann ich behaupten, dass ich in jener Nacht immer noch betrunken war. Nein, ich bin mir ziemlich sicher, dass ich ihm gesagt habe, dass der Schwips am Ende der Nacht nachgelassen hat. Warum bin ich immer so direkt und ehrlich? Das ist ein Fluch. Ich werde diesen Sommer definitiv nicht mit ihm rumhängen und riskieren, meinen ungewollten lüsternen Impulsen zu folgen. Er ist viel zu attraktiv, um mich so zu quälen. Ich muss nur aufhören, mir wegen dieses Elefanten im Raum Sorgen zu machen. Nicht wahr? *Auf die Plätze, fertig, nach nebenan!*

Ich gehe in die Küche und zögere das Nachbarproblem hinaus. Es ist kurz vor dem Abendessen. Ich werde mir eine Packung Makkaroni mit Käse und einen Salat machen. Ich finde einen Topf, fülle ihn mit Wasser und stelle ihn auf den Herd. Ich seufze. Mir ist nicht danach. Ich habe Hunger, aber keine Lust zu kochen. Ich könnte mir was zu essen holen. Ich werde für das Praktikum bezahlt und habe diesen Sommer keine anderen Ausgaben. Sara bezahlt meine Miete und sagte, das gehört zu meiner Ausbildung. Sie hat sich mein ganzes Leben lang um mich gekümmert, aber jetzt, wo sie eine eigene Familie hat, will ich mein Medizinstudium selbst finanzieren, auch wenn das bedeutet, Studienkredite aufzunehmen. Sie hat jetzt Henry und muss in seine Ausbildung investieren.

Ich gehe in der Wohnung auf und ab und kratze meine Nerven zusammen, um dem Mann von nebenan gegenüberzutreten. Er ist nur ein Kerl. Das muss keine große Sache sein.

Ich werde spazieren gehen.

Auf halbem Weg zur Tür höre ich ein Geräusch auf dem Flur, und mein Herz pocht schneller. Ist es Brendan? Ich kann jetzt nicht rausgehen. Es sieht so aus, als würde ich versuchen, ihm *zufällig* auf dem Flur zu begegnen.

Ich fahre mit beiden Händen durch meine Haare und schließe die Augen. Das ist verrückt. *Sei kein Weichei!*

Ein Klopfen an meiner Tür erschreckt mich. Ist er es? Es muss jemand sein, der im Gebäude wohnt. Andernfalls müsste derjenige über die Sprechanlage reingelassen werden. Vielleicht hatte er dieselbe Idee, dass wir reinen Tisch machen sollten. Der Unbehaglichkeitsfaktor war jenseits jeder Skala. Er musste es bemerkt haben.

Ich gehe zur Tür und spähe durch den Spion.

Ja, er ist es.

Ich öffne die Tür. „Hi." Das ist alles, was ich herausbekomme.

Brendan lehnt sich in den Türrahmen und verschränkt die Arme, sein enganliegendes blaues T-Shirt spannt über seinen Bizepsen. Seine Unterarme sind muskulös und wohl definiert. Und er trägt verwaschene Jeans. Ich liebe den Look von Jeans am Hintern eines Mannes. Ja, meine Lust auf ihn ist immer noch da. Das ist so peinlich.

Ich begegne seinen blauen Augen, die sündig glitzern, ein Hauch eines Lächelns umspielt seinen Mund und enthüllt sein Grübchen, das durch seinen kurzen Bart kaum sichtbar ist. Genau, wie ich ihn in Erinnerung habe.

„Hey", sagt er.

„Hey."

Das läuft großartig.

Ich atme tief durch. „Also", sage ich zur gleichen Zeit wie er sagt: „Ich dachte …"

„Du zuerst", sagen wir gleichzeitig.

Ich lache. „Das ist komisch, oder? Ich schwöre, ich wusste nicht, dass du hier wohnst." Ich hebe meine Hände. „Es muss dir nicht unbehaglich sein. Ich bin vollkommen in der Lage, für mich zu bleiben. Du wirst nicht einmal wissen, dass ich hier bin."

Er richtet sich auf. „Du musst dich nicht verstecken oder so."

Ich kaue auf meiner Unterlippe, unsicher, ob ich den ungewollten Kuss ansprechen und ihm versichern soll, dass ich das nie wieder versuchen werde. Vielleicht hat er ihn vergessen?

Eine peinliche Stille breitet sich zwischen uns aus.

Er sieht mir über die Schulter und blinzelt. „Was ist das?"

Ich schaue zurück. „Das ist mein Platz zum Lernen."

Er starrt. „Ich meine das hässliche Ding mit dem faltigen Gesicht und den blauen Haaren, die aussehen, als hätte es die Finger in eine Steckdose gesteckt?"

Ich lache. „Das ist mein Zaubertroll. Zaubertrolle bringen Glück. Er begleitet mich überall hin."

Ein Lächeln umspielt seine Lippen. „Zaubertroll, was? Wie heißt er – oder *es*?"

„Er. Kablooey."

Er lächelt ein Lächeln, das sein ganzes Gesicht erhellt. „Weil sein Haar aussieht, als hätte es *Kaboom* gemacht?" Er reißt die Augen auf und macht eine Geste mit den Fingern um sein Haar.

Meine Wangen werden rot. „Ja, und ich dachte, es wäre eine süße Art, Blau in seinen Namen zu integrieren."

Er starrt mich einen Moment lang an. „Du und Kablooey seid bereit für einen Studiensommer, Partygirl?"

Ich bin angespannt. Er hat mich an diesem Abend in der Bar in Villroy mehrmals Partygirl genannt, was bedeutet, dass er sich an den Vorfall erinnert, den ich unbedingt vergessen will. Gescheiterte versuchte Verführung. Damit muss ich reif und verantwortungsbewusst umgehen. Dann können wir es hinter uns lassen.

Ich gestikuliere vage hinter mir. „Ja, das ist normal für mich, plus die Arbeit im Labor. Diese letzte Nacht in Villroy ist irgendwie verrückt gewesen. Ich trinke sonst nie. Ich war überhaupt nicht ich selbst."

Sein Blick fällt auf mein Schlüsselbein. „Ich erinnere mich."

„Ja. Haha. Wilde Nacht! Wie auch immer, zurück im Studiermodus."

Er hebt seinen Blick, und seine unglaublich blauen Augen lassen meinen Atem stocken. Ich wünschte so sehr, ich würde mich nicht zu ihm hingezogen fühlen. Ich hoffe, er sieht das nicht.

„Dann lasse ich dich weiter studieren", sagt er und hebt zum Abschied die Hand.

Ich erinnere mich verspätet daran, dass er angefangen hatte, etwas zu sagen, bevor ich ihm unbedingt versichern musste, dass er sich keine Sorgen wegen der lüsternen Frau von nebenan machen sollte. „Was wolltest du vorhin sagen? Ich habe dich unterbrochen. Als ich die Tür aufgemacht habe, hast du gesagt: *Ich dachte,* und dann habe ich dich unterbrochen."

Seine Kiefermuskeln arbeiten für einen Moment, bevor er sagt: „Nichts."

„Aber du bist aus einem bestimmten Grund rübergekommen, oder nicht?"

Er presst seine Lippen aufeinander, während er den Kopf schüttelt. „Bis dann", murmelt er, dreht sich um und geht.

Ich verschränke meine Arme. Das war merkwürdig. Und ich glaube nicht, dass es nur meinetwegen so seltsam war. Was geht in seinem Kopf vor?

7

Brendan

Ich gehe zurück in meine Wohnung, schalte den Fernseher ein und lasse mich aufs Sofa fallen. Das *war* merkwürdig. Ich dachte, ich mache reinen Tisch, damit es nicht jedes Mal peinlich wird, wenn wir uns begegnen. Ich wollte sagen, dass ich diesen Sommer super beschäftigt sein würde, aber dass sie mich wissen lassen soll, wenn sie was braucht. Nachbarschaftlich, nicht zu freundschaftlich. Ich musste die Erwartungen definieren, damit sie nicht denkt, dass wir so rumhängen werden wie auf Villroy. Ich werde sie nie aus meinem Kopf bekommen, wenn ich die nächsten acht Wochen mit ihr verbringe. Es wäre praktisch so, als würde ich mit ihr zusammenleben.

Wie auch immer, es sieht so aus, als wäre sie diejenige, die mit Arbeit und Studium und mit Kablooey super beschäftigt sein wird. Ich lächle. Ich hatte nicht erwartet, dass sie irgendeine Puppe hat, geschweige denn einen hässlichen *Zaubertroll*. Sie findet ihn wahrscheinlich süß. Worauf steht sie noch?

Ich schalte den Fernseher aus, genervt, weil ich meine Zeit damit verschwende, an die Frau zu denken, von der ich geschworen habe, dass ich aufhöre, über sie nachzudenken, und gehe hinaus. Ich schreibe Beast, um zu sehen, ob er zu Hause ist. Vielleicht können wir zusammen zu Abend essen. Ich hoffe insgeheim, dass er kocht. Mein kleiner Bruder ist praktisch ein Sternekoch mit all seinen Fähigkeiten, und ich vermisse die fantastischen Abendessen, die er zubereitet hat, als er mit mir zusammengelebt hat. Okay, er ist nicht klein und nur zwei Jahre jünger, aber ich muss ihn damit aufziehen. So sind wir nun mal. Der Junge kann die tollsten Sachen kochen. Ich rede von Chili, Enchiladas, hausgemachten Tortellini in Sahnesauce, Paella, Steak mit Kartoffelpüree. Ich weiß nicht, wo er so kochen gelernt hat. Er sagt, er hat nur ein paar Rezepte ausprobiert, die er online gefunden hat und ein Gefühl dafür bekommen. Ich wette, er hat Kochkurse besucht. Man muss ihn nur mit einem Messer hantieren sehen – hack, hack, hack – wie ein Meisterkoch.

Als ich das Haus verlasse, sehe ich seine SMS. *Komm rüber.*

Eine halbe Stunde später steige ich die Stufen zu einem Eck-Brownstone auf der Park Slope hinauf und läute die Glocke. Es ist das Haus meines Bruders Sean mit seiner Frau Josie. Beast housesittet für sie. Als er die Tür öffnet, trägt er eine rote Schürze über einem grauen T-Shirt und Jeans. „Perfektes Timing. Ich mache Enchiladas."

Mir läuft das Wasser im Mund zusammen. „Genial." Ich folge ihm nach unten in die Küche, wo es eine große Insel mit drehbaren Hockern gibt, deren Rückenlehnen mit komplizierten Schmiedearbeiten verziert sind. Das Haus ist so cool. Ich weiß, dass Sean die meisten Renovierungsarbeiten selbst gemacht hat, aber es ist Josie, die für die Einrichtung verantwortlich zeichnet. Sie hat mit ein paar Filmen viel Geld verdient. Kein Wunder, dass Beast housesitten will. Diese Küche ist im Gegensatz zur Küche in unserer Wohnung mit erstklassigen Geräten ausgestattet.

Er öffnet den Kühlschrank und holt ein Bier heraus, öffnet es und reicht es mir.

„Danke!"

„Jupp." Er trinkt einen Schluck von seinem Bier und wendet sich wieder dem Herd zu, rührt irgendwas um.

Ich starre auf seine breiten Schultern. „Hebst du immer noch Gewichte?" Er hat seine Hanteln bei uns gelassen.

Er sieht mich über die Schulter an. „Ja, Sean hat Gewichte im Keller."

Ich halte meine Hände vor den Mund. „Bee-eeast."

„Ja, ja. Verklag mich, weil ich gern fit bin."

Ich überlege, ihm von meiner neuen Nachbarin zu erzählen. Er kennt sie aus Villroy, aber was soll ich sonst sagen? Die hübsche Rothaarige wohnt nebenan, und wir sind Freunde, aber nicht wirklich. Er wird wissen wollen, warum ich nichts mit ihr versuche, nachdem ich zuvor über sie gesprochen habe, als wäre ich in sie verknallt. Wie kann ich erklären, dass ein ungezwungener One-Night-Stand bei unseren Familienverbindungen nicht funktioniert und ich nicht riskieren kann, eine Beziehung zu vermasseln? Ich bin mir nicht einmal sicher, ob ich weiß, wie man eine Beziehung führt. Habe ich noch nie gemacht. Und wer könnte ihren Psycho-Killer-Ex vergessen? Ich werde ihn sicher bei meinem nächsten Besuch auf Villroy sehen. Vielleicht sogar mit Chloe in der Nähe. Es läuft alles auf die Familienverbindungen hinaus.

Ich werde es nicht ansprechen.

Ich trinke einen Schluck Bier. „Was machst du heute Abend?"

„Später mit den Jungs in eine Bar gehen, Billard spielen." Er schaltet den Herd aus und holt eine lange Auflaufform aus einem Schrank unter der Insel. „Nächstes Wochenende fahren die Jungs und ich zu einem Musikfestival in Delaware." Er fährt gerne zu Musikfestivals. Da trifft er auch immer eine Menge Frauen.

„Cool." Ich könnte mit ihm Billard spielen. Ich kenne seine Freunde, aber ich habe keine Lust auf die Barszene. Ich bin mit ein paar Jungs in der Crew befreundet, und wir gehen normalerweise auf Underground-Partys in der Stadt –

manche davon ziemlich wild – aber das gefällt mir im Moment auch nicht.

Aber ich werde nicht zu Hause sitzen, während sie und ihr großes Gehirn nebenan studieren. Ich wette, sie ist jeden Abend zu Hause und lernt, was bedeutet, dass ich jeden Abend ausgehen muss. Ich bin jetzt schon erschöpft, wenn ich daran denke. Manchmal will ein Typ einfach nur mit einem Bier zu Hause sitzen und sich ein Spiel im Fernsehen ansehen.

„Rate mal, wer nebenan eingezogen ist?", sage ich lauter, als ich will.

Er hört auf, die Enchiladas zu schichten, um mich anzustarren. „Mallory?" Meine Ex, die sich nach unseren drei Wochenend-Dates die Augen ausgeheult hat. Ich habe es nur für Gelegenheitssex gehalten. Sie dachte, es sei eine Beziehung. Ein Alptraum.

„Nein", sage ich. „Meine Güte, das wäre furchtbar. Das wäre Stalker-Gebiet."

„Du klingst aufgeregt. Das ist die einzige Frau, die du jemals erwähnt hast und die einen Eindruck hinterlassen hat."

„Ja, weil sie mir einen Stiletto an den Kopf geworfen hat."

Er lacht und dreht sich um, schichtet die Enchiladas mit den Zutaten, die er auf der Arbeitsfläche aufgereiht hat.

„Außerdem, woher weißt du, dass das nebenan eine Frau ist?"

Er macht sich nicht die Mühe, sich umzudrehen. „Wenn es ein Typ wäre, hättest du es mir schon gesagt. Doch du redest um den heißen Brei herum." Er sieht mich mit einem wissenden Grinsen über die Schulter an.

Er ist smart, was seine Menschenkenntnis angeht. Und irritierend. „Okay gut. Es ist Adrians Schwägerin."

Er antwortet nicht, konzentriert sich auf seine Arbeit.

„Die Rothaarige aus Villroy."

„M-hm."

Ich wedele mit der Hand durch die Luft. „Sie ist gerade nebenan eingezogen. Jetzt muss ich die ganze verdammte Zeit damit leben, dass sie da studiert." Ich setze meine Flasche an, schlucke das feine IPA herunter und knalle die Flasche auf den Tresen. „Das Haus gehört Phillips Kumpel, also gibt es wieder diese familiäre Verbindung, die uns zu Nachbarn macht. Und keine Vorwarnung von Phillip. Ich sollte ihn anrufen."

„M-hm."

„Ich meine, es ist einfach nicht richtig. Wir sind Cousins. Wie schwer ist es, zu schreiben: *Hey, Chloe Travers zieht für den Sommer nebenan ein.* Im Ernst jetzt!"

Stille.

Ich beobachte, wie er den Käse über die übrigen Zutaten streut und die Auflaufform in den Ofen schiebt. Er stellt den Timer, dann dreht er sich um, verschränkt die Arme und durchbohrt mich mit einem weiteren wissenden Blick.

„Was?", frage ich und fühle mich jetzt schon defensiv.

„Glaubt Phillip, dass Chloe eine zwielichtige Gestalt ist? Ein potentielles kriminelles Element?"

Ich verziehe das Gesicht. „Nein." Er zieht mich auf, aber er hat Recht. Warum sollte Phillip es für ein Problem halten, einem anderen Familienmitglied einen Gefallen zu tun? Er kennt Chloe wahrscheinlich besser als mich oder meine Brüder. „Trotzdem wäre eine kleine Vorwarnung nett gewesen."

„Wo liegt das Problem? Was stört es dich, wenn deine Nachbarin viel lernt?"

Ich gestikuliere wild. „Ein Mann sollte eine Warnung bekommen. Das ist alles, was ich sage."

Er neigt den Kopf zur Seite. „Sie hat dir eine Abfuhr erteilt, was?"

„Nein. Wir sind Freunde. Platonischer Art."

Er grinst. „Klar. Weil du so viele platonische Freundinnen hast."

„Fick dich. Ich kann eine platonische Freundin haben, wenn ich will."

Er verbirgt ein Lächeln hinter seiner Flasche und trinkt einen Schluck. „Schön zu hören, dass du dich weiterentwickelst."

Ich zeige mit dem Finger auf ihn. „Weißt du, wenn du nicht gerade Enchiladas kochen würdest, würde ich jetzt verschwinden."

Er geht zu dem Hocker neben meinem, zieht ihn heraus und setzt sich. „Erzähl mir von der Rothaarigen."

„Sie ist jetzt blond."

„Strike eins."

„Nein, es ist … okay." *Engelhaft.* Ich runzele die Stirn, als mir ein anderes Problem bewusst wird. „Ihr Schlafzimmer liegt direkt neben meinem."

„Und?"

„Also werde ich sie mit irgendwelchen Typen hören müssen!"

„Und das ist ein Problem, weil …"

Ich starre ihn an.

„Hmm … Freunde erlauben ihren Freundinnen nicht, sich mit anderen Jungs zu treffen?"

Ich versetze seiner Schulter einen Knuff. „Halte die Klappe."

„Okay, du kannst mein Schlafzimmer benutzen, bis ich zurück bin. So, wie laut Sean und Josie die Dreharbeiten laufen, dürfte das Mitte Juli sein. Problem gelöst."

„Es ist nicht nur das."

„Was ist denn sonst noch, Romeo?"

Ich öffne meinen Mund und schließe ihn wieder, ohne Worte. Ich weiß nicht, ob ich komme oder gehe, was sie angeht. Ich weiß nur, dass ich viel zu viel Zeit damit verbringe, an sie zu denken.

„Bren."

Ich wende mich ihm zu. „Was?"

„Lad sie auf ein Date ein."

„Es ist kompliziert." Ich trinke einen großen Schluck kaltes Bier. Ich muss Chloe auf Distanz halten. Zu viel potentielles Fallout. Aber wie kann ich, wenn sie so nah ist?

Er starrt mich einen Moment lang an und ich arbeite an meinem Pokerface. Schließlich sagt er: „Du hast mit ihr geschlafen, nicht wahr? Auf Villroy." Er lehnt sich zurück und verschränkt die Arme vor seiner breiten Brust. „Ich sehe, was hier los ist. Ein Mädchen, von dem du dachtest, du hättest dich für immer von ihr verabschiedet, ist plötzlich nebenan eingezogen, also ist jetzt alles peinlich. Du willst nicht, dass sie zu nahekommt, weil sie auf falsche Gedanken kommen und denken könnte, dass da mehr ist."

„Auf Villroy ist nichts passiert. Ich habe dir gesagt, wir sind nur Freunde."

Er trinkt einen Schluck. „Dann sollte es dir ja nichts ausmachen, wenn ich vorbeischaue und sie um ein Date bitte, ja?"

„Nein!"

Er grinst und beugt sich vor. „Erwischt."

Ich sehe ihn finster an. „Nicht lustig."

Er lacht. „Irgendwie schon."

Und dann sagt er kein Wort mehr dazu. Muss er auch nicht. Er weiß es, und ich weiß, dass ich von Chloe besessen bin. Sie ist die erste Frau, der ich jemals wirklich zugehört habe und mit der ich mich gerne unterhalten habe. Ich habe diesen seltsamen Drang, sie glücklich zu machen, einfach, um sie lächeln zu sehen. Dieser Drang ist sogar noch stärker als meine lüsternen Triebe, etwas, das ganz und gar untypisch für mich ist. Tatsache ist, dass sie mir wichtig genug ist, dass ich ihr nicht im Weg stehen werde. Sie muss sich auf ihr Studium konzentrieren. Sie wird Großes aus ihrem Leben machen. Ich wäre da nur eine Ablenkung.

Und ist das nicht der wichtigste Grund, Abstand zu halten? Abgesehen von den potentiellen Folgen bei all unseren Familienverbindungen, ihrem Ex und der fast sicheren Tatsache, dass ich eine Beziehung vermasseln würde, werde ich nie etwas so Großartiges mit meinem Leben anfangen wie sie. Sie hat deutlich gemacht, dass sie einen langen, harten Weg vor sich hat, in dem es keinen Platz für Beziehungen gibt. Deshalb hat sie den Antrag ihres Ex abgelehnt. Chloe ist auf einer Mission. Und meine Aufgabe ist es, ihr da nicht im Weg zu stehen, damit sie ihren heroischen Weg fortsetzen kann.

Die einzig logische Lösung für ihre nachbarschaftliche Versuchung ist, dass ich so viel wie möglich ausgehe. Einfach nie zu Hause bin. Ich bin müde, wenn ich nur daran denke, aber das ist die richtige Entscheidung.

～

Chloe

Es ist Freitagabend, und ich versuche, mich nach einer anstrengenden ersten Woche beim Praktikum zu entspannen. Natürlich bin ich dankbar, Teil der Forschung in einer so hochmodernen Einrichtung zu sein. Auf der anderen Seite kennt mich die leitende Forscherin, Dr. Ruhan, nicht gut und hat mich mit der langweiligsten Routinearbeit anfangen lassen. Ich weiß, man muss ganz unten anfangen, und jeder im Team hat eine wichtige Rolle, *bla, bla, bla.* Aber ich habe in der Highschool fortgeschrittenere Forschung gemacht. Am Montag hoffe ich, einen Moment zu bekommen, um sie auf meine Forschungsarbeiten hinzuweisen. Ich wurde schon als Co-Autorin mit Professoren in zwei medizinischen Fachzeitschriften veröffentlicht.

Nachdem ich meine Ramen-Nudeln aufgegessen habe, stelle ich meine leere Schale auf den Sofatisch und zappe durch die Kanäle. Ich gebe auf und schalte den Fernseher aus. Ich höre Schritte auf dem Flur und horche auf. Ist das Brendan? Er scheint nicht viel zu Hause zu sein. Ich bin jeden

Abend nach der Arbeit hier und höre nie was von nebenan. Ich glaube, er geht jede Nacht aus. Nicht, dass mich das was anginge.

Ich werde lesen. Aus dem Krebszentrum, in dem ich arbeite, kommen viele Forschungsarbeiten, die ich noch nicht gelesen habe. Ich hole meinen Laptop, ein Glas Wasser und mache es mir auf dem Sofa bequem, um tief in die Wissenschaft einzutauchen. Drei Artikel später bin ich angespannter als vorher. Vielleicht würde ein bisschen Musik helfen? Oder ich könnte mich mit Blaze und einem schönen, soliden Orgasmus entspannen. Das ist ein guter Plan.

Ich gehe ins Schlafzimmer, schließe die Tür ab, obwohl nur ich allein hier bin, ziehe meine Jeans und mein Höschen aus und lege mich ins Bett. Ich fühle mich schon entspannter. Ich hole Blaze aus dem Nachttisch und lasse seinen Zauber wirken. *Ahhh, ja, das ist gut.* Ich schließe meine Augen und genieße. Vor meinem inneren Auge tauchen leuchtend himmelblaue Augen auf, und ich reiße erschrocken *meine* Augen auf. Brendan darf nicht mehr Teil meiner Fantasie sein. Er ist gleich nebenan! Ich versuche zu vergessen, dass er existiert! Wen habe ich noch? Ich gehe mein mentales Archiv durch und entscheide mich für diesen Aufreißertypen aus *The Fast and the Furious.*

Ahh, so viel besser. Ich schließe meine Augen wieder und lasse mich wieder auf die Kissen sinken. Ein sexy Lächeln mit einem Grübchen blitzt in meinem Kopf auf. Nein! Männliche Gestalt an meinem Türrahmen gelehnt, Arme verschränkt, praller Bizeps. Okay, okay. Stellen wir uns den Tatsachen. Ich war schon lange nicht mehr mit einem Mann zusammen. Das ist der einzige Grund, warum meine Gedanken immer wieder zu Brendan zurückkehren, dem letzten Mann, mit dem ich Zeit verbracht habe. Ich brauche keinen Mann. Dafür habe ich Blaze.

Ich werde einfach meine Augen offenlassen und mich auf Blaze konzentrieren. Eine wunderbare Erfindung für die unabhängige Frau. Zurück zum Akt. *Konzentrier dich.* Ich starre an die Decke, weigere mich, an ihn zu denken, und warte darauf, dass die Lust zurückkehrt. Bei diesem Tempo wird mir eher der Akku ausgehen. *Oh. Okay. So ist's besser.*

Ja. Ja. Ja. Schneller, schneller. Ich muss schneller sein als die Erinnerungen. Mehr Leistung, Blaze!

Ich schreie auf, als ich abrupt komme. Ich keuche, als ich mich in die Realität zurückbewege, schalte die Vibration herunter und schließlich ganz aus.

Ein scharfes Klopfen an der Wohnungstür erschreckt mich. Ich trenne mich von meinem treuen Freund, springe aus dem Bett und ziehe mich schnell an. Mein Höschen ist feucht, aber was soll man machen. Hoffentlich sehe ich nicht aus, als wäre ich gerade gekommen.

Noch ein Klopfen.

Es muss ein Nachbar sein. *Ist er es?*

Was tue ich? Ich kann unmöglich die Tür nach einem Orgasmus öffnen, wenn er es ist. Ich sage einfach, ich hatte Kopfhörer auf und habe das Klopfen nicht gehört. Neugier überwältigt mich. Ich schleiche auf Zehenspitzen zur Tür und spähe durch den Spion.

Brendan.

Ich weiche zurück, und mein nackter Knöchel knallt gegen die Kante des hölzernen Sofatischbeins. Ich schreie vor Schmerzen auf und verliere fast das Gleichgewicht, aber es gelingt mir, mich zu fangen.

„Chloe, geht's dir gut?", ruft er durch die Tür. Er klingt besorgt.

Ich schaudere. *Jetzt muss ich die Tür aufmachen.*

„Ja", rufe ich. „Nur einen Moment."

Ich streiche mein Haar glatt, atme tief ein und öffne die Tür. „Hey, was geht?"

Brendan sieht mir sofort über die Schulter. „Was ist passiert?"

„Nichts. Ich habe mir den Knöchel am Sofatisch angehauen." Ich hebe meinen Fuß, blicke über meine Schulter, und lasse ihn schnell wieder sinken. Ich habe tatsächlich einen Kratzer und blute. Warum tut das nur so verdammt weg? All die Nervenenden, die protestieren, schätze ich.

Er späht mir um die Schulter. „Macht es was aus, wenn ich reinkomme?"

„Nein, komm rein."

Er tritt ein, sein dunkelbraunes Haar feucht von der Dusche. Er riecht nach Seife und diesem holzigen Duft, der mir fast den Verstand raubt. Enganliegendes weißes T-Shirt, verwaschene Jeans, Sneakers. *Versucht er, mich zu verführen? Denn ich stehe auf eine Nacht mit multiplen Orgasmen. Falsch. So falsch.*

Er geht in die Küche und späht den kurzen Flur entlang zu meinem Schlafzimmer. Scheiße. Hat er mich da drin gehört? Sucht er nach einem Typen? Das war ein Soloprojekt! Das ist nicht besser, oder?

Spiel die Coole. Vielleicht hat er nichts gehört. Vielleicht ist er nur neugierig, wie meine Wohnung im Vergleich zu seiner aufgeteilt ist.

„Brauchst du was?", frage ich beiläufig.

Er bleibt stehen und sieht sich dann in meiner Küche um und deutet auf meinen Kühlschrank. „Ich frage mich nur, ob du denselben alten Kühlschrank hast wie ich. Ich hatte vor, den Vermieter um ein Upgrade zu bitten." Er stemmt die Hände in die Hüften und starrt auf meinen Kühlschrank.

Ich verlagere nervös das Gewicht von einem Bein aufs andere. „Oh ja. Ein Upgrade wäre schön."

Er dreht sich langsam zu mir um. „Ja." Er reibt sich den Nacken. „Also ..." Er schlendert mit gerunzelter Stirn aus der Küche.

Ich beobachte ihn und erwarte, dass er zur Tür schlendert, doch er bleibt plötzlich stehen und dreht sich zu mir um. Ein Lächeln umspielt seine Lippen. „Hast du, äh, trainiert? Deine Wangen und dein Hals sind gerötet."

„Ja! Ich trainiere gerne nach der Arbeit. Ha. Ich arbeite hart. So habe ich mir den Knöchel gestoßen." Ich gratuliere mir zu dieser völlig vernünftigen Erklärung. Ich bin *so* cool.

„Bist du sicher, dass es dir gut geht?" Er kommt zu mir und legt seinen Handrücken auf meine Stirn. „Chloe, du glühst."

Es ist hoffnungslos. Das ist die Post-Orgasmus-Hitze, pure Lust und Verlegenheit, eine Killer-Kombination. Trotzdem lege ich eins drauf. „Nur Anstrengung. Ich habe getanzt."

Er legt den Kopf schief. „Ich höre keine Musik, und an diesem Abend in der Bar in Villroy hast du gesagt, dass du nicht tanzt."

Ganz toll! Sprich ruhig diese Nacht an. Könnten wir den Moment nicht noch ein bisschen peinlicher machen?

Ich wedele mit der Hand und versuche, mir etwas Glaubwürdiges einfallen zu lassen. „Ausdruckstanz. Dazu brauchst du keine Musik. Wird von der etablierten Tanzkultur nicht offiziell als legitime Tanzform anerkannt. Also, nach Meinung der Experten habe ich technisch gesehen *nicht* getanzt."

Er verschränkt die Arme, seine blauen Augen tanzen amüsiert. „Äh. Was hast du wirklich gemacht?"

Ich versuche es mit Ausdruckstanz – stoße meine Fäuste nach vorne und dann ein paar Mal gerade nach oben. „Ein Siegestanz zum Wochenende. Meine Mitbewohnerin und ich haben das jeden Freitagabend zum Feiern gemacht."

Seine Lippen verziehen sich zu einem sexy Lächeln. „Ich muss diese Mitbewohnerin kennenlernen."

„Sie ist für den Sommer nach Hause nach Texas gefahren. Ich bin allein. Was gibt's sonst Neues?" Ich hüpfe fast auf den Fußballen. Ich bin aufgepumpt von meiner letzten Anstrengung und der Tatsache, dass er hier ist und mich mit seinem sexy Lächeln anlächelt. Nicht, dass ich mich auf ihn stürzen würde oder so. Einmal ist genug. Die unangenehme Erinnerung reicht fürs ganze Leben.

Er kommt näher, und mein Puls beginnt zu rasen. „Was machst du morgen Abend, Partygirl?"

„Ich weiß es nicht. Was machen wir?"

Er verzieht den Mund zu einem Lächeln, bei dem mir der Atem stockt. „Wir werden *versuchen*, hausgemachte Tortellini zu kochen. Beast hat es schonmal geschafft. Ist das Beste, was ich je gegessen habe, und da keiner von uns großartig kochen kann, dachte ich, es könnte etwas sein, das wir gemeinsam versuchen könnten."

Wir haben in Villroy über unseren Mangel an Fertigkeiten in der Küche gesprochen. Wir haben an diesem Abend in der Bar über viele Dinge gesprochen. Warum musste ich es ruinieren, indem ich ihn geküsst habe? Das ist meine zweite Chance für eine echte Freundschaft, und ich darf es nicht vermasseln. Ich habe nicht viele enge Freunde, nur Sara und meine Mitbewohnerin Lindsey.

Ich lächle. „Sicher. Schreib mir, wann du anfangen willst." Ich gebe ihm meine Nummer, und er schickt mir eine Nachricht, damit ich seine habe.

Er wirft einen Blick in meine Küche. „Deine Küche ist nicht so groß wie meine. Wir werden meine benutzen. Ich besorge die Zutaten. Es dauert eine Weile, den Teig zu machen, auszurollen, all das. Ist es okay für dich, wenn es ein paar Stunden dauert? Ich weiß, dass du viel in deinen genialen Kopf zu stopfen hast –"

„Das passt schon."

Er lächelt herzlich, und mein Bauch flattert. „Cool."

Wir stehen da und starren uns einen langen Moment lang an. Seine Augen haben etwas Hypnotisches, wenn sie von warm über heiß zu schwelend flackern. *Moment, was?* Mein Mund wird trocken. Ist das *nicht* einseitig?

Er blinzelt, deutet auf die Tür und macht einen Schritt in die Richtung. „Bis morgen dann."

„Wir könnten uns einen Film oder so ansehen, wenn du abhängen willst."

„Ich gehe aus, aber danke."

Ich reibe mir den Nacken. „Oh. Sicher. Viel Spaß!" Ich erwarte keine Einladung, mit ihm zu kommen. Er geht wahrscheinlich in eine Bar, um Frauen abzuschleppen. Geht mich nichts an.

Er geht zur Tür und bleibt mit der Hand am Knauf stehen. „Wusstest du, dass sich unsere Schlafzimmer eine Wand teilen?"

„Nein", sage ich langsam, als mir die unbestreitbare Wahrheit dämmert. *Oh Gott.*

Er grinst. „Jetzt weißt du es."

8

Brendan

Ich warte am Samstag im Lebensmittelladen mit den Zutaten für die Tortellini in der Schlange und muss lächeln, weil ich Chloe heute Nachmittag sehen werde. Lächerlich. Der einzige Grund, warum ich mich darauf freue, ist, dass ich aufhören kann, mich zu fragen, was sie nebenan macht. Gestern habe ich ihren Orgasmus-Schrei gehört, als ich aus der Dusche gekommen bin, also, okay, bin ich eifersüchtig geworden. Ich bin nach nebenan gegangen, um zu sehen, mit wem sie zusammen war. Es stellte sich heraus, dass sie allein war. Zuerst habe ich mich unbehaglich gefühlt, erleichtert, aber unbehaglich. Hey, ich wollte nicht hören, was ich gehört habe. Sie war so rot vor Verlegenheit, dass ich nicht anders konnte, als sie damit aufzuziehen. Ihre Ausreden waren zum Schießen und verdammt bezaubernd. Deshalb habe ich beschlossen, dass es nicht schaden würde, ein bisschen Zeit als Freunde zusammen zu verbringen.

Die Schlange rückt vor, und mein Geist beschwört sie wieder herauf – weiches blondes Haar, intelligente grüne Augen, zierlicher, kurviger Körper, immer in Tanktop und Jeans gekleidet. Mal eine Strickjacke über dem Top, mal nicht.

Ich verbringe viel zu viel Zeit damit, die zarten Linien ihrer Schlüsselbeine anzustarren. Den Schwung ihrer Oberlippe, ihre vollere Unterlippe.

Ich schreibe ihr und lasse sie wissen, dass ich mit den Zutaten auf dem Heimweg bin. Klingt fast so, als würden wir zusammenwohnen. Scheiße. Plötzlich wünschte ich, ich könnte es zurücknehmen. Es klingt zu häuslich.

Chloe: *Ich hatte heute Post für dich in meinem Briefkasten. Wollte sie dir heute Morgen bringen, aber du warst nicht zu Hause. Ich habe sie unter deiner Tür durchgeschoben. Warst du trainieren?*

Ich: *Ha! Nein. Ich war von letzter Nacht noch nicht zu Hause.*

Chloe: *Klingt nach einer wilden Nacht.*

Ich überlege mir eine unverbindliche Antwort. Das ist nicht mein erstes SMS-Rodeo mit einer Frau. Sie ist neugierig, was ich letzte Nacht gemacht habe; sonst hätte sie einfach nichts gesagt oder eines dieser mädchenhaften Emojis geschickt. Vielleicht fragt sie sich, ob ich mich mit jemandem getroffen habe. Würde es sie stören, wenn dem so wäre? Tatsache ist, ich bleibe nach einem One-Night-Stand nie bei einer Frau. Es lohnt sich einfach nicht, jemandem falsche Hoffnungen zu machen, dass ich mehr will. Ich war gestern Abend auf einer Party und habe dann bei einem Kumpel auf dem Sofa gepennt, der das Glück hat, eine Wohnung mit eingefrorener Miete in der Stadt unterzumieten. Doch Chloe muss das nicht wissen.

Ich: *Nicht so wild wie deine, da bin ich mir sicher, Partygirl.*

Keine Antwort.

Ich starre finster auf mein Handy, unfassbar irritiert, dass sie nicht geantwortet hat. Ich muss aufhören, mich so ihretwegen aufzuregen. Chloes Weg, wenn auch edel, ist auf keinen Fall mit meinem kompatibel. Sie könnte leicht in Kalifornien landen, mit ihrem Medizinstudium und was auch immer danach kommt. Ich bin hier mit dem Bauunternehmen meiner Familie verwurzelt. Ein weiterer Grund, warum es sich nicht lohnt, zu riskieren, sich zu verheddern.

Und dann sehe ich drei Punkte auf meinem Handybild-
schirm. Mein Puls pocht vor Vorfreude.

Chloe: *Ich freue mich unheimlich auf das Kochen.*

Ich lächle und schreibe zurück. *Ich mich auch.*

Ich werde die Grenze nicht überschreiten. Aber vielleicht
gehe ich bis direkt dorthin.

Chloe

„Hast du schon einmal ein Ei aufgeschlagen?", frage ich
lachend. Brendan ist in der Küche eine noch größere Katastrophe als ich.

„Hey, urteilsfreie Zone", sagt er und fischt die halbe
Schale aus der Mitte seiner Mehlmulde. Wir machen Teig für
die Tortellini, was bedeutet, dass wir eine Mulde in das Mehl
gedrückt haben und die Eier in die Mitte aufbrechen müssen,
bevor wir den Teig mischen. Meine Mulde ist perfekt. Es ist
wie ein Chemieexperiment – die richtigen Verhältnisse in der
richtigen Reihenfolge führen zu vorhersehbaren Ergebnissen.
Ich warte darauf, dass er all seine Eier aufschlägt, bevor wir
zum nächsten Schritt übergehen. Wir folgen zusammen einem
Kochvideo auf seinem Laptop.

Seine Mehlmulde fällt auf einer Seite zusammen, als er mit
seinen großen Fingern versucht, die Eierschale herauszuho-
len. Ich schiebe das Mehl schnell zurück und stoße ihn mit
meiner Hüfte an. „Mach Platz. Lass den Experten die Arbeit
machen. Das braucht die Präzision eines erfahrenen
Chemikers."

Er macht schnell einen Schritt zur Seite und um mich
herum. „Wovon redest du? Meins sieht perfekt aus." Er zeigt
auf meine Mehlmulde, und gibt sie schamlos als seine
eigene aus.

Ich schüttle lächelnd den Kopf, fische vorsichtig die Schale heraus und dann die verbliebenen Splitter. „Hast du zwei Nudelhölzer?"

„Äh ..." Er verzieht den Mund. „Irgendwie habe ich das mit dem Nudelholz vergessen."

„Lass mich rüber in meine Wohnung gehen und sehen, ob deine Nachbarn eins haben."

Ich wasche mir die Hände, trockne sie ab und gehe mit federndem Schritt in meine Wohnung. Mein trister Tag ist sofort sonnig geworden, als ich zu Brendan rübergegangen bin. Es ist so gemütlich, in seiner Küche zu kochen, im Hintergrund läuft Rockmusik. Er ist entspannt und lustig. Ich versuche, nicht daran zu denken, dass er letzte Nacht nicht nach Hause gekommen ist. Er hat nicht viel dazu gesagt, was sicher bedeutet, dass er die Nacht mit einer Frau verbracht hat. Damit muss ich klarkommen. Offensichtlich hat er kein Problem damit, seine körperlichen Bedürfnisse woanders zu befriedigen. Ich bin nur seine Nachbarin/platonische Freundin.

In meiner Küche wühle ich in den Schubladen herum und finde ein hölzernes Nudelholz. Nur eins. Ich denke, die meisten Leute besitzen nicht mehr. Das ist okay.

Als ich wieder bei Brendan bin, halte ich es mir über den Kopf wie eine Trophäe. „Tadah!"

Er grinst und gestikuliert übertrieben. „Sieg!"

Ich lache und bringe es ihm. „Wir können uns abwechseln."

„Ich habe Ersatz gesucht. Eine Glasflasche geht auch." Er hält eine leere Wodkaflasche hoch. „Ich werde damit rollen; du rollst mit dem Nudelholz."

Ich studiere ihn. Hat er sich in den paar Minuten, in denen ich weg war, betrunken? Ich kann definitiv Alkohol riechen. „Du hast den Wodka nicht gerade ausgetrunken, oder?"

Er torkelt komisch herum und lallt: „Wie kommschtdu darauf?" Er stößt mit mir zusammen und schleudert mich zurück gegen die Theke, sein Arm polstert meinen Rücken im letzten Moment. Mein Atem stockt, Hitze durchflutet meinen Körper bei der plötzlichen Nähe des Mannes, den ich verzweifelt nicht zu begehren versuche. Aus der Nähe sind seine Augen klar. Nicht betrunken.

„'Tschuldigung", sagt er und löst sich von mir. „Ich habe vergessen, wie leicht du bist."

Ich streiche nervös mein Haar glatt. „Ich bin froh, dass du nüchtern bist, denn es ist so viel schwieriger, mit einem Betrunkenen zu arbeiten. Ich habe auf dem College viele Betrunkene erlebt."

„Da gehe ich jede Wette." Seine Stimme ist heiser.

Ich starre auf seine breite Brust im schwarzen T-Shirt, die auf meiner Augenhöhe ist. Er hat so viel mehr Muskeln als ich. Der Mann ist fit von seinen breiten Schultern über seine definierten Bauchmuskeln bis hin zu seinem Po aus Stahl. Ich konnte nicht anders, als mir seinen Po in seiner verwaschenen Jeans anzusehen, als er vorhin durch die Küche gegangen ist. Ich wünschte, ich würde mich nicht so zu ihm hingezogen fühlen.

Ich blinzele und schiebe ihn aus dem Weg. Er lässt mich. „Und was hast du mit dem Wodka gemacht?"

Er starrt mich für einen Moment ausdruckslos an, bevor er sich dem Kühlschrank zuwendet und eine Isoflasche hervorholt. „Wodkas neues Zuhause."

Ich konzentriere mich auf die Flasche anstatt auf den gebräunten muskulösen Arm, der sie hält. „Das solltest du beschriften. Was ist, wenn du nach dem Training versehentlich einen langen Schluck trinkst? Oder Garrett kommt zurück und hält es für Wasser?" Er hat mir erzählt, dass sein jüngerer Bruder sein Mitbewohner ist, wenn er nicht gerade housesittet.

„Ha! Das wäre urkomisch. Es braucht viel, ihn zu Fall zu bringen."

Ich schüttle den Kopf. „Du bist schrecklich."

„Schrecklich witzig."

Ich stoße seine Schulter an. „Beschrifte die Flasche."

Er zuckt die Schultern. „Womit?"

„Ich mach das. Ich habe Marker bei mir." Ich gehe zur Tür, erleichtert, ein bisschen Distanz zwischen uns zu schaffen.

„Wenn du schon wieder in deine Wohnung stakst, kriegen wir die Pasta nie fertig."

Ich stolpere fast. Ich drehe mich langsam wieder zu ihm um. „Entschuldigung, was hast du gesagt? Ich stakse?"

„Ja, Chloe-Staksen." Er macht einen urkomisch aussehenden Schritt und schwankt betont mit den Hüften.

Ich pruste vor Lachen, obwohl er sich über mich lustig macht. „Komm schon, so schlimm sehe ich auch wieder nicht aus."

Er wackelt mit den Brauen. „Du siehst so *gut* aus." Er gestikuliert unbeholfen. „Geh schon und dreh dich um, fang an zu staksen."

„Schau nicht hin." Ich wende mich wieder der Tür zu und bemühe mich, so normal wie möglich zu gehen, kein Hüpfen, Hüftwiegen oder Staksen.

„Jetzt siehst du aus, als hättest du einen Stock im Arsch."

Ich werfe meine Hände in die Luft und höre ihn lachen. Er ist ganz groß im Necken.

Ich lache in mich hinein, während ich die Sachen aus meiner Wohnung hole – Post-it, Stift, Tesa. Als ich in seine Küche zurückkehre, steht er mit dem Rücken zu mir und tanzt, eine Hand in seinem Nacken, der andere Arm bewegt sich hin und her, während er sich langsam dreht. Er tanzt den Sprinkler.

Ich bleibe stehen und schlage mir die Hand vor den Mund, um mein Lachen zu unterdrücken. Ich sehe zu, begeistert, dass ich *ihn* jetzt mit etwas aufziehen kann. Er tanzt weiter, dreht sich langsam um, bis er mich sieht. Sofort lässt er den Arm sinken und fährt sich mit einer unbeholfenen Geste durchs Haar. „Oh, hi. Du bist wieder da."

„Was hast du gemacht?", frage ich und kämpfe gegen ein Lachen an.

„Ich sage dir, was ich nicht gemacht habe. Ich habe nicht getanzt."

Ich kichere, als ich näherkomme. Sein Gesichtsausdruck ist pure Unschuld. Er ist unverschämt.

„Ach nein? Wie nennst du das dann?"

„Ausdruckstanz", sagt er mit ernster Miene. „Nicht offiziell von der Tanzkultur anerkannt."

Ich starre ihn an. Meine eigenen Worte von gestern, nachdem er mich nach meinem Orgasmus erwischt hatte, von Endorphinen gerötet. Hier dachte ich, ich hätte ihn bei etwas Peinlichem erwischt, dabei hat er *mich* damit aufgezogen. Meine Wangen werden rot.

Er zwinkert.

Ich klatsche ihm die flache Hand aufs Gesicht und stoße ihn weg. Er packt mein Handgelenk und entkommt lachend meiner Hand.

In einem vergeblichen Versuch, mir die Demütigung nicht anmerken zu lassen, konzentriere ich mich aufs Beschriften der Flasche und schreibe in ordentlicher Druckschrift „Wodka" in Großbuchstaben auf das Post-it. Dann klebe ich es auf die Wasserflasche. Ich nehme mir eine Wasserflasche aus dem Kühlschrank, in der Hoffnung, das scheinbar endlose Inferno der Verlegenheit, in dem ich mich immer in seiner Gegenwart befinde, abzukühlen.

Er seufzt übertrieben, lehnt sich an die Theke und verschränkt die Arme vor seiner breiten Brust. „Können wir bitte weitermachen? Ich würde gern vor neun essen."

„Was für ein Sklaventreiber. Arbeit, Arbeit, Arbeit." Ich stelle mein Wasser auf den Tresen und gehe zu unseren Mehlmulden. „Okay, schalt Massimo wieder ein und lass uns den Teig machen." Das ist der Koch, dessen Video wir folgen.

„Klingt, als würden wir reich werden."

„Tortellini-reich. An die Arbeit, Faulpelz."

Brendan schaltet das Video ein, und der sanfte Rhythmus von Massimos italienischem Akzent, der uns in Englisch anleitet, kehrt zurück. Doch alles, worauf ich mich konzentrieren kann, ist der holzig-maskuline Duft des Mannes an meiner Seite, die Hitze, die von ihm ausgeht, seine muskulösen Unterarme, während seine Hände auf der Theke ruhen und auf Anweisungen warten.

Ich will unbedingt diese Hände auf mir spüren. Warum kann ich mich nicht einfach entspannen und unsere Freundschaft genießen? Ich habe meine Lektion mit Michael gelernt. Sobald man die Grenze einmal überschreitet, ist die Freundschaft weg. Nicht, dass Brendan Interesse gezeigt hätte. Er macht Witze mit mir wie mit seinen Brüdern. Ich bin sicher, bei einer Frau, an der er interessiert ist, ist er smooth und charmant. Wie mit der, mit der er letzte Nacht zusammen war. Wenn das meine Lust nicht kühlt, hilft gar nichts.

Es ist besser so. Ich muss mich auf meine Arbeit konzentrieren. Freunde können jederzeit wieder anknüpfen, wenn man mal keine Zeit hat, doch eine Beziehung, das ist anders. Ich habe sie gemieden, weil ich weiß, dass es Arbeit erfordert, sich Zeit zu nehmen, um einander zu sehen, füreinander da zu sein, und die Entfernung, wenn ich bald Medizin studiere, würde hart werden. Ich habe wenig Kontrolle darüber, welche Uni mich nimmt. Harvard ist mein Traum, aber ich muss mit meinen Bewerbungen ein weites Netz auswerfen. Ich werde mir jemanden suchen, mit dem ich nach meiner Ausbildung ernst werden kann. Jetzt ist Spaß.

„Erde an Dr. Travers", sagt Brendan.

Ich erschrecke und bemerke, dass er das Video angehalten hat. Es muss Zeit sein weiterzumachen, und ich habe die Anleitung verpasst. „Ja?"

„Wir müssen die Eier verquirlen, aber ich habe keinen Schneebesen."

„Ich weiß, was zu tun ist."

„Willst du in deine Wohnung staksen und einen Schnee-besen holen?"

Ich ramme ihm den Ellbogen in die Rippen, und er keucht übertrieben, zuckt zusammen und beugt sich vornüber. „Ver-dammt, Chloe, hast du schon wieder Bleistift-Gewichte geho-ben?" Er nimmt sich meinen Stift von der Theke und macht eine Bewegung wie mit einer Hantel, wobei er mit der anderen Hand die Wölbung seines Bizeps tätschelt. Ich weiß nicht, ob ich lachen oder die Hand ausstrecken soll, um die harten Muskeln zu spüren. Er grinst mich an, seine blauen Augen funkeln.

Ich hole zwei Gabeln aus einer Schublade und gebe ihm eine. „Damit. An die Quirle, fertig, los."

Wir stehen Seite an Seite und verquirlen die Eier in der Mitte unserer Mehlmulden.

„Wie geht's weiter?", frage ich, da ich während des Videos abgelenkt war.

„Wir müssen das Mehl nach und nach in die Mitte schie-ben, um es unter die Eier zu mischen."

„Verstanden."

„Du warst ganz weit weg, als Massimo das erklärt hat. Worüber hast du nachgedacht?"

Sex. „Neurogenetik."

„Ah. Ich auch."

Ich lache.

Er stößt mich mit seiner Schulter an. „Was? Du glaubst, du hast den Markt für neurogenetische Tagträume gepachtet? Oh nein. Das ist alles, woran ich denken kann."

Ich schüttle lächelnd den Kopf. „Das glaube ich gern."

Wir beenden das Verquirlen und schieben das Mehl in die Mulden, um den Teig zu mischen.

„Bist du sicher, dass daraus am Ende Pasta wird?", frage ich. „Sieht schrecklich aus."

„Gib der Sache Zeit. Massimo sagt, dass er schon als Kind dabei geholfen hat. Ich bin sicher, dass zwei Erwachsene das schaffen können." Er grinst. „Wir können immer noch Pizza bestellen."

ZWEI STUNDEN später haben wir die Fleischfüllung auf ein paar quadratische Teigstücke portioniert und arbeiten daran, kleine Tortellini-Taschen zu formen. Ich habe einen Riesenspaß.

„Tun deine Füße weh?", fragt er. „Meine auf jeden Fall."

„Ein bisschen."

Er geht zur anderen Seite der halbhohen Trennwand, die die Küche vom Wohnzimmer trennt, und holt uns zwei gepolsterte schwarze Hocker zum Sitzen.

„Daran hätte ich früher denken sollen", sage ich und nehme Platz. Wir sind seit Stunden auf den Beinen.

„Du hast dich von Massimo und der Neurogenetik ablenken lassen", sagt er und setzt sich neben mich. „Tun wir das nicht alle?"

Ich lächle und arbeite weiter an meiner Pasta. „Ich glaube, wir haben zu viel gemacht. Wir werden Hunderte von diesen kleinen Scheißern haben."

„Man kann nie zu viel Pasta haben."

„Äh, doch, kann man schon. Zu viele Kohlenhydrate, und du gehst auf wie der Marshmallow-Mann."

„Er sollte aufhören, sich selbst zu vernaschen. Oh, das klingt schmutzig. Böse Chloe."

Ich verdrehe die Augen.

Er ist einen Moment still, während er arbeitet. „Ich habe gehört, dass es schwer ist, an der Harvard Medical School genommen zu werden. Hast du einen Plan B?"

Ich blinzle. Er hat sich das angeschaut? Ich sehe ihn an, aber er ist auf seine Pasta konzentriert, also wende ich mich meiner eigenen Pasta zu. „Ja, es ist schwer. Das ist mein Ziel, aber ich werde mich natürlich auch anderswo bewerben."

„Wo?"

Wieder sehe ich ihn an, überrascht, dass er es wissen will. Ich habe noch ein Jahr an der Columbia. Erwartet er, dass wir immer noch rumhängen werden, wenn ich mit dem Medizinstudium anfange? Schön, dass ihm unsere Freundschaft so wichtig ist. „Johns Hopkins, Penn –"

„NYU?"

„Ja, da auch. Und Stanford."

„Das ist in Kalifornien. NYU ist eine tolle Schule. Columbia auch." Die letzten beiden sind in New York. Aww, er will, dass wir weiter rumhängen. Es ist so süß.

„Ich weiß", sage ich leise. „Ich werde mich da auch bewerben. Aber meine erste Wahl ist Harvard."

„Und danach?"

„Werde ich meine AIPler-Zeit absolvieren, und dann hoffe ich, ein Forschungsstipendium an einem Top-Krebsforschungszentrum zu bekommen."

„Das wieder woanders sein könnte, als wo du Medizin studierst?"

„Ja. Das ist ein ganz anderer Bewerbungsprozess."

Er schüttelt den Kopf. „Das ist eine Menge harter Arbeit, um dein Ziel zu erreichen. Wahrscheinlich auch mit viel Hin- und Herziehen verbunden."

Ich blicke fragend zu ihm auf.

Seine Augen sind ernst, obwohl er sich um einen unbeschwerten Ton bemüht. „Nicht so schwer wie Tortellini machen, aber trotzdem."

Es liegt eine deutliche Spannung in der Luft, die vorher nicht da war. Ich weiß nicht, was ich dagegen tun soll, also ignoriere ich es. Ich kann nicht ändern, wer ich bin, und es ist besser, wenn er das im Voraus weiß.

„Apropos Tortellini", sage ich und breche die angespannte Stille, „ich habe hier ungefähr tausend im Vergleich zu deinen mickrigen einundzwanzig."

„Oh, du hast meine Pyramide bemerkt." Seine Tortellini

liegen in ordentlichen Reihen – von sechs, fünf, vier, drei, zwei, und einem.

Ich werfe ihm die oberste Tortellini zu, und sie prallt gegen seine Stirn.

„Das wirst du bereuen, Travers", sagt er und bewirft mich mit zwei Tortellini auf einmal.

„Hey!" Ich nehme mir eine ganze Handvoll und feuere zurück.

Er kommt immer wieder auf mich zu, weicht Tortellini aus, bevor er mich zurück zum Tresen hinter mir drängt, und mich mit seinen Händen auf beiden Seiten einsperrt. Mein Lächeln verschwindet, mein Atem stockt. Er ist plötzlich so nah, seine Hitze lässt meinen Puls rasen, mein Körper wird rot vor Erregung.

Dann hebt er seinen Arm und hält eine Packung Sahne direkt über meinem Kopf.

„Wage es ja nicht!" Ich packe seinen Arm, und er wedelt drohend damit.

„Vorsichtig. Du wirst sie noch verschütten."

Ich überlege schnell, schnappe mir einen Holzlöffel in der Nähe und versetze ihm einen Klaps auf den Po.

Er schnappt nach Luft und stellt die Sahne ab. „Hast du mich gerade geschlagen?"

Ich lache. „Nein."

„Oh, du bist sowas von dran." Er entreißt mir den Löffel, und ich renne los, schnappe mir ein Kissen von seinem Sofa als Schutzschild und halte es im Laufen hinter gegen meinen Po.

Er jagt mich, doch ich bin flink und weiche ihm aus, renne um den Sofatisch herum und schlängele mich um einen großen Loungesessel. Er springt nach rechts, und ich gehe nach links. Als Nächstes laufen wir im Kreis um den Sofatisch herum. Er täuscht eine Drehung vor, und ich renne in ihn hinein, lasse das Kissen fallen und stolpere darüber zurück.

Er fängt mich auf, bevor ich fallen kann, seine Arme um

mich geschlungen. Seine Stimme ist heiser, sein Blick frisst mich auf. „Du bedeutest Ärger."

Ich kann nicht anders. Ich strecke meine Hand aus und streichle seinen kurzen Bart, fahre die Linie seines markanten Kiefers nach. Er schluckt. „Du bist derjenige, der Ärger bedeutet."

Seine große Hand wandert zu meinem Nacken. Das Verlangen sammelt sich tief in meinem Bauch.

Ein Augenblick vergeht in flirrender Stille, bevor er seinen Mund auf meinen senkt. Ich neige meinen Kopf und vertiefe den Kuss. Hitze durchflutet mich, als er die Führung übernimmt. Mir ist fast schwindelig, so angetörnt und schockiert bin ich von der Intensität.

Er unterbricht den Kuss plötzlich und zieht sich zurück. „Ich hätte das nicht tun sollen."

Mein Magen sackt in meine Kniekehlen. „Wegen der Frau, mit der du letzte Nacht zusammen warst?", platze ich heraus.

Er starrt lange auf den Boden. „Ja."

Meine Lippen prickeln. Ich kann ihn noch immer schmecken.

Er dreht sich um und geht zurück in die Küche. „Zurück an die Arbeit, Partygirl."

Ich folge ihm auf wackeligen Beinen. Die Anziehung beruht auf Gegenseitigkeit. Meine Gedanken wirbeln für einen Moment herum, bevor ich mir eine harte Wahrheit bewusst mache – das ist das zweite Mal, dass er mich zurückweist. Ich straffe meine Schultern. Ich werde nicht zulassen, dass es ein drittes Mal gibt. Vor allem, weil ich weiß, dass er eine andere Frau datet.

9

Brendan

So viel zu Grenzen. Ich habe es vermasselt. Ich habe nur Spaß machen wollen. Ach, verdammt. Ich will sie so sehr, dass es unmöglich ist, lange Distanz zu halten. Ich weiß nicht, warum ich so auf sie stehe. Vielleicht liegt es daran, dass ich weiß, dass sie nichts Ernstes will, also ist der Druck weg. Das lässt sie irgendwie näher an mich herankommen, als ich es normalerweise zulassen würde. Ich weiß, dass ihr Großes bestimmt ist, und ich werde sie nur zurückhalten, doch all die Vorsätze scheinen aus dem Fenster zu fliegen, wenn ich in ihrer Nähe bin. Nicht einmal ein möglicher Familienstreit oder ihr Psycho-Ex können dieser Sache zwischen uns einen Dämpfer verpassen.

Ich beobachte, wie sie Tortellini in Sahnesauce auf ihren Teller schaufelt. Sie steht mit dem Rücken zu mir am Herd, also sehe ich mich satt. Sie ist zierlich, ihre Schultern schmal, ihre Taille schmal, ihre sanft geschwungenen Hüften betonen einen herzförmigen Hintern in engen Jeans. Ich will sie nur hochheben und ins Schlafzimmer tragen. Etwas an ihrer Größe bringt den Neandertaler in mir zum Vorschein. Es ist so verdammt schwer, die Grenze nicht zu überschreiten.

Sie sieht mich über die Schulter an. „Soll ich dir was aufladen oder willst du es selbst machen?"

„Ich mach das schon." Ich gehe um den Frühstückstresen, an dem ich normalerweise esse, herum. Für unser Essen stehen die Hocker wieder an ihrem gewohnten Platz.

Sie geht an mir vorbei, trägt ihren Teller und achtet offensichtlich bewusst darauf, Abstand zu mir zu halten. Ich weiß, warum. Dieser Kuss war elektrisch. Ich habe meine ganze Willenskraft gebraucht, um mich zurückzuziehen.

„Ich warte auf dich, damit wir es zur gleichen Zeit probieren können", sagt sie von ihrem Platz am Tresen aus.

„Okay." Ich schöpfe eine großzügige Portion auf meinem Teller und setze mich neben sie. „Bereit."

Wir spießen beide ein Stück auf und essen es. Das ist gut. Überraschend gut.

„Wow", sagt sie und spießt weitere Tortellini auf. „Das haben wir Kochnovizen besser hinbekommen, als ich dachte. Es macht wirklich einen Unterschied, die Pasta frisch zu machen."

„Nicht schlecht." Ich schiebe mir die nächsten Tortellini in den Mund und kaue. Ich dachte, Beast wäre ein Meisterkoch, aber sieh sich einer an, *wir* haben dieses fantastische Essen zubereitet.

Wir essen ein paar Minuten in glückseliger Stille. Ich kann kaum glauben, dass ich so etwas Leckeres gekocht habe. Mit ein bisschen Hilfe von Chloe und unserem Kumpel Massimo. Und es hat am Ende nur vier Stunden gedauert. Definitiv eine Wochenendaktivität. Wir sollten jedes Wochenende ein neues Rezept zusammen ausprobieren. Ich halte inne; das ist zu viel Zeit zusammen. Grenzen. Genau deshalb habe ich sie denken lassen, dass ich letzte Nacht mit jemandem zusammen gewesen bin. Es war leichter, als meinen wahren Grund zu erklären – ich würde sie nur zurückhalten. Außerdem wird sie jetzt ihren Teil dazu beitragen, die Grenzen einzuhalten. Ich weiß, sie will mich. Auf Villroy hat sie *mich* geküsst. Und ich kann es in ihren Augen sehen, manchmal in ihrer gehauchten Stimme, in ihren geröteten Wangen. Mein Blick fällt auf ihre sanft geschwungene Oberlippe, über die ich mit meiner Zunge streichen will.

Ich reiße meinen Blick los und trinke einen Schluck Wasser. „Wie läuft dein Praktikum?"

Sie wiegt den Kopf hin und her. „Könnte besser sein. Ich mache Idiotenarbeit. Ich weiß, dass jeder klein anfangen muss, aber es ist so furchtbar öde. Ich werde am Montag mit der Forschungsleiterin sprechen. Ich habe schon ein paar Arbeiten veröffentlicht. Ich kann so viel mehr tun."

„Hoffentlich läuft es gut. Es kann eine heikle Sache sein, mit deinem Boss zu reden." Mein ältester Bruder, Dylan, ist mein Boss, und wir haben uns ein bisschen in die Haare gekriegt, weil ich, nachdem unser Onkel in den Ruhestand gegangen war, eine wichtigere Rolle in unserem Unternehmen übernehmen wollte. Ich war der erste meiner Brüder, der sich gemeldet hat, und jetzt spiele ich eine zentrale Rolle beim Scouten neuer Entwicklungsprojekte. Wir haben schon zwei Auszeichnungen für soziale Verantwortung und die Verbesserung von Wohngegenden abgeräumt. Mein letzter Fund hat allerdings nicht funktioniert. Ziemlich scheiße.

„Wie läuft deine Arbeit?", fragt sie.

Ich atme scharf aus. „Nicht gut. Die Immobilie, die ich im Auge hatte – ein Grundstück mit runtergekommenen Lagerhäusern am Wasser – haben wir an einen höheren Bieter verloren, der Hochhauswohnungen bauen will. Meine Brüder und ich wollen dieses Geschäft nicht. Wir wollen familientaugliche Nachbarschaften aufbauen, wie die, in der wir aufgewachsen sind."

„Das tut mir leid."

„Ja. Schade, weil wir dort schon eine Immobilie hatten, die wir zu coolen Loftflächen mit Park am Wasser ausgebaut haben. Der Plan war also, die Lagerhallen abzureißen und schöne Mehrfamilienhäuser mit angrenzenden Grünflächen und Kunstinstallationen unserer Mieter aus dem vorhergehenden Projekt zu bauen. Alles sollte LEED-zertifiziert sein, umweltfreundlich, energieeffizient, mit recycelten Materialien aus der Region. Weißt du, wie Holzbalken aus den alten Lagerhäusern. Jetzt baut jemand zwei siebzigstöckige Hochhäuser."

„Siebzigstöckige Hochhäuser! Das wird nicht nur die Sicht aufs Wasser blockieren, sondern auch die Sonne aussperren!"

„Leider. Das Gefühl einer intimen Nachbarschaft geht verloren, wenn man zwischen Wolkenkratzern spazieren gehen muss. Wenn man das will, könnte man genauso gut nach Manhattan ziehen."

Wir wenden uns wieder dem Essen zu. Es ist zu gut, um es kalt werden zu lassen.

Ich esse meinen Teller leer und hole mir Nachschlag. „Wie auch immer, meine Brüder und ich haben beschlossen, dass wir der historische Restaurierungs- und nachbarschaftsfreundliche Bauträger sein wollen. Das ist unsere Nische."

Sie schüttelt den Kopf. „Ich hoffe, Brooklyn wird nicht mit Hochhäusern zugepflastert."

„Nicht wahr?" Ich setze mich wieder und esse weiter. Immer noch fantastisch.

„Weißt du, es gibt ein altes Kaufhaus in der Innenstadt, Finerman's, in der Nähe, wo ich aufgewachsen bin. Früher bin ich dort gerne schaufensterbummeln gegangen. Jedenfalls ist es seit einiger Zeit geschlossen, und ich habe letztes Wochenende ein *Zu-Verkaufen*-Schild gesehen. Vielleicht könntest du was Cooles daraus machen."

„Ich frage mich, was sie dafür haben wollen."

„Du könntest online nachsehen."

„Oh ja, wenn ich damit fertig bin", sage ich und deute auf mein Essen. Mein Puls pocht. Das könnte was sein, ein altes Kaufhaus. Vielleicht könnten wir es zu Loft-Wohnungen mit

Dachgarten umbauen. Ich hatte nicht gesehen, dass es auf dem Markt ist. Es muss neu gelistet worden sein. Vielleicht ist eine andere Transaktion hinter den Kulissen gescheitert.

„Danke, Chloe! Ich habe dieses aufgeregte Gefühl, als ob ich da was auf der Spur wäre."

„So ganz kribbelig? Bist du sicher, dass du dir keine Läuse eingefangen hast?"

Ich pruste vor Lachen. Sie fühlt sich mit mir wohl und macht Witze. „Widerlich. Und nein. Ich habe Standards und Kondome."

Sie wedelt mit der Hand. „Ich will nichts von deinen Frauen hören."

„Dito."

Sie schiebt sich eine Tortellini in den Mund und sagt: „Ich habe entschieden, dass das Zölibat der richtige Weg ist."

„Natürlich."

Sie kaut und schluckt. „Im Ernst."

„Wir werden sehen, wie lange das hält."

Sie fixiert mich mit einem harten Blick. „Wettest du?"

Ich nicke. „Hundert Dollar, dass du bis zum langen 4. Juli-Wochenende mit einem Typen Sex hast. Da hast du frei, wirst dich langweilen und BAM." Sie zuckt bei meinem *BAM* zusammen, und ich unterdrücke ein Lachen. „Plötzlich hört sich ein schwächlicher Labortyp ziemlich gut an."

„Die Wette gilt", sagt sie und streckt mir ihren kleinen Finger entgegen.

Ich schlinge meinen kleinen Finger um ihren, und die Berührung schießt durch mich hindurch. Ich sollte aufhören, sie zu berühren. Unsere Blicke begegnen sich, und ihre Lippen öffnen sich. Alles in mir schreit danach, sie zu küssen.

Sie steht abrupt auf. „Ich helfe dir beim Aufräumen."

Ich konzentriere mich auf meinen Teller. Ich muss sie nicht jedes Mal anstarren, wenn sie sich bewegt. Sie ist so oder so dauerhaft in mein Gehirn eingebrannt.

MANN, ich bin aufgedreht. Meine Brüder und ich haben am Montag ein Mittagessen in einer Pizzeria in der Nähe unseres neuesten Projekts. Wir arbeiten in Queens an einem Einkaufszentrum. Bezahlt die Rechnungen, aber mehr ist es nicht. Ich mag die Projekte, die von uns, Rourke Management, von Grund auf entwickelt werden. Ist es seltsam, wie sehr ich es mag, dass die Firma unseren Namen trägt? Mein ganzes Leben lang habe ich immer unter dem Namen Byrne gearbeitet. Endlich haben wir was Eigenes. Alle meine Brüder sind hier, außer Sean, der immer noch mit seiner Frau in Vancouver ist. Wir haben ihn auf Lautsprecher. Beast und ich sitzen auf einer Seite einer Nische am vorderen Fenster, Connor und Jack uns gegenüber, und Dylan, unser CEO, sitzt auf einem Stuhl am Kopfende des Tischs.

Ich warte, bis alle ihr erstes Stück Pizza gegessen haben, und lasse sie ihren Hunger stillen, bevor ich mit meinem Pitch einsteige. „Ich habe unsere nächste Immobilie gefunden. Das alte Finerman's Kaufhaus. Es ist historisch, 1893 erbaut, jede Menge coole architektonische Akzente, die man in einem modernen Bau einfach nicht findet." Ich gebe das Datenblatt herum, das mein Vater mir gegeben hat. Er arbeitet in der Immobilienbranche und hat mir gestern einen Termin organisiert, das Haus anzusehen. Ich wende mich dem Handy in der Mitte des Tisches zu. „Hast du dein Datenblatt bekommen, Sean?" Ich habe es ihm gestern Abend per E-Mail geschickt.

„Ich hab's."

Ich fahre fort. „Es hat sieben Stockwerke, direkt in der Innenstadt gelegen, und es gibt auch ein Café nebenan zum Verkauf. Ich denke an Loft-Apartments, die Hipster mit Geld und ernsthafter Koffeinsucht anziehen. Wir kaufen das Café auch. Eigentlich würde ich gerne den ganzen Block kaufen und einen kohärenteren Plan entwickeln, aber das ist alles, was zur Zeit zum Verkauf steht."

Ich sitze vor Aufregung auf der Kante der Sitzbank, während meine Brüder sich die Daten ansehen.

„Aufzug?", fragt Dylan und sieht mich mit müden blauen Augen an. Er ist frischgebackener Vater und sagt, das Baby ist jeden Morgen um vier sein schreiender Wecker.

„Ja."

„Vorkriegsbau", sagt Connor mit einem Lächeln. „Becca würde es lieben. Sie sollte auch hier sein." Das ist seine Verlobte und unser Chief Strategy Officer, jedoch *keine* Partnerin in der Firma. Darauf muss ich jetzt bestehen, da meine älteren Brüder ihren Frauen nichts abschlagen können. Im Ernst, sie würden alles für sie tun. Die vier – Dylan, Connor, Jack und Sean – müssen an unsere Blutsbande erinnert werden. Wir Brüder sind die Eigentümer, egal ob verliebt, verlobt oder verheiratet.

„Sie kommt dazu, wenn es so weit ist", sage ich. „Die Kaufentscheidung liegt bei den Inhabern der Firma. Uns."

„Josie findet es hübsch", sagt Sean durchs Telefon. „Sie hat das Atrium mit dem riesigen Oberlicht geliebt, als ich ihr gestern Abend die Info gezeigt habe."

Ich beiße mir auf die Zunge. Ja, solange sie es „hübsch" findet, können wir ja mit Volldampf vorangehen.

Jack hebt den Kopf und streicht sich eine dunkelbraune Haarsträhne aus den Augen. Er lässt es oben länger wachsen und stylt es zurück. So sieht er viel mehr wie ein Hipster aus, als er ist. „Viele U-Bahn-Linien in der Nähe."

„Fünf Minuten Pendeln nach Downtown Manhattan", sage ich. „Mit dieser Quadratmeterzahl denke ich, dass wir leicht dreißig Wohnungen rausbekommen können. Wenn wir wollen, könnten wir die ersten beiden Stockwerke als Einzelhandelsflächen behalten."

„Ich mag gemischte Immobilien", sagt Dylan und reibt

sich seinen struppigen Kiefer. „Denkst du, sie sind preislich flexibel?"

„Nur eine Möglichkeit, das herauszufinden", sage ich mit einem Lächeln. Ein Triumphgefühl breitet sich in mir aus. Wenn Dylan an Bord ist, sind die anderen auch dabei. „Wir können auch Denkmalschutz beantragen. Das würde diesem Teil unseres Portfolios guttun." Auch unser letztes Projekt, eine alte Seilfabrik, steht unter Denkmalschutz. „Und wir können immer noch umweltfreundliche, energieeffiziente Konzepte umsetzen. Ich denke, das wird High-End-Mieter anziehen."

Dylan lehnt sich zurück und trommelt auf den Tisch. „Wir sollten Räumlichkeiten mit fixen günstigen Mieten für eine gemeinnützige Organisation zur Verfügung stellen. Wie einer dieser Vereine, der benachteiligte Kinder unterrichtet. Das könnte bei den Mietern der Wohnungen gut ankommen."

In diesem Punkt sind wir uns alle einig. Es ist Teil unserer Mission, den Nachbarschaften etwas zurückzugeben.

Dylan reibt sich den Nacken. „Ich sage, wir machen ein Angebot von einer Inspektion abhängig. Irgendwelche Einwände?"

Ich sehe mich am Tisch um. Niemand scheint Einwände zu haben. Tatsächlich beäugt Beast hungrig sein zweites Stück Pizza.

„Dann machen wir das so", sage ich.

„Ich bin dabei", sagt Sean durchs Telefon.

Meine Brüder beugen sich zustimmend zum Handy vor und lassen Sean wissen, dass wir uns einig sind.

„Bis dann", sagt Sean und legt auf.

Alle wenden sich wieder dem Essen zu.

„Hey, Bren, hast du ein Date für unsere Hochzeit klargemacht?", fragt Jack. „Riley braucht die endgültige Gästezahl." Seine Hochzeit ist in drei Wochen.

„Nein. Eine Frau zu einer Hochzeit mitzunehmen, bringt sie nur auf falsche Ideen."

„Bist du sicher?", fragt Jack. „Wir haben Beast auch mit Begleitung eingeplant. Er hat ein Mädchen eingeladen, das er letztes Wochenende bei einem Musikfestival kennengelernt hat."

Ich ziehe meine Augenbrauen hoch.

Er zuckt mit den Schultern. „Wir haben uns sofort verstanden."

Jack trinkt einen großen Schluck Wasser und deutet mit seiner Flasche auf mich. „Du bist der Einzige von uns, der allein kommen will. Vielleicht könnte ich jemanden für dich finden, damit du nicht allein rumsitzt, wenn wir anderen tanzen. Kann nicht sein, dass du das Mauerblümchen bist."

Meine Gedanken blitzen zu Chloe und ihrem lächerlichen Tanz. Und meinem Tanz, bei dem sie rot geworden ist, als sie begriffen hat, dass ich sie wegen ihres Solo-Orgasmus aufgezogen habe.

Beast spricht mit vollem Mund. „Tara hat eine beste Freundin, die vielleicht bereit wäre, mit dir hinzugehen."

„Wer ist Tara?", frage ich.

„Das Mädchen vom Wochenende", sagt Beast. „Mein Date."

„Hast du keine Angst, dass sie denkt, dass es was Ernstes ist, wenn du sie zu einer Hochzeit mitnimmst?"

„Nein. Es ist nur ein Date mit kostenlosem Essen und Tanzen. Sie tanzt gern." Er dreht sich zu Jack um. „Nichts für Ungut. Ich rede nur von ihrer Perspektive. Natürlich weiß ich, dass es ein großes Ereignis ist."

Jack lacht. „Schon gut." Er wendet sich mir zu, seine blauen Augen tanzen vor unverhohlener Freude. Oh-oh. Jack ist der König der Witzbolde. Das kann nicht gut sein.

Ich schlucke. „Was auch immer du denkst, nein."

Jack hält eine Hand hoch. „Nein, hör zu. Mom hat mir erzählt –"

„Nein."

„– von einer", er macht Anführungszeichen mit den Fingern, „netten jungen Frau aus der Kirche."

„Auf keinen Fall."

Jack fährt unbeeindruckt fort. „Sie ist gerade in die Stadt gezogen. Mom will, dass ich sie ein paar Leuten vorstelle. Ich werde sie dir vorstellen." Er holt sein Handy aus der Tasche. „Lass mich Mom gleich schreiben."

Ich greife nach seinem Handy, doch er beugt sich außer Reichweite und grinst breit. Meine Brüder lachen. *Okay, entspann dich.* Vielleicht ist das nur ein Streich, und er schreibt seiner Verlobten, um so zu tun, als würde er mich durch unsere Mutter verkuppeln. Man sollte nie unterschätzen, wie weit Jack für einen Streich zu gehen bereit ist. Einmal hat er einen ganzen Monat damit verbracht, täglich sorgfältig die Schnürsenkel meiner Sneakers zu kürzen, bis ich sie nicht mehr binden konnte. Es war so subtil, dass ich es bis zum Schluss nicht gemerkt habe. Dann habe ich seine Sneakers genommen, da wir die gleiche Schuhgröße haben.

Mein Handy pingt, und ich nehme es vorsichtig in die Hand. Als wäre es eine tödliche Kobra, die jederzeit zuschlagen könnte. Ich bin angespannt. *Neiiiin.*

Mom: *Brendan, das ist wunderbar! Ihr Name ist Faith. Ich weiß nur, dass sie die Hochzeit in dieser wunderschönen Kirche genießen wird. Sie ist ein nettes katholisches Mädchen. Okay, wie kann ich dir ihre Kontaktinfo schicken?*

Dabei helfe ich ihr auf keinen Fall.

Ich: *Das ist kompliziert. Muss ich dir später persönlich zeigen.*

Oder nie.

Sie schickt aus Versehen ein Bild von meinem Vater, der in einem Restaurant sitzt. Dann bekomme ich ein GIF mit einem tanzenden Snoopy und eine Reihe von Emojis –überraschtes Emoji, lachendes Emoji und ein Herz.

Ich starre Jack an, bevor ich schnell eine Antwort tippe. *Jack hat nur Witze gemacht. Ich brauche ihre Nummer nicht.*

Faiths Handynummer und E-Mail-Adresse pingen auf meinem Display.

Mama: *Hast du's bekommen?*

Ich: *Ja, aber ich werde sie nicht anrufen.*

Mom: *Bren, es ist Zeit, dass du ein nettes Mädchen findest. Faith ist wunderbar. Sie ist Kindergärtnerin, was bedeutet, dass sie Leute wie dich ertragen kann. Ha, ha.* Sie fügt drei Sonnenbrillen-Emojis hinzu.

Ich knirsche mit den Zähnen.

Mom: *Ich werde sie nächsten Sonntag zum Abendessen einladen. Kein Druck. Lern sie einfach kennen, okay?*

„Wie läuft's?", fragt Jack begeistert.

Ich zeige ihm den Mittelfinger. Der Tag, an dem ich mit einer Frau ausgehe, die meine Mutter für mich aussucht, ist der Tag, an dem die Hölle zufriert. Niemals!

Ich: *Ich habe schon ein Date für die Hochzeit.*

Mama: *Wirklich? Wovon redete Jack dann? Er hat gesagt, du bist der Einzige ohne Date.*

Ich: *Will mich ärgern, wie immer. Er denkt, ich habe sie erfunden und wollte die Sache unbedingt selbst in die Hand nehmen.*

Mom: *Ich verstehe einfach nicht, wie er immer wieder auf solche Ideen kommt. Egal, ich kann es kaum erwarten, sie kennenzulernen! Hab dich lieb.*

Meine Ohren brennen, als ich die Augen meiner Brüder auf mir spüre. *Hab dich auch lieb*, tippe ich schnell und lege das Handy mit dem Display nach unten auf den Tisch.

„Also kommst du mit Begleitung?", fragt Jack mit einem Grinsen.

Ich presse meine Lippen aufeinander. „Ja. Ich bringe eine Freundin mit. Nicht dieses nette katholische Mädchen, das du mir aufdrängen wolltest. Wie kommst du auf die Idee, Mom da reinzuziehen?" Ich strecke mich über den Tisch und schlage ihm auf den Kopf.

Er lacht.

Es gibt nur eine Frau, die ich zu dieser Hochzeit mitbringen will, die nicht glauben wird, dass es bedeutet, dass ich es ernst mit ihr meine. Meine einzige Freundin. Wenn Chloe nein sagt, werden mir meine Brüder das ewig unter die Nase reiben. Und meine Mutter wird wahrscheinlich Faith als Backup rufen. Gott bewahre mich vor den Kuppelversuchen meiner Mutter!

10

Brendan

Sei cool. Tu *nicht* so, als ob es dich auf die eine oder andere Weise interessiert. Es ist Samstagabend, und ich habe Chloe zu einer Pizza und einem Film eingeladen. Ich habe alles sehr sorgfältig geplant, damit es locker aussieht. Kein gemeinsames Kochen. Wir sehen uns eine Komödie an, *Monty Pythons Die Ritter der Kokosnuss*. Ich kenne keine Frau, die in diesem Film etwas Romantisches sehen würde. Dann werde ich sie irgendwann zu Jacks Hochzeit einladen. Als platonische Freunde. Ich sage, es ist, damit wir eine gerade Anzahl von Gästen haben, was für Jacks Verlobte wichtig ist. Ja, das sollte funktionieren.

Ich wische meine verschwitzte Hand an meiner Jeans ab und gehe im Wohnzimmer auf und ab. Sie ist zu Hause. Ich weiß, dass sie zu Hause ist, aber ich werde nicht nachsehen, warum sie so lange braucht, um rüberzukommen. Sie ist nicht zu spät, aber verdammt, ich bin gleich nebenan. Es ist okay, wenn sie ein bisschen früher kommen will. Vielleicht sollte ich es einfach gleich hinter mich bringen. *Chloe, gehst du mit mir zur Hochzeit meines Bruders? Natürlich nur als Freunde.*

Nein, ich fange besser mit der Sache mit den Freunden an.

Wir sind Freunde, und Freunde können zusammen auf Hochzeiten gehen. Ich reibe mir den Nasenrücken. Nein.

Hey, was machst du heute in zwei Wochen? Wenn du antwortest, zu einer Hochzeit in New Jersey gehen, hast du Recht. Gott, wie lahm.

Ich nehme eines der Kissen, die zu meinem Sofa gehören, schlage es ein paarmal, um es fluffig zu machen, und werfe es zurück. Dann mache ich das Gleiche mit dem anderen Kissen und platziere sie an gegenüberliegenden Enden des Sofas. Dort sitzen wir mit einem sicheren Freundeszonenabstand zwischen uns.

Ich lasse mich auf das Sofa fallen, liege quer über dem ganzen Ding und schlage die Knöchel übereinander. Vielleicht liege ich einfach hier und sage ihr, sie soll reinkommen, damit sie sieht, wie cool ich bin. Natürlich muss ich die Tür aufschließen, damit das funktioniert.

Ich rolle vom Sofa, gehe zur Tür und dreh schließe auf. Ich bin auf halbem Weg zum Sofa, als es leise an der Tür klopft. Mein Herz pocht tatsächlich. Was stimmt nicht mit mir? Es ist nur Chloe. Höchstwahrscheinlich in Tanktop und Jeans. Jedes Wochenende ist es das gleiche Outfit – wenn auch in einer anderen Farbe – das ihre zierlichen Kurven verdeckt. Nein, ihre *normalen* Kurven wie die jeder anderen Frau auf dem Planeten.

Ich schlendere zur Tür, atme langsam tief ein und befehle meinem Herzen, wieder normal zu schlagen. An diesem Abend gibt es nichts Aufregendes. Keine hohen Einsätze. Ich kann immer noch mit dem Mädchen zur Hochzeit gehen, das meine Mutter für mich ausgesucht hat. *Erschieß mich jemand. Jetzt. Bitte.*

Ich öffne die Tür und hake beide Hände lässig an den Türrahmen über mir. „Hey."

Ihr blondes Haar ist offen und fällt auf ihre nackten Schultern. Ein weißes, geripptes Tanktop schmiegt sich über ihre kecken Brüste, die Umrisse ihres BHs kaum sichtbar, verwaschene Jeans mit ausgefransten Kanten, weiße Keds. Genau wie erwartet. Ich ignoriere, dass sich mein Bauch zusammenzieht, ignoriere die Lust, die durch meine Adern strömt. Ich bin Mr. Lässig.

Sie sieht zu mir auf, die Stirn sind über grünen Augen gerunzelt. „Hi. Äh, willst du mich reinlassen?"

Ich trete zurück und bemerke, dass ich die Tür blockiert habe. „Welche Pizza magst du?"

„Die einzig Gute."

„Peperoni?"

Sie lächelt. „Ja."

Woher wusste ich das? Weil das meine Lieblingspizza ist. „Dann bestelle ich sie gleich." Ich hole mein Handy aus der Tasche und wähle die gespeicherte Nummer des Lieferservice'.

Chloe wandert zu dem scheußlichen Gemälde an der Wohnzimmerwand, das ich anscheinend nicht loswerden kann. Mein Bruder Connor hat es hiergelassen, als er ausgezogen ist. Es sind nur Kritzeleien in Lila und Rot mit einem grellen gelben Punkt in der Mitte. Angeblich von einem bekannten Künstler. Ich wollte es loswerden, aber obwohl Connor meiner Meinung war, dass es abscheulich ist, sagt er, es war ein Geburtstagsgeschenk von unserem Bruder Jack, also muss er es behalten. Ich habe versucht, es Connor als Einweihungsgeschenk aufs Auge zu drücken, als er mit seiner Verlobten zusammengezogen ist, doch sie sagt, es passt nicht zu ihrer Einrichtung. Im Ernst. Es passt zu nichts.

„Was soll das sein?" Sie neigt den Kopf hin und her. „Nahaufnahme eines Moleküls?"

Ich betrachte es mit neuen Augen. Das Problem ist, ich weiß nicht, wie ein Molekül aus der Nähe aussieht. Dann habe ich eine tolle Idee. „Es gefällt dir? Es ist deins."

Sie rümpft die Nase. „Nein, danke."

Ich wende mich der Pizzabestellung zu. „Ich werde das

Ding nie los. Jack hat es Con geschenkt. Con hat es hiergelassen, als er ausgezogen ist."

„Moderne Kunst ist nicht mein Ding", sagt sie und nimmt auf dem Sofa Platz.

„Meins auch nicht." Ich gebe die Bestellung auf. „Willst du was trinken, während wir warten?"

Sie schüttelt den Kopf. „Ich brauche nichts, danke."

Ich stecke mein Handy wieder in die Tasche und überlege meinen nächsten Schritt. Sie sitzt da, ohne die geringste Ahnung, dass ich dabei bin, unsere *Freundschaft* auf eine öffentliche Ebene zu bringen. Sie wird bei Jacks Hochzeit mit meiner Familie abhängen. Sie kennt sie ein bisschen von Villroy, aber das ist anders. Meine Mutter wird sie auf jeden Fall in die Zange nehmen. Ich denke, Mama wird Chloe mögen. Sie ist klug, freundlich und fleißig. Schön. Ich schlucke schwer. Wenn Chloe nein sagt, muss ich erklären, warum ich allein bin. Ich weigere mich, mit einem netten katholischen Mädchen auszugehen, das von meiner Mutter ausgewählt wurde. Irgendwo muss ein Mann die Grenze ziehen.

Chloe streicht sich die Haare hinter die Ohren. „Alles okay? Du wirkst angespannt."

Ich gehe zum Sofa und lasse mich beiläufig darauf fallen. „Völlig entspannt."

„Ich war froh zu hören, dass deine Brüder was Finerman's angeht an Bord waren. Ich mochte den Laden schon immer, auch wenn ich mir nichts leisten konnte."

Wir sind per SMS in Kontakt geblieben. Nichts Großes. Das machen Freunde.

„Ja, wir haben ein Gebot abgegeben und warten darauf, dass sich der Eigentümer meldet. Daumen drücken." Ich finde keine bequeme Position. Ich schüttle das Kissen hinter mir auf und schiebe es wieder hinter meinen Rücken. Sie sitzt am anderen Ende des Sofas mit einem Kissen zwischen uns. So wie ich und Beast immer hier sitzen. Das Kissen in der Mitte ist Niemandsland.

Sie sieht zu mir herüber, wendet sich dann ab und zwirbelt eine Haarsträhne. Es ist unbehaglich und sollte nicht so sein. Wir haben uns letztes Wochenende großartig verstanden, als wir rumgehangen haben. Es gab eine Behaglichkeit zwischen uns, die jetzt fehlt. Wegen dieser verdammten Frage. Ich muss sie fragen. *Spuck's einfach aus!*

„Also, Chloe, ich habe mich gefragt ..." *Erbärmlich. Tu so, als ob es dich nicht kratzt. Als würdest du einen Typen zu einem Spiel einladen.*

„Ja?"

„Hast du jemals Monty Python gesehen?" *Verdammt.*

„Nein."

„Ist mein Lieblingsfilm."

Sie nickt. „Cool. Dann tue ich so, als ob er mir gefällt."

Ich muss lachen. Sie hat diesen staubtrockenen Humor, der mich immer wieder überrascht. „Wie war die Arbeit? Durftest du mehr als Reagenzgläser einsortieren?"

„Du hast Spülen vergessen", sagt sie. „Ich bin der Rookie, die Jüngste im Labor, und ich habe einen netten kleinen Vortrag von meiner Chefin bekommen, dass jeder seinen Beitrag leisten muss, egal für wie schlau er sich hält."

„Autsch."

„Ja. Ich schwöre, ich habe nicht angegeben. Ich habe nur klar gesagt, was ich bisher erreicht habe und was ich zu erreichen hoffe." Sie seufzt, lehnt sich zurück und starrt an die Decke. „Ich schätze, ich hätte nicht meinen Lebenslauf und meine veröffentlichten Arbeiten zur Erinnerung mitbringen sollen. Das hat sie scheinbar genervt." Sie dreht den Kopf, um mich anzusehen. „Sie hat gesagt, dass sie sich schon mit meiner Bewerbung befasst hat und sie nicht nochmal sehen muss."

„Es ist schwer. Es ist eine Gratwanderung, die Autorität zu respektieren und gleichzeitig für sich einzustehen." Ich hebe eine Hand. „Sieh's von der angenehmen Seite. Eines Tages wirst du ein Labor leiten und kannst einen anderen

Neuling dazu verdonnern, den langweiligen Mist zu machen."

Ein widerstrebendes Lächeln umspielt ihre Lippen. „Ja, ich denke, irgendjemand muss es tun."

„Mein Bruder Jack heiratet in zwei Wochen", platze ich heraus. „In New Jersey, wo seine Verlobte herkommt. Der Empfang ist in einem Country Club. Wirklich schick."

Sie nickt und zieht ihre Schuhe aus.

„Also, was machst du übernächsten Samstag?"

Sie dreht sich zu mir um. „Ich weiß nicht, Bren. Was machen wir?"

Meine Lippen verziehen sich zu einem Lächeln. Den Ball hat sie elegant zurückgespielt. „Wir gehen zu Jacks Hochzeit. Als Freunde."

„Muss ich tanzen?"

„Nein."

Sie neigt den Kopf. „Hast du Popcorn für den Film?"

Ich bin so erleichtert, dass ich sie umarmen will. Doch ich darf das Niemandsland nicht verletzen. Ich weiß das. Sie ist zu verlockend, zu sexy, zu viel von allem. Und sie ist auf einem wohldurchdachten Pfad, der mich nicht einschließt. Ich werde nie etwas annähernd so Großartiges machen, wie Krebsforscher zu sein. Tatsache ist, ich spiele nicht in ihrer Liga.

Ich stehe vom Sofa auf. „Vielleicht habe ich irgendwo Mikrowellen-Popcorn."

„Bitte mit extra Butter. Ich liebe extra Butter."

Ich gehe in die Küche. „Ich sehe, was ich da machen kann."

„Rate mal, wer mich vorhin angerufen hat."

Ich öffne einen Schrank und suche nach Popcorn. „Keine Ahnung."

„Michael."

Ich erstarre. Der Typ, der ihr in Villroy einen Heiratsantrag gemacht hat. „Ja?" Ich zwinge mich, im Schrank herum-zuwühlen.

„Ja. Er sagt, er sei bereit, wieder mit mir befreundet zu zu sein. Er will mich sehen, wenn ich im August nach Villroy komme, um Sara zu besuchen." Einen Monat wird sie dort sein. Mein Magen schlägt einen langsamen Purzelbaum.

Freunde mit gewissen Vorzügen? So wie früher? Ich mag es nicht, dass mich das so kratzt.

Ich knalle den Schrank zu. „Kein Popcorn."

„Schade."

Ich starre sie an. „Also, wirst du ihn sehen?"

„Ja. Ich bin froh, dass er darüber hinweg ist, dass ich nein gesagt habe. Wir waren vorher gute Freunde."

Ich atme langsam aus. Er will sie zurück. Mein Bauchge-fühl sagt mir das.

Ich gehe zu ihr hinüber, lasse jedoch den Sofatisch zwischen uns. „Glaubst du wirklich, Michael will nur ein Freund sein nach allem, was zwischen euch beiden passiert ist?"

Sie blinzelt überrascht. „Das hat er gesagt."

„Und du glaubst ihm?", blaffe ich.

„Warum wirst du so wütend?"

Ich fahre mit einer Hand durch mein Haar. Das geht mich nichts an. Ich weiß das. Ich mag es einfach nicht. „Ich bin nicht wütend", murmele ich und setze mich auf meinen Platz in der äußersten Ecke des Sofas.

„Glaubst du, er lügt?", fragt sie.

„Ja, Chloe, ich glaube, er lügt. Kein Typ will wieder befreundet sein, nachdem du Sex mit ihm hattest. Und schon gar nicht nach einem Heiratsantrag! So funktioniert das nicht."

„Aber …" Sie verstummt bei meinem Blick und starrt geradeaus. „Okay. Danke für die männliche Perspektive."

„Klar", brumme ich.

Sie schnappt sich die Fernbedienung. „Macht es dir was aus, wenn wir fernsehen, während wir auf die Pizza warten?"

„Wirst du ihn im August sehen?"

„Er arbeitet im Palast. Ich bin sicher, wir werden uns begegnen."

Wirst du wieder mit ihm schlafen? Ich kann nicht fragen. Ich lege meine Füße auf den Sofatisch, verschränke meine Arme und tue so, als würde mir die Eifersucht nicht gerade ein Loch in den Bauch fressen.

Sie zappt zu einem Dokumentarfilm über die Wildnis Alaskas. Ich hasse Dokumentarfilme. Schau dir diesen dämlichen Braunbären an, der im Bach rumtappst. Oh, er hat einen erwischt. Riesiger Fisch im Maul.

Wir tauschen begeisterte Blicke aus und wenden uns wieder dem Bildschirm zu. Was macht es schon, wenn sie mir neue Dinge zeigt, die mir wirklich gefallen? Ich habe ihr gezeigt, dass wir kochen können. Was hat Michael ihr jemals gezeigt? Wie man ein Schloss bewacht? Nutzlos.

Ich simmere schweigend vor mich hin und beobachte die Tierwelt, was faszinierender ist, als ich dachte. Eine SMS pingt auf meinem Handy. Die Pizza ist in fünf Minuten da.

Ich stehe auf. „Pizza ist fast da. Ich hole ein paar Teller, Servietten und Gläser für uns und gehe dann runter, um die Pizza in der Lobby abzuholen."

„Okay." Sie kramt Geld aus ihrer Tasche und hält es mir entgegen.

„Ich mach das schon."

„Sicher?"

„Steck's weg. Ich habe dich eingeladen, also kann ich auch die Pizza bezahlen."

„Bren, du hörst dich wieder wütend an. Was ist heute Abend mit dir?"

„Schau, wir sind Freunde, richtig?"

„Ja."

„Also sage ich das als Freund. Wenn du Michael wiedersiehst, wird er das als Ermutigung verstehen. Wenn du nicht wieder was anfangen willst, musst du Abstand halten."

Sie betrachtet mich einen langen Moment, und ihre Augen scheinen mein Gesicht zu analysieren.

Ich bemühe mich, wie ein besorgter (platonischer) Freund auszusehen. „Ich gebe dir nur die männliche Perspektive."

„Okay, danke."

Sie geht nicht weiter darauf ein. Ihre knappen Antworten nerven. Knappe Antworten sind mein Ding.

Ich zucke die Schultern. „Jetzt weißt du's."

„Soll ich dir beim Tischdecken helfen oder so?"

„Nein."

„Okay." Sie klingt fröhlich.

Ich beiße die Zähne aufeinander und gehe in Richtung Küche. Ich muss mich verdammt nochmal beruhigen. Ich habe kein Mitspracherecht bei dem, was sie in Villroy tut. Oder hier. Oder überall. Sie ist eine freie Frau. Sie will nicht einmal mit mir auf der Hochzeit tanzen. Ich meine, was ist, wenn es einen langsamen Tanz gibt? Will sie mir nicht nahe sein? Sie ist drüber weg. Ich auch.

Ich hole Teller, Servietten und ein Glas Wasser für sie. Ich hole mir ein Bier aus dem Kühlschrank, wenn ich mit der Pizza zurückkomme.

„Gehörst du zur Entourage des Brautpaars?", ruft sie vom Sofa aus.

„Nein, Jack hat zu viele Brüder, und die Zahl seiner Brautführer muss dieselbe sein wie die der Brautjungfern. Meine Brüder und ich haben Strohhalme gezogen, wer Brautführer wird." Ich gehe zurück ins Wohnzimmer, gebe ihr das Wasser und decke den Sofatisch für das Abendessen.

„Oh gut."

Ich sehe sie an. „Warum ist das gut?"

„Na ja, wenn du sein Brautführer wärst, wäre eine der Brautjungfern deine Partnerin, bei der du sitzen müsstest, und ich würde nur allein rumsitzen. Ich war Brautjungfer bei

Saras Hochzeit und hab immer bei Oscar gesessen." Das ist mein Cousin, ein Prinz. Die meisten Frauen würden gerne bei Oscar sitzen – und mehr. Er war ein solcher Playboy, bevor er seine Frau kennengelernt hat. So schlimm wie ich war. Bin. Ich sollte bald eine Frau abschleppen.

„Ich geh die Pizza holen." Ich will gerade gehen, als sie mich mit einer anderen Frage aufhält.

„Werden wir nach der Hochzeit die Nacht in New Jersey verbringen?"

Ich bleibe stehen. Die Fahrt dorthin dauert ungefähr zwei Stunden. Will sie die Nacht mit mir verbringen? Am nächsten Morgen gibt es Frühstück im Elternhaus meiner neuen Schwägerin. Das ist allerdings optional. Ich habe mir ein Auto gemietet, damit ich kommen und gehen kann, wann ich will, je nachdem, wie ich mich nach der Hochzeit fühle.

Langsam drehe ich mich um, mein Puls pocht vor Erwartung. „Wir könnten es so oder so machen, da übernachten oder zurückfahren. Was ist dir lieber?"

Sie beißt sich auf die Lippe und senkt den Blick. „Was auch immer für deine Familie funktioniert. Ich habe mich nur gefragt, wie du es machen willst."

Das ist die verwirrendste Antwort, die ich je gehört habe.

„Sie würden mich wahrscheinlich am nächsten Tag beim Frühstück sehen wollen, also übernachten wir, wenn es dir nichts ausmacht." Ich warte und versuche, ihre Reaktion einzuschätzen.

„Großartig", sagt sie angespannt.

Ich glaube, ich weiß, wo ich stehe. Der Gedanke scheint ihr unbehaglich zu sein. Wie auch immer. Ist mir wirklich egal. Sie kann sich wieder in ihr Fernbeziehungs-Arrangement mit Michael stürzen, und ich werde einfach ... ich werde mich einfach damit abfinden.

Ich reiße die Haustür auf und stapfe hinaus. Pizza und ein Film. Das ist alles.

Ich hole die Pizza, gebe dem Boten ein Trinkgeld und gehe

wieder nach oben, entschlossen, wieder festen Boden unter meine Füße zu kommen. Genug von dieser idiotischen Hoffnung auf mehr. Es gibt viele Frauen da draußen, die gerne mit einem Mann wie mir zusammen wären.

Ich stürme durch die Tür und erschrecke sie. „Wir übernachten nicht."

„Okay", sagt sie, und ihre Stimme und ihre Brauen heben sich am Ende wie bei einer Frage. Ihre Brauen sinken wieder, als sie mich betrachtet. „Was ist heute Abend mit dir?"

„Nichts. Ich finde es einfach besser, wenn wir das Wochenende nicht länger in die Länge ziehen als unbedingt nötig. Hochzeiten sind anstrengend." Ich gehe zum Sofatisch und stelle den Pizzakarton ab.

„Bren, willst du nicht, dass ich zu Jacks Hochzeit gehe? Möchtest du lieber allein gehen? Das verstehe ich total."

„Ich habe dich gefragt, und du hast ja gesagt." Ich hebe den Deckel der Kiste an. „Lass uns essen."

Sie salutiert. „Ja, Sir!"

Ich muss lachen, setze mich und nehme mir auch ein Stück. „Klugscheißer."

Sie schmunzelt. „Kann nicht anders."

„Ja, ich auch nicht."

„Wenn du zusiehst, wie deine Brüder heiraten, willst du das dann auch?", fragt sie, bevor sie herzhaft in ihre Pizza beißt.

Ich öffne meinen Mund, um nein zu sagen, aber was herauskommt ist: „Irgendwann". Hm. Vielleicht entwickle ich mich. Meine älteren Brüder sind glücklicher als ich sie je zuvor gesehen habe. Es könnte auf mich abfärben.

Sie nickt und trinkt einen Schluck Wasser. „Ja, wenn ich Sara mit Baby Henry sehe, denke ich, dass ich eines Tages gerne Mutter werden möchte."

„Nicht Ehefrau?"

Sie zuckt eine Schulter. „Schätze, das geht nur mit einem Mann." Sie macht ein komisches Gesicht und verzieht die

Lippen. „So ein Stress mit all dem Testosteron und den Anforderungen."

„Ha! Was ist mit all den Hormonen, die Frauen reiten? Auf und ab mit den Stimmungen. Gott helfe einem, wenn man sie zur falschen Zeit des Monats erwischt."

„Sexist."

„Du auch."

Sie seufzt. „Manchmal wünschte ich, ich wäre lesbisch. So viel einfacher."

„Noch besser wäre es, wenn du eine lesbische Arztkollegin treffen würdest."

Sie beißt in ihre Pizza und antwortet mit vollem Mund. „Schade, dass ich Schwänze so mag."

„Ja", krächze ich. Gott sei Dank habe ich nicht gerade getrunken, sonst würde ich mein Bier jetzt in hohem Bogen ausspucken. Doch jetzt erwacht mein Schwanz bei ihrer unerwartet vulgären Ausdrucksweise zum Leben. Sie mag aussehen wie ein Engel, aber sie ist nicht schüchtern. Sie hat mal gesagt, dass sie keine Hemmungen im Bett hat. Das ist der Stoff, aus dem meine lüsternen Träume gemacht sind.

Ich schließe für einen Moment die Augen und sage meinem Schwanz, dass er Ruhe geben soll. *Eisiger Wind, verschimmelte Zwiebeln, von meiner Mutter arrangierte Dates.* Da. Besser.

„Ich hole mir ein Bier", sage ich.

Ich halte meinen Kopf extra lange im Kühlschrank, um die kalte Luft zu atmen.

11

Chloe

Es ist seltsam, wie schnell ich Brendan nahegekommen bin. Wir fahren an einem schönen sonnigen Tag, dem letzten Juni-Wochenende, zu einer Kirche im Norden von New Jersey, Rockmusik dröhnt aus den Lautsprechern. Normalerweise geht es in meinen Beziehungen zu Männern darum, die gegenseitigen körperlichen Bedürfnisse zu befriedigen. Es ist einen Monat her, seit ich neben ihm eingezogen bin, und ich muss zugeben, dass er großartig ist. Ich freue mich jedes Wochenende darauf, mit ihm abzuhängen, auch wenn wir nur spazieren gehen oder eine Pizza essen. Er ist der erste Mensch, dem ich von meinem Tag erzählen möchte, und der Letzte, mit dem ich abends sprechen will. Wir haben eine Politik der offenen Tür, gehen jederzeit in die Wohnungen des anderen und schreiben uns oft SMSen. Zu denken, dass das nicht passiert wäre, wenn ich nicht für mein Praktikum hierhergezogen wäre!

Ich betrachte sein Profil, während er fährt, seine Züge liegen mir jetzt sehr am Herzen, die kaum sichtbare Narbe an seiner Augenbraue, seine scharfen Wangenknochen und sein kurzer Bart. Er sieht so gut aus in seinem grauen Anzug.

Jedes Mal, wenn ich versucht bin, die Grenze zu überschreiten, was oft der Fall ist, erinnere ich mich daran, dass er eine andere Frau hat. Es könnten mehrere Frauen sein, soweit ich weiß. Ich schlucke schwer, mein Magen dreht sich, und ich wende mich ab. Ich habe kein Recht, verletzt zu sein, aber ich kann nichts dafür. Wir stehen uns in vielerlei Hinsicht nahe. Es ist schwer zu wissen, dass er jeden Freitagabend ausgeht und erst am Samstagmorgen wiederkommt. *Hör auf. Er hat dich zu dieser Hochzeit eingeladen, und nicht irgendeine andere Frau, weil er am liebsten Zeit mit dir verbringt.* Es ist definitiv von Vorteil, eine enge Freundin zu sein, anstatt eine von vielen Gelegenheits– … nein, denk nicht daran.

Er biegt auf den Parkplatz der Kirche ein und stellt den Wagen ab. „Da sind wir. Bereit?"

„Bereit." Ich nehme meine kleine Handtasche, öffne die Tür und achte darauf, aus dem Auto zu steigen, ohne jemandem mehr zu zeigen, als mir lieb ist. Ich trage ein blaugrünes Cocktailkleid mit Spaghetti-Trägern und V-Ausschnitt. Der Stoff ist in diagonalen Falten von der Corsage gerafft, sodass es aussieht, als wäre ich obenrum besser bestückt als ich es bin. Meine Schwester hat dafür gesorgt, dass ich Kleider für verschiedene Anlässe habe, als sie Mitbesitzerin des Casinos auf Villroy wurde. Wir sind in ein paar der besten Boutiquen in Paris einkaufen gegangen. Die Kleider der französischen Designer scheinen für eine zierliche Figur wie meine gemacht zu sein.

Brendan erscheint an meiner Seite und schließt die Autotür hinter mir. „Ich hätte sie für dich aufmachen sollen."

Ich neige den Kopf. „Ich bin durchaus in der Lage, eine Tür zu öffnen."

Er beugt sich vor. „Ja, aber du bist mein Date. Nur Freunde, aber trotzdem. Mein Vater steht auf gute Manieren, und es würde ihm auffallen, wenn ich nicht die angemessene Gentleman-Etikette oder was auch immer anwende."

Seltsam, aber okay.

Er bietet mir seinen Arm an, und ich starre ihn an. Er nimmt meine Hand und legt sie auf seinen Unterarm; dann geht er auf die Kirche zu. Ich nehme ihn plötzlich intensiv wahr, die Hitze seines Arms durch seinen grauen Blazer, die harten Muskeln, seinen holzigen, sexy Duft. Ich schlucke schwer und starre geradeaus.

„Ich wette, dass dir Jack heute einen Streich spielen wird", sagt er.

„An seinem Hochzeitstag?"

Er lacht. „An jedem Tag, doch besonders dann, wenn man es am wenigsten erwartet."

„Wenn ich die Braut wäre, wäre ich sauer."

„Sie ist genauso schlimm. Sie spielen sich dauernd irgendwelche Streiche."

„Dann passen sie wohl gut zusammen."

„Niemand sonst könnte ihn ertragen", sagt er lachend.

Kaum haben wir die Kirche betreten, bieten uns zwei der Brautführer in schwarzen Smokings ein Programm an. Das sind seine Brüder – dieselben dunkelbraunen Haare und himmelblauen Augen –, obwohl ich mich nicht erinnern kann, wer wer ist, da die Ähnlichkeit so stark ist. Beast ist mit seinen riesigen Muskeln leicht zu erkennen. Und Dylan, der Älteste, sticht schon allein durch seine Haltung heraus. Die anderen drei sind eine Ansammlung dunkelbrauner Haare, scharfer Wangenknochen und mehr oder weniger Bart.

„Sean, du hast es geschafft", sagt Brendan und gibt einem der Platzanweiser eine Umarmung und einen Klaps auf den Rücken.

„Ich bin um Mitternacht reingekommen", sagt Sean lächelnd. Sein Haar ist kurz geschnitten, und er hat gerade genug Stoppeln, um einen dunklen Schatten auf seinem Kiefer zu werfen. „Durfte Jacks großen Tag doch nicht verpassen. Ich fliege morgen zurück. Josie konnte leider nicht weg, sie sind nicht mit der Arbeit fertig geworden. Passiert manchmal bei den Gewerkschaftsstunden."

Brendan stellt uns vor, erinnert seine Brüder an meine Verbindung zur Familie und erzählt mir von ihnen. „Josie ist seine Frau, sie ist Schauspielerin. Sie dreht gerade einen Film."

Connor – sein dunkelbraunes Haar ist oben lang und zerzaust, sein Stoppelbart schon fast ein Vollbart – sieht Brendan fragend an. „Braut oder Bräutigam?"

„Ja", sagt Brendan und gibt Connor einen freundschaftlichen Klaps auf den Arm.

Connor gestikuliert um seinen Kopf herum. „Chloe, hattest du auf dem Weihnachtsball auf Villroy nicht rote Haare?"

„Ja, aber das war nur vorübergehend."

Sean starrt mich an. „Oh ja. Bren wollte dich zum Tanzen auffordern." Er hebt die Brauen. „Ich denke, das hat geklappt."

„Oh nein, wir sind nur Freunde", sage ich sofort.

„Ja, Freunde", wiederholt Brendan.

Aus dem Augenwinkel erwische ich ihn dabei, wie er mit dem Finger über seine Kehle streicht und seinen Brüdern einen finsteren Blick zuwirft.

Connors Lippen zucken. „Immer schön, eine Freundin von Brendan zu treffen." Er reicht mir ein Programm und deutet nach rechts. „Die Seite des Bräutigams ist da drüben."

Brendan führt mich den Gang entlang, seine Hand liegt auf meinem Rücken und wärmt meine Haut durch den dünnen Stoff meines Kleides. Wenn man bedenkt, dass er mich als Freundin eingeladen hat, hat er mich heute schon mehr berührt als im ganzen letzten Monat. Abgesehen von diesem einen sengend heißen Kuss in der Nacht, in der wir Tortellini gemacht haben. Ich tue gerne so, als wäre das nur ein Traum gewesen.

Er führt mich in die zweite Reihe, wo Dylan bereits mit seiner Frau sitzt und ihr entzückendes Baby hält. Mein Herz zieht sich zusammen. Das kleine Mädchen trägt ein Kleid mit einem hellrosa Rosenknospenmuster und ein passendes weißes Häubchen. Ich lächle es an, und es strahlt zurück und zeigt zwei winzig kleine weiße Milchzähne auf der Unterseite. *Awww!*

Brendan übernimmt die Vorstellung. Es sind Dylan, Ariana und Baby Olivia. Ich bin begeistert von diesem glücklichen Baby. Sobald ich mich neben Ariana setze, greift Olivia zu mir und streichelt mir mit ihrer kleinen Babyhand über meine Wange.

„Bist du nicht eine ganz Süße?", trällere ich. „Magst du Kuckuck?" Ich bedecke mein Gesicht mit einer Hand und spähe zwischen meinen Fingern hindurch. Sie starrt mich konzentriert an. Ich lasse meine Hand sinken und lächle. „Kuckuck!" Sie quietscht und hüpft in den Armen ihrer Mutter.

Ariana lächelt mich an, ihre dunkelbraunen Augen sind freundlich. „Du bist ein Naturtalent."

„Ich weiß, wie man ein Baby unterhält", sage ich und bedecke wieder mein Gesicht. „Ich habe einen kleinen Neffen." Ich mache wieder „Kuckuck!", und Olivia kichert wie verrückt. „Ich liebe Babys."

Ariana beugt sich vor. „Hast du das gehört, Bren? Hört sich gut an."

Ich erstarre und sehe Brendan an, der nicht annähernd so beunruhigt aussieht, wie ich mich fühle. Seltsam. Ich wende mich wieder Ariana zu. „Wir sind nur Freunde. Wirklich gute Freunde."

„Das ist schön", sagt sie und tauscht einen Blick mit ihrem Mann aus, der auf ihrer anderen Seite sitzt.

Sie glauben mir nicht. Ich wende mich Brendan zu, und plötzlich reißt etwas schmerzhaft hart an meinen Haaren. *Au!* Ich keuche und greife hinter mich, um meine Haare festzuhalten. Das Baby hat mich fest im Griff.

„Es tut mir so leid", sagt Ariana und arbeitet daran, die Finger des Babys aus meinen Haaren zu ziehen. „Sie ist faszi-

niert von blonden Haaren. Die meisten von uns sind brünett."
Das kleine Mädchen reißt meine Haare hoch und runter, bis
sein Vater seinen Arm festhält, während seine Mutter daran
arbeitet, meine Haare aus seinen Fingern zu entwirren. Babys
wissen nicht, wie stark sie sind. „Sie macht dasselbe mit
Connors blonder Verlobter."

Ich erwische Brendan dabei, wie er gegen ein Lachen
ankämpft. Ich kneife die Augen zusammen, und er lacht laut.

Seine Eltern – ich kenne sie aus Villroy – nehmen in der
ersten Reihe Platz, direkt vor uns. Sie sind wahrscheinlich
Ende fünfzig und scheinen sich sehr nahezustehen. Mrs.
Rourke dreht sich um, um uns anzulächeln, und runzelt dann
die Stirn. „Olivia, wir müssen dir eine blonde Dolly besorgen,
damit du aufhörst, blonden Frauen an den Haaren zu ziehen.
Lass los, Schatz."

„Ist schon okay", sage ich und zucke zusammen, als sie
erneut reißt.

Endlich hat das meine Haare losgelassen. Mrs. Rourke
streckt die Arme nach ihrer Enkelin aus, und Ariana reicht sie
ihr. Mrs. Rourke schaukelt sie ein bisschen. „Sie kommen mir
bekannt vor", sagt sie mit einem Lächeln zu mir, ihre blauen
Augen funkeln genauso wie die von Brendan. „Sind wir uns
schonmal begegnet?"

„Villroy", sagt Mr. Rourke. „Ich erinnere mich. Sie sind die
Schwester von Prinz Adrians Frau. Wie schön, Sie bei diesem
besonderen Anlass zu sehen."

„Danke", sage ich. „Schön, Sie wiederzusehen."

„Das ist Chloe Travers, zukünftige Ärztin", sagt Brendan.
„Sie ist in die Wohnung nebenan eingezogen, und seitdem
hängen wir zusammen rum."

„Eine Ärztin?", fragt Mrs. Rourke begeistert, ihr Lächeln
ist strahlend. „Wow. Welches Fachgebiet?"

„Mein Ziel ist es, in die Krebsforschung zu gehen",
sage ich.

Seine Eltern starren mich mit überraschten Mienen an.

„Sie ist ein Genie", fügt Brendan hinzu. „Sie macht in nur drei Jahren ihren Abschluss an der Columbia."

Meine Wangen werden heiß. „Ich bin kein Genie." Brendan sagt das immer. Es braucht mehr als Intelligenz, um zu tun, was ich getan habe. Alles eine Frage der Arbeitsmoral. Ich reiße mir während des Semesters den Arsch auf. Und ich lerne, mir eine Auszeit zu nehmen, wenn keine Vorlesungen sind.

„Das ist wunderbar", sagt Mrs. Rourke. „Was für ein edles Vorhaben."

Mr. Rourke zieht eine Braue hoch. „Also, was sehen Sie in diesem Kerl?" Er zerzaust Brendans Haare, dessen Ohren und Hals sich knallrot färben. „Ich mache Witze, weil ich ihn liebe, Chloe. Sie werden schon sehen." Er zwinkert mir zu.

Brendan streicht seine Haare glatt und runzelt die Stirn. Seine Eltern drehen sich um, als der Bräutigam und seine Brautführer vor der Kirche erscheinen.

Ich beuge mich vor, um Brendan ins Ohr zu flüstern: „Ich weiß jetzt, von wem du das mit dem Necken hast."

„Das ist ein Familienmerkmal", brummt er. „Dem kannst du nicht entkommen."

„Ich habe das Gefühl, du teilst mehr als deinen gerechten Anteil aus."

Er nimmt meine Hand und drückt sie, sein Mund verzieht sich zu einem Lächeln, und er zeigt sein Grübchen. Er hat seinen Bart getrimmt, was sein entzückendes Grübchen noch auffälliger macht. Ich wünschte, ich wäre immun gegen seinen Charme. „Du kennst mich so gut."

Und jetzt halten wir Händchen.

Ich starre geradeaus, gerötet von Hitze über die einfachsten, unschuldigsten Berührungen.

Die Zeremonie rauscht an mir vorbei, obwohl ich mir Mühe gebe, mich zu konzentrieren. Ich will sehen, ob Jack oder Riley einander einen Streich spielen. Alle meine Sinne sind jedoch auf den Mann neben mir eingestellt, dessen große

Hand meine kleinere mit einem warmen festen Griff hält. Seine Berührung macht mich nervös, tröstet mich aber auch. Ist es so, wenn sich dein bester platonischer Freund in einen *Freund* verwandelt? Und wer hat gesagt, dass er das kann? Was ist mit seinen Freitagabend-Frauen?

Jack hebt den Schleier der Braut und legt ihn behutsam über ihren Kopf. Tränen laufen ihr über die Wangen. Er nimmt ihr Gesicht mit beiden Händen für einen zeitlosen Moment, bei dem mir ein Kloß im Hals wächst. Ich kann sein Gesicht nicht sehen. Weint er auch? Warum weinen Menschen auf Hochzeiten? Es ist ein glücklicher Anlass.

Brendan drückt meine Hand, und ich lehne mich an seine Seite.

Ein paar Minuten später sind sie Mann und Frau. Alle applaudieren, und Brendan pfeift. Das glückliche Paar geht gemeinsam den Gang hinunter zum Ausgang. Das Kleid der Braut hat eine lange Schleppe, die sie zum Gehen über einen Arm gehängt hat. Jetzt strahlt sie, keine Tränen in Sicht. *So ist besser.*

Brendan schiebt mich in den Gang, während die Menge langsam dem glücklichen Paar folgt. Er klebt dicht hinter mir, seine Hitze an meinem Rücken. Eine persönliche Distanzzone scheint es nicht mehr zu geben. Doch es ist eine Familienhochzeit. Was könnte hier schon passieren? Es ist nicht so, als würden wir beim Empfang im Country Club Sex haben.

Er flüstert mir ins Ohr, und ein heißer Schauer läuft mir über den Rücken. „Ich hätte nie gedacht, dass irgendjemand Jack an die Leine legen würde. Vor ihr ist er nie lange mit einer Frau zusammen gewesen. Ich meine *nie.*"

Ich werfe einen Blick über meine Schulter zu ihm zurück. „Bist du jemals lange mit einer Frau zusammen gewesen?"

Er grinst mich an. „Nein."

Ich drehe mich wieder um. Er schleppt an seinen Freitagabenden definitiv diverse Frauen ab. Ich schlucke Galle runter. Daran darf ich nicht denken.

Alle stellen sich auf dem Weg vor der Kirche auf, um dem Brautpaar zu gratulieren. Nachdem wir ihnen gratuliert haben, zieht Brendan mich an die Spitze der Schlange und sagt leise: „Habe ich dir nicht gesagt, dass es einen Streich geben würde?"

„Jetzt?", frage ich und schaue mich um.

Sean und Connor winken uns an der Ecke der Kirche vorbei. Nach und nach verschwinden die Leute hinter dem Gebäude. Interessant.

Dort angekommen, reicht mir Connor einen seltsamen Gegenstand. Es sieht aus wie ein aufblasbarer Ziegelstein. „Wir bewerfen sie damit, anstatt mit Vogelfutter."

Sean nickt. „Wartet, bis sie in die Limousine steigen, um zum Empfang zu fahren. Wir werfen auf das Stichwort des Trauzeugen hin. Das ist Sam." Er weist auf einen Mann hin, der auf der Kirchentreppe steht.

Wir gehen wieder vor die Kirche und warten. „Wie ist sowas für eine Hochzeit angemessen?", frage ich Brendan und halte den Ziegelstein hinter meinem Rücken. Seine Familie ist auf eine lustige Art wirklich verschroben. Ich mag das.

„Erzähl ich dir später", sagt er. „Bleib ganz locker."

„Das war also nicht die Idee der Braut oder des Bräutigams?"

„Es war Sams Idee, den Witzbolden einen Streich zu spielen. Er ist Rileys Bruder und Jacks bester Freund."

Ich warte und beobachte. Brendans Familie tauscht ständig Blicke aus, und alle lächeln. Die Liebe ist so offensichtlich, wie ein lebendiges, atmendes Ding, das sie alle verbindet. Ein Anflug von Neid sticht mich. Er hat keine Ahnung, wie viel Glück er hat.

Er stößt mich grinsend mit dem Ellbogen an. „Mach dich bereit."

„Braut und Bräutigam, vorne und in der Mitte!", ruft Sam. „Macht euch bereit für eure Verabschiedung!"

Jack und Riley gehen zum oberen Ende der Treppe und winken uns allen zu, strahlend lächelnd. Alle versammeln sich nahe der Treppe und in einem Spalier den Weg entlang.

„Da sind sie, Mr. und Mrs. Walsh-Rourke!", verkündet Sam mit großer Geste und nickt uns zu. Das Signal!

Riley lacht, und sie gehen die Stufen hinunter, während wir aufblasbare Steine auf sie werfen. Beide fangen welche als Andenken. Auf einer Seite steht in silbernen Großbuchstaben Walsh-Rourke. Sie eilen den Weg zur Limousine hinunter, während die aufblasbaren Ziegelsteine von ihnen abprallen.

Ich drehe mich um und sehe Brendan mit seinen Brüdern lachen und Sam, begeistert von ihrem Streich.

Ich begegne seinem Blick, und er zieht mich von der Menge weg. „Du denkst wahrscheinlich, wir sind verrückt, das Brautpaar mit Ziegelsteinen zu bewerfen."

„Oh nein, was wäre daran verrückt?"

Skeptisch zieht er die Brauen hoch. „Doch."

„Okay, ja. Was hat es damit auf sich?"

„Es war einmal, dass Jack und Riley fast nicht passiert wäre. Nein, warte, zuerst hat Jack ihr einen gravierten Ziegelstein zum Geburtstag geschenkt, als sie heimlich verheiratet waren, doch niemand wusste es. Langer Rede kurzer Sinn, es war keine echte Ehe. Dann hat Riley in einer großen romantischen Geste die Gravur zu Walsh-Rourke ändern und Jack wissen lassen, dass sie ihn für immer und ewig wirklich heiraten wollte. Ende der Geschichte."

Ich lächle. „Das ist cool."

Er küsst meine Schläfe. „Ich wusste, du würdest es verstehen."

Ich verberge meine Überraschung über den unerwarteten Kuss mit einem fröhlichen Lächeln. „Zeit für den Empfang."

Seine Hand ruht auf meinem unteren Rücken, als er mich über den Parkplatz zu seinem Mietwagen führt. „Also, ich werde dich jetzt einfach wissen lassen, dass du nicht mit mir tanzen *musst*."

„Ich weiß."

„Aber ich hätte gerne, dass du es tust." Er tritt zurück und tanzt einen Walzer mit einem unsichtbaren Partner, während die Autos über den Parkplatz zu mehreren Ausfahrten rollen.

Vorsicht!

Ich renne auf ihn zu und packe ihn an den Schultern. „Du wirst noch von einem Auto angefahren, du Verrückter."

Er legt einen Arm über meine Schultern und geht wieder auf unser Auto zu. „Gut, dass ich dich habe."

Sein Arm um mich fühlt sich so natürlich an, als wären wir ein echtes Paar. Ich erlaube mir, so zu tun, als wären wir es. Nur für heute.

12

Brendan

Das Abendessen ist vorbei, und ich sitze an unserem Tisch und warte darauf, dass Chloe von der Damentoilette zurückkommt. Der Country Club ist schick mit weißen Säulen am Eingang, vielen Kronleuchtern im Inneren und glänzendem Parkettboden. Ich kenne nicht einmal die Hälfte der Leute hier. Ein Haufen alter Knacker. Ich nehme an, das sind Freunde von Rileys Eltern, alle Mitglieder des Country Clubs. Ihre Familie muss richtig Kohle haben. Nicht mein Ding, aber Jack sieht aus, als würde er sich mit ihren Eltern am Haupttisch gut unterhalten. Gut für ihn.

Ich schaue mich an meinem Tisch um, an dem die Brüder sitzen, die keine Brautführer sind. Beast, Dylan und ich. Plus Beasts Date – er scheint wirklich in sie verliebt zu sein – und Dylans Frau Ariana mit dem Baby. Sie haben einen Hochstuhl für Baby Olivia mitgebracht. Sie isst nicht, spielt nur mit einer Rassel und einer Plüschschildkröte. Meine Eltern sitzen auch bei uns, aber sie sind aufgestanden, um sich unter die Leute zu mischen.

Jemand nimmt Chloes Platz ein, und ich will gerade sagen, dass der Platz besetzt ist, als ich bemerke, dass es meine Mutter ist. „Hey, Boo", sagt sie in einem verspielten Ton.

Klingt, als hätte sie schon ein paar Gläser Champagner getrunken.

„Hey, du." Meine Mutter ist achtundfünfzig, geht aber leicht als jünger durch. Ihre helle Haut hat nur wenige Fältchen, ihr schulterlanges dunkelbraunes Haar hat keine Spur von Grau, und sie hat eine Menge Energie. Sie musste viel Energie haben, um sechs Jungs großzuziehen. Ich war der frechste, doch Jack lag mit seinen Streichen knapp dahinter.

Sie strahlt und drückt meine Schulter. „Wo ist dein Date?"

„Sie kommt gleich wieder. Ist nur gerade zur Toilette gegangen."

„Ich mag sie. Klug, seriös, eine Ärztin!"

„Ja, das ist sie."

„Trotzdem mache ich mir Sorgen, dass du sie an der Nase herumführst. Wie alt ist sie, einundzwanzig?"

„Zwanzig", murmele ich.

„Ja, wenn also eine Zwanzigjährige mit einem älteren Mann ausgeht, erwartet sie vielleicht was Ernsteres."

Ich schüttle den Kopf. „So ist es nicht. Wir sind nur Freunde."

Sie schlägt mir auf die Schulter. „Guter Witz!"

„Nein, wirklich. Frag sie selbst!"

Sie schüttelt den Kopf. „Oh. Der Champagner muss dann wohl mein Mom-Radar beeinträchtigt haben."

Beast meldet sich von meiner anderen Seite zu Wort. „Er hofft, aus der Freundeszone rauszukommen, aber er weiß nicht wie. Zwei Worte, Bruder: Slow Dance." Er deutet auf die Tanzfläche.

Seine neue Freundin Tara lächelt und streichelt ihm die Brust. Er legt eine Hand auf ihre.

Ich starre ihn an. Als ob ich Frauenrat von meinem kleinen Bruder brauche. „Ich stecke nicht in der Freundeszone fest. Wir *wollen* Freunde sein. Sie geht Medizin studieren und hat noch eine lange Ausbildung vor sich." Sie ist ein Genie, zu großen Dingen bestimmt. Und ich bin das nicht.

Hier zu sitzen, umgeben von all diesen Liebespaaren, ist scheiße. Ich fange an zu denken, dass Liebe für mich nie passieren wird. Und das Dümmste ist, ich wollte das nie, doch jetzt bin ich eifersüchtig, dass ich es nicht habe. Es muss die Hochzeit sein, die mir diese lächerlichen Ideen in den Kopf gesetzt hat.

„Schh, schh", sagt Mom und sitzt plötzlich aufrecht. Wie wenn der Lehrer auftaucht, nachdem er die Kinder im Klassenzimmer sich selbst überlassen hat. Erwischt! Sie hat definitiv mehr als ein Glas Champagner getrunken.

Ich drehe mich langsam um.

Chloe steht da und blickt von mir zu meiner Mutter und zu Beast. „Habt ihr über mich gesprochen?", fragt sie leise.

Meine Mutter steht auf und drückt ihren Arm. „Nur gute Dinge, Sweetie." Sie sieht sich nach meinem Dad um und geht schnurstracks auf ihn zu. Er legt einen Arm um ihre Schultern, während sie sich mit den anderen Oldies unterhalten.

Chloe nimmt ihren Platz ein, streicht sich die Haare hinter die Ohren und starrt auf den Tisch, wobei sie äußerst unbehaglich aussieht.

Ich lehne mich zu ihr hinüber. „Sie war einfach neugierig auf uns. Ich habe ihr gesagt, wir sind Freunde."

Sie nickt und starrt immer noch auf den Tisch.

Ariana winkt uns über den Tisch hinweg zu. „Hey, Chloe, willst du Olivia mal halten? Sie will unbedingt wieder mit dir Kuckuck spielen."

„Das würde ich gerne", sagt Chloe und geht zu ihr. Sobald das Baby auf ihrer Hüfte sitzt, entspannt sie sich und lächelt sie an. Ich weiß nicht, was an Babys diese warme, liebevolle Seite in ihr hervorbringt. Ich weiß nur, dass ich mich danach sehne, mehr davon zu sehen.

∾

CHLOE SITZT WIEDER neben mir an unserem Tisch und ist wieder entspannt, nachdem sie Zeit mit Ariana und dem Baby verbracht hat. Das Brautpaar tanzt zu einem langsamen Lied, und ich würde wirklich gerne mit Chloe tanzen. Einen langsamen Tanz, ja. Ich will nur eine Ausrede, um sie zu berühren, die mich nicht in Schwierigkeiten bringt. Es ist nicht so, als würden wir auf der Tanzfläche rummachen, umgeben von Familie und Freunden.

Chloe dreht sich zu mir um. „Glaubst du, heute Abend gibt es noch mehr Streiche?"

Ich lehne mich zurück und beobachte Jack und Riley auf der Tanzfläche. „So sicher wie das Amen in der Kirche. Obwohl ich mir nicht sicher bin, ob es öffentlich sein wird. Jack könnte ihr in der Hochzeitsnacht einen Streich spielen."

Sie rümpft die Nase. „Das ist einfach falsch. Das sollte eine besondere romantische Nacht sein, Herzen und Rosen und sowas, findest du nicht?"

„Du vergisst den wichtigsten Teil."

Sie starrt mich an, ihre Augen weiten sich. „Bren."

„Was?"

„Rede nicht schmutzig mit mir." Sie zeichnet einen Kreis um sich herum. „Persönliche Distanzzone."

Ich hebe meine Hand. „Ich habe nicht schmutzig geredet. Du hast die Lücke selbst ausgefüllt."

Sie stößt meine Schulter mit ihrer an. „Außerdem will ich mir nicht deinen Bruder beim Ficken vorstellen."

Beast kichert auf meiner anderen Seite, und mir wird bewusst, dass er uns zugehört hat. Ich senke meine Stimme und hoffe, dass sie auch leiser weiterredet. Da wir schon beim schmutzigen Reden sind, mache ich weiter. „An wen denkst du gerne beim Ficken?"

„Blaze."

Ich versteife mich. Ich habe nicht erwartet, dass sie

antwortet. „Ah, ja, guter alter Blaze." Wer zum Teufel ist dieser Blaze? Wieso habe ich ihn noch nie vorbeikommen sehen? Er ist wahrscheinlich ein Genie aus dem Labor, in dem sie arbeitet. Er trägt sicher einen Taschenschutz in seinem Arztkittel und hat dürre Arme.

Ich studiere sie und warte auf weitere Informationen. Doch sie sagt nichts, trinkt Eiswasser und sieht den Paaren beim Tanzen zu.

Ich spreche durch meine Zähne. „Hat Blaze einen Nachnamen?"

Ihre grünen Augen tanzen vor Belustigung. „Ich habe ihn nie gefragt."

„Also ist es ziemlich ungezwungen."

Sie beißt sich auf die Unterlippe und kämpft gegen ein Lächeln an. „Keine Verpflichtungen."

Sie muss versuchen, mich aufzuziehen. „Du hast ihn erfunden."

„Nein, habe ich nicht. Blaze existiert, und wir treffen uns regelmäßig."

Ein Anflug purer Eifersucht lässt mich aufrechter sitzen. „Wie kommt es, dass ich noch nie von ihm gehört habe?"

Sie hebt eine Schulter. „Ich hätte nicht gedacht, dass wir über solche Sachen reden."

„Na ja, das könnten wir."

Sie wird ernst. „Ich will nicht die Details deiner Freitag-abend-Verabredungen hören, also lass es uns einfach auf sich beruhen, okay?"

Ich knirsche mit den Zähnen und versuche zu entschei-den, wie ich das spielen soll. Ich muss wirklich wissen, was mit diesem Blaze-Typ los ist. Auf der anderen Seite habe ich ihr gesagt, dass ich freitagabends eine Frau treffe, wenn ich die ganze Nacht unterwegs bin. Sie wird angepisst sein, dass ich gelogen habe, auch wenn es zu ihrem eigenen Besten ist. Es ist so viel einfacher, die Grenze nicht zu überschreiten, wenn sie Abstand hält.

Der DJ kündigt an: „Würden alle bitte zu diesem nächsten la-hangsamen-Tanz auf die Tanzfläche kommen? Kommt schon, seid nicht schüchtern!"

Einer nach dem anderen stehen meine Brüder von unserem Tisch auf und bringen ihre Dates mit. Meine Eltern waren schon in der Nähe der Tanzfläche und haben Fotos gemacht, also gehen sie auch. Sogar Baby Olivia ist da, in Dylans Armbeuge geklemmt, während er mit seiner Frau tanzt. Unser Tisch ist jetzt bis auf mich und Chloe leer.

Der letzte Mann, der noch nicht unterm Pantoffel steht.

Ich lehne mich dicht an ihr Ohr und senke meine Stimme zu einem heiseren Ton. „Alle meine Brüder sind mit ihren Dates auf der Tanzfläche."

Sie dreht sich um, so nah, dass ich ihren scharfen Atemzug spüre. „Du hast gesagt, ich muss nicht tanzen."

Ich nicke. „Lass mich nicht wie ein Wiener Würstchen dastehen." *Wiener.* Das ist einer ihrer Lieblingsausdrücke. Sie ist auf ihre eigene, seltsame Art lustig.

Sie sieht mich unter ihren Wimpern hervor an. „Ich mag Wiener."

Ich lache, nehme ihre Hand und ziehe sie hoch. „Komm, einen langsamen Tanz wirst du überleben."

Sie folgt mir wortlos, ihre Hand in meiner.

Sobald wir auf der Tanzfläche sind, lege ich meine Hände auf ihre Hüften. Ich könnte einen Walzer mit ein bisschen Abstand zwischen uns tanzen, aber das ist nicht das, was ich will. Einen Moment später legt sie ihre Arme um meinen Hals, und ich seufze fast erleichtert auf. Wir wiegen uns im Takt zur Musik, während ich ihren süßen blumigen Duft einatme. Sie ist still, blickt auf einen Punkt über meiner Schulter, und ich bin mir nicht sicher, wo ihre Gedanken sind.

„Was magst du so an Babys?", frage ich.

Ihre Miene hellt sich auf, und sie begegnet meinem Blick. „Die sind so süß und riechen so gut. Frisch und neu.

Außerdem brauchen sie dich so sehr. Niemand hat mich jemals für irgendetwas gebraucht."

Ich denke darüber nach. Sie ist die jüngere Schwester, also hat sich Sara um sie gekümmert.

„Hast du dich nie um eine Puppe oder ein Haustier oder so gekümmert?"

Sie verdreht die Augen. „Wir durften keine Haustiere in unserer Wohnung haben, und eine Puppe ist nicht dasselbe. Ich denke, man könnte sagen, ich passe auf mich auf, aber das macht nicht annähernd so viel Spaß, wie sich um ein kleines Kind zu kümmern."

„Also, du hast gute Arbeit geleistet, als du dich um Kablooey gekümmert hast." Das ist ihr Zaubertroll.

Sie lacht. „Ich denke schon."

Ich ziehe sie näher, meine Hand ruht auf ihrem Rücken. Sie zieht sich nicht zurück. Tatsächlich scheint sie an mich zu schmelzen. Ich kann mich nicht mehr lange zurückhalten. Ich empfinde zu viel, will zu viel. Wir sprechen nicht, aber irgendwie scheinen unsere Körper eine eigene Sprache zu sprechen. Ihre weichen Kurven drücken sich gegen mich, und die Hitze baut sich zwischen uns auf.

Das Lied wechselt zu einem schnellen, und Chloe lässt ihre Arme sinken.

„Nicht mein Ding", sagt sie mit gehauchter Stimme und geht zurück zu unserem Tisch.

Ich dränge sie nicht. Ich gebe ihr Raum und geselle mich zu Jack mit seinen Freunden in die Mitte der Tanzfläche. Er legt einen Arm über meine Schultern und grinst mich an. Ich wünschte, ich könnte so glücklich sein wie er. All diese Hochzeiten, zu sehen, wie meine älteren Brüder gefesselt wurden, glücklicher denn je, das ist nicht einfach so an mir vorbeigegangen. Lässt mich denken, dass es vielleicht gut ist, länger bei einer Frau zu bleiben.

Ich blicke zu Chloe hinüber, die etwas auf ihrem Handy liest. Wahrscheinlich die neueste Genforschung. Sie ist so anders als ich, aber in vielerlei Hinsicht scheinen wir zusammenzupassen. Ich weiß nicht, wie es langfristig für uns aussehen würde, wenn sie Medizin studiert und ich hier verwurzelt bin, aber jetzt haben wir, was wir haben. Ist es nicht einen Versuch wert?

Chloe

Auf der Tanzfläche wurde es mit Bren ein bisschen heikel. Als er mich in seinen Armen gehalten hat, hat sich das zwischen uns wie etwas Echtes angefühlt. Aber ich kann die Tatsache nicht ignorieren, dass er mit anderen Frauen unterwegs ist. Ich glaube nicht, dass er mich als Eroberung sieht; wir sind wirklich Freunde. Aber es gibt eine unbestreitbare Chemie, um die wir beide auf Zehenspitzen herumgeschlichen sind. Das Ganze macht mich nur traurig und verwirrt. Ich habe nicht viele enge Freunde wie Bren in meinem Leben. Es fühlt sich an, als würden wir uns auf wackeligen Boden zubewegen, und ich möchte ihn nicht verlieren.

In dem Moment, als er an den Tisch zurückkehrt, gerötet von seiner Anstrengung auf der Tanzfläche, sage ich: „Ich denke nicht, dass wir nochmal langsam tanzen sollten."

Er tippt auf meine Nasenspitze und beugt sich zu mir herunter. „Ich kann mich nicht erinnern, gefragt zu haben." Er lässt sich auf seinen Stuhl fallen, zieht seinen Blazer aus und hängt ihn über die Rückenlehne. Dann lockert er seine Krawatte und öffnet die beiden oberen Knöpfe seines weißen Hemdes, was eine Spur seiner sexy Brust freilegt.

Ich blicke geradeaus. *Nett, Chloe, wie du ihn angaffst, während du hier sitzt und dir Sorgen machst, seine Freundschaft zu verlieren.* Ich glaube, ich war noch nie so verwirrt, wenn es um einen Mann ging.

Brendan lehnt sich in seinem Stuhl zurück, spreizt die Knie und legt seinen Arm auf meine Stuhllehne. Ist das eine

Anmache oder schlicht männliches Sich-Breitmachen? Ich denke, man könnte sagen, dass ich die männliche Spezies nicht gut verstehe. Ich sollte etwas über ihre Psyche lesen, um ihre Denkweise zu begreifen. Wenn ich daraus eine wissenschaftliche Untersuchung mache, bin ich vielleicht weniger verwirrt.

Der Rest der Feier verläuft relativ reibungslos. Brendan und ich reden viel, und er führt mich herum und stellt mich den Leuten in seiner Familie vor. Ich mache den nötigen Smalltalk, doch alles, worauf ich mich konzentrieren kann, ist Brens Hand an meinem Rücken oder sein Lächeln oder seine Hand, die meine hält. Seine Berührung ist beiläufig, beruhigend, und ich fange an, mich danach zu sehnen.

Wir kommen spät in der Nacht nach Brooklyn zurück. Ich bin im Auto eingeschlafen, also bin ich benommen, als wir zu unserem Haus gehen, doch als wir meine Tür erreichen, wache ich auf. Er ist still, doch es gibt eine angenehme Intimität zwischen uns, nachdem wir Stunden damit verbracht haben, zu reden, uns zu berühren und zu *schmachten*.

Er sieht auf mich herab, seine blauen Augen sind auf meine gerichtet, sein Gesichtsausdruck ernst. „Danke, dass du mit mir dahingegangen bist."

„Es war schön."

Er sieht mir in die Augen und alles, woran ich denken kann, ist der klassische Gute-Nacht-Kuss am Ende eines Dates. Aber das war ein Date mit Freunden, nicht wahr? Oder?

Ich strecke meine Hand aus, um seine zu schütteln. Er starrt sie für einen langen Moment an und macht keine Anstalten, sie zu nehmen. Ich mache ein kleines Abschiedswinken daraus, meine Wangen glühen.

Er nimmt meine Hand und streicht mit seinen Lippen über meine Fingerknöchel, seine Augen halb geschlossen. Ein Prickeln läuft meinen Arm hinauf, mein Magen dreht sich.

„Bren", sage ich zitternd. Er hält immer noch meine Hand.

Seine Stimme ist heiser, sein Blick hungrig. „Ja?"

Ich muss stark bleiben, an dem festhalten, was wir haben, vor allem, weil ich weiß, dass er sich nicht so nach mir gesehnt hat, wie ich nach ihm. Er war mit anderen Frauen zusammen. „Wir haben aus gutem Grund Grenzen. Ich habe nur noch einen Monat hier für mein Praktikum, bevor ich nach Villroy gehe und dann wieder ans College."

Er lässt meine Hand sinken. „Du wirst deine Wache auf Villroy sehen, nicht wahr?"

„Ja, wir sind Freunde."

Er runzelt die Stirn. „Ich weiß *genau*, welche Art von Freundschaft du mit ihm hattest."

„Das ist nicht mehr so."

„Er ist nicht über dich hinweg, Chloe. Wenn er genug für dich empfunden hat, um dir einen Antrag zu machen, kann ich garantieren, dass er versuchen wird, dich zurückzugewinnen."

„Du musst nicht eifersüchtig sein. Ich kann Freunde haben. Wie du und ich."

Er beißt die Zähne aufeinander und presst heraus: „Nicht einmal ansatzweise."

Ich schlucke schwer. Brendan ist mir nie böse. Trotz aller Bemühungen geht es zwischen uns bergab. Der Gedanke macht mir das Atmen schwer, ein panisches Gefühl lässt mich verzweifelt versuchen, es zu reparieren.

Er weicht mit rauer Stimme zurück. „Gute Nacht, Chloe." Er dreht sich um und geht zu seiner Wohnung.

„Warte, Bren!" Ich folge ihm. „Ich habe nicht vor, zu diesem Freunden-mit-gewissen-Vorzügen-Arrangement mit Michael zurückzukehren. Er könnte es als Ermutigung auffassen, dass wir eine Zukunft haben. Haben wir nicht. Ich bleibe langfristig in den USA, und er bleibt auf Villroy, okay?"

Er verschränkt die Arme und sieht mich einen langen Moment lang an. „Warum sagst du mir das?"

„Ich will nur nicht, dass du mir wegen irgendwas böse

bist." Ich ringe mir die Hände. „Es ist vorbei zwischen mir und Michael. Er hat mir die Sachen zurückgeschickt, die ich bei ihm gelassen hatte. Aber wenn ich ihn auf Villroy sehe, was ich sicher tun werde, da er im Palast arbeitet, werde ich ihm nicht die kalte Schulter zeigen. Ich will niemanden verletzen."

Er verschränkt seine Arme und entspannt sich ein wenig, obwohl er immer noch wütend auf mich wirkt. „Und was ist mit Blaze, hm?"

Meine Wangen werden rot, und ich gehe in die Defensive. „Was ist mit der Tatsache, dass du regelmäßig die ganze Nacht unterwegs bist, um irgendwelche Frauen abzuschleppen?"

Wir starren uns in die Augen. Seine One-Night-Stands sind viel schlimmer als mein Blaze. Meine Empörung muss offensichtlich sein, denn ich gewinne.

Er wirft die Hände in die Höhe. „Ich hab gelogen, okay? Da. Jetzt ist es raus."

Ich blinzle ein paarmal, mein Verstand ordnet das, was ich für Realität gehalten habe, neu. „Aber –"

Er fährt sich mit der Hand durchs Haar und zerzaust es. „Ich wünschte, ich könnte lange genug aufhören, an dich zu denken, um irgendeine andere Frau auch nur eines zweiten Blicks zu würdigen!"

Ich hole scharf Luft.

Er stemmt die Hände in die Hüften. „Wenn ich über Nacht weg bin, dann penne ich bei einem Kumpel in der Stadt. Das ist alles." Er gestikuliert wild. „Stewie und ich. Mein heißes Date."

„Oh." Mein Herz pocht mir bis zum Hals, Adrenalin rauscht durch mich. „Blaze ist kein Kerl. So nenne ich meinen Vibrator."

Ein Lächeln umspielt seine Lippen, als er den Kopf schüttelt. „Da hast du mich erwischt." Er atmet scharf aus. „Also, wo stehen wir damit?"

Mir bricht kalter Schweiß aus. „Ich weiß es nicht."

Er tritt näher. „Chloe, sag mir, dass du etwas für mich empfindest."

Ich beiße mir auf die Unterlippe. Diese Sache zwischen uns ist tiefer als alles, was ich je zuvor gefühlt habe, und ich habe unerwartet Angst. Jeder, der mir nahestand, wurde weggerissen. Zuerst meine Eltern, dann meine Schwester, als sie nach Villroy zog, um bei Adrian zu sein. Ich musste Sara ihre Freiheit lassen; Sie hat es verdient. Wollte, dass es weniger weh tut. Ich bin immer diejenige, die zurückgelassen wird. Ich darf es nicht riskieren.

Mein Magen dreht sich um, Schweiß läuft mir den Rücken hinunter. „Bren, du bist mir wichtig. Ich möchte, dass du in meinem Leben bleibst, und –" Ich ersticke praktisch an den Worten, unfähig, Blickkontakt herzustellen, „– Freundschaften halten länger als Affären."

Er kneift mein Kinn und zwingt mich, ihm in die Augen zu sehen. „Ich rede von einer Beziehung."

„Ich kann nicht", sage ich leise.

Er lässt mich los, geht ohne ein weiteres Wort in seine Wohnung und zieht die Tür hinter sich zu.

Ich starre einen Moment lang auf seine geschlossene Tür, meine Augen heiß, bevor ich mich zu meiner Wohnung umdrehe. Ich schließe auf und gehe direkt ins Schlafzimmer. Ich lasse meine Handtasche auf den Nachttisch fallen, werfe mich rückwärts aufs Bett und lege einen Arm über meine brennenden Augen. Ist unsere Freundschaft für immer vorbei, nur weil ich nicht will, was er will? Versteht er nicht, wie riskant es ist, tiefe Gefühle zuzulassen? Es kann einen Menschen zerstören. Ich habe noch nie jemanden so nah an mich herangelassen.

Ich schniefe und setze mich auf, will Sara anrufen, aber dann wird mir bewusst, dass es mitten in der Nacht in Villroy ist. Ich darf sie nicht wecken, besonders wenn Baby Henry noch regelmäßig nachts schreit. In Texas ist es auch schon spät, also kann ich meine Freundin Lindsey auch nicht anrufen. Der einzige Freund, von dem ich weiß, dass er wach ist, ist der Mann, der mich in diesem aufgewühlten Zustand zurückgelassen hat.

Ich werde ihn sich beruhigen lassen und morgen versuchen, mit ihm zu reden. Ich gebe unsere Freundschaft nicht so einfach auf. Ich darf ihn nicht verlieren.

13

Brendan

Am nächsten Morgen gehe ich als erstes joggen. Ich habe bei Chloe auf mehr gedrängt, und ihre Antwort war klar – nein. Sie ist noch nicht bereit für eine Beziehung, und ich, der König des Gelegenheitssex, darf das wirklich nicht persönlich nehmen. Sie ist einfach nicht in derselben Situation in ihrem Leben wie ich. Sie ist jung und hat viel Arbeit vor sich, einen langen, anstrengenden Weg, um in die Krebsforschung zu gehen. Es hat sich einfach so an mich geschlichen, aber ich scheine endlich bereit für eine ernsthafte Beziehung zu sein. Würde sich das einer ansehen? Ich werde erwachsen. Ich gehe in einen nahegelegenen Park und gehe im Kopf die Liste der Frauen durch, die ich getroffen habe, die einen Anruf wert sein könnten. Da könnte ein Potential liegen, das zu erkunden ich mir nie die Zeit genommen habe.

Ich fange an zu joggen. Da war diese Brünette mit den Piercings. Wie war Ihr Name? Oder vielleicht diese Rothaarige ...

Chloe beim Weihnachtsball.

Nein, denk nicht an sie.

Weiches blondes Haar, grüne Augen, glatte, makellose

Haut, diese Lippen mit dem sanften Schwung. Scheiße. *Raus aus meinem Kopf, Chloe.*

Ich laufe schneller, doch es nutzt nichts. Es ist Chloe, an die ich immer wieder denken muss. Was soll ich mit ihr anstellen? Sie ist noch einen Monat hier, dann geht sie nach Villroy, wo ihr Ex wartet. Sie sagt, dass sie nicht wieder mit Michael zusammenkommen will, aber ich bin sicher, *er* wird es versuchen. Wer würde es auch nicht versuchen? Sie ist schön, brillant, lustig, sexy. Gott. Ich werde sie nie aus meinem Kopf bekommen.

Ich renne immer schneller, bis ich an nichts anderes mehr denken kann als meinen nächsten Schritt, meinen nächsten Atemzug. Wenn ich nur das Tempo halten könnte.

Nach einer Weile laufe ich langsamer, doch dann passiert etwas Überraschendes, als ich wieder zu Atem komme: so etwas wie Frieden breitet sich in mir aus. Ich werde nicht mehr dagegen ankämpfen. Ich verliebe mich in sie, und das bedeutet, dass ich so viel Zeit wie möglich mit ihr verbringen werde, egal ob wir jemals die Schwelle zum Schlafzimmer überschreiten werden oder nicht. Ich will nur mit ihr zusammen sein. Vielleicht wird es irgendwann passieren, wenn sie bereit ist. Ich sollte sie nicht so drängen.

Schweißgebadet und erschöpft laufe ich nach Hause. Neuer Plan – sei entspannt. Ich werde unserer Beziehung kein Etikett aufdrücken, nicht darauf bestehen, dass wir mehr tun als das, was wir bisher getan haben. Jacks Hochzeit hat mich dazu gebracht, an mehr zu denken, doch das hätte ich nicht tun sollen. Ich bin schließlich nicht Jack.

Alles, was ich mit Sicherheit weiß, ist, dass ich diesen einen Monat mit ihr nicht verschwenden werde. Ich werde sie nehmen, wie ich sie bekommen kann. Das ist nicht so erbärmlich, wie es klingt, versichere ich mir. Es heißt, meine Augen für die erstaunliche Frau von nebenan zu öffnen und sie so zu schätzen, wie sie ist.

Zu Hause angekommen dusche ich und beschließe, reinen

Tisch mit Chloe zu machen. Ich werde sehen, ob sie irgendwas Neutrales machen will, wie Frisbeespielen im Park. Keine große Sache, wenn sie nein sagt. Ich weiß, dass ihr ihre Arbeit wichtig ist. Ich bin sicher, sie ist zu Hause. Sie ist immer sonntagmorgens zu Hause, auch wenn jetzt kurz vor Mittag ist.

Nach meiner Dusche gehe ich zu ihrer Wohnung, gerade als sie mit einem großen Plastikcontainer herauskommt. Sie erstarrt, bleibt in ihrer Tür stehen und starrt mich an.

„Hey, ich wollte nur sehen …" Ich verstumme. „Wohin gehst du?"

Sie lächelt unsicher. „Ich, äh, habe dir Zuckerkekse gebacken." Sie hält den Behälter hoch.

Ich starre die Kekse an. „Das hast du?" In meinem ganzen Leben hat außer meiner Mutter nie jemand etwas für mich gebacken. Ich weiß, was das für sie bedeutet. Zuckerkekse gibt sie von Herzen. Sie hat mit leuchtenden Augen davon gesprochen, dass sie sie mit Sara gebacken hat, als sie klein war. Sie hat Gefühle für mich. Es gibt Hoffnung. Eine Woge der Zuneigung durchströmt mich, meine Glieder werden plötzlich leicht.

Ich hebe den Kopf und lächle. „Danke!"

Sie atmet erleichtert auf, Tränen steigen in ihre Augen. „Bitte!" Sie macht einen Schritt zurück, damit ich reinkommen kann.

Mit einer Hand nehme ich ihr den Container ab und umarme sie mit der anderen. „Bist du okay?"

Sie nickt, ihre Lippen sind fest zusammengepresst, als würde sie versuchen, nicht zu weinen. „Ja."

Ich hebe den Behälter kurz höher. „Warum?"

Sie starrt auf meine Brust. „Ich hatte das Gefühl, dass das gestern Nacht aus dem Ruder gelaufen ist, und ich hatte wirklich gehofft, dass wir weiter Freunde sein könnten. Ich will dich nicht aus meinem Leben verlieren." Ihre Stimme ist erstickt vor Emotionen. Ich muss ihr viel bedeuten. Das ist alles, was ich wissen muss. Ich weiß nicht, wie das funktionieren wird oder ob es funktionieren wird, aber was wir haben, ist echt, und das reicht.

Sie ist angespannt und kaut auf ihrer Unterlippe herum. Mir fällt ein, dass sie vielleicht nur Angst hat, weil sie neu mit dieser Beziehungssache ist. Mein Beschützerinstinkt meldet sich, und ich will sie beruhigen.

Ich senke den Kopf und begegne ihrem Blick. „Hey, alles ist gut. Das hättest du nicht tun müssen." Ich hebe den durchsichtigen Behälter hoch und spähe hinein. Schichten und Schichten von winzigen Keksen. „Was genau sollen die darstellen?"

„Oh." Sie lacht und nimmt den Deckel vom Behälter. „Ich konnte keine Keksausstecher im Schrank finden, aber da war ein Blattausstecher. Weißt du, um Schokolade oder sowas auszustechen, um damit Kuchen zu dekorieren?" Sie holt einen winzigen Blattkeks heraus. „Oder man benutzt Keksteig und dekoriert einen Obstkuchen damit. Darum sind es so viele kleine." Das muss Stunden gedauert haben, all diese kleinen Kekse auszustechen und zu backen. Alles für mich.

Ich koste einen. „Mhh. Sehr gut."

Sie lächelt. „Freut mich, dass du sie magst."

„Bedien dich!"

Sie nimmt auch einen, isst ihn aber nicht. „Also können wir heute rumhängen?" Sie klingt zögerlich, als könnte ich sie abweisen. War ich letzte Nacht so hart, oder macht sie sich nur solche Sorgen, mich zu verlieren?

„Absolut. Ist schön draußen. Ich dachte an Frisbee im Park? Wir könnten auch was essen, während wir unterwegs sind. Es sei denn, du musst lernen."

Sie hebt das Kinn, ihre grünen Augen funkeln. „Ich habe beschlossen, im Sommer die Wochenenden freizunehmen." Sie steckt den Keks in den Mund.

„Wirklich? Das ganze Wochenende? Bist du sicher, dass

sich dann nicht all die ungelesenen Forschungsartikel häufen, Dr. Travers?"

Sie lächelt und schüttelt den Kopf. „Ein weiser Mann hat mir einmal gesagt, dass Wissenschaftler die besten Entdeckungen machen, wenn sie regelmäßig Pausen machen." Das war ich. Aus völlig egoistischen Gründen.

„Was? Klingt wie ein Typ, der seine Zeit verschwendet."

„Nein, du hattest Recht. Ich brauche das, sonst brenne ich aus, bevor ich mein Ziel erreiche."

„Also bin ich weise, oder? Das hat mir noch niemand vorgeworfen."

Wir lächeln uns lange an. Ich glaube, sie ist genauso glücklich wie ich, dass wir wieder rumhängen.

Ich werde aufmerksam. „Also gut. Lass mich die Kekse in meine Wohnung bringen und mein Frisbee holen."

„Großartig. Ich seh dich gleich. Ich muss meine Sonnencreme und einen Hut finden."

Ich drehe mich um, halte dann jedoch an und wende mich ihr wieder zu. „Was machst du am 4. Juli?" Das ist diesen Donnerstag, und ich habe das lange Wochenende frei.

„Ich weiß nicht. Was machen wir?"

Ich grinse. „Du kommst mit zum Grillabend meiner Familie. Mein Vater macht eine große Sache daraus, seit er eingebürgert geworden ist. Du kennst eh schon alle. Es wird Spaß machen."

Lächelnd zeigt sie mit dem Finger auf mich. „Ich bin dabei."

Mein Herz schlägt ein wenig schneller bei diesem schönen Lächeln. Ich gehe zurück in meine Wohnung und fühle mich schon leichter.

Chloe

Ich kann nur sagen, Gott sei Dank hegt Brendan keinen

Groll. Wir hängen wieder rum und gehen jederzeit in die Wohnungen des anderen. Ich hatte solche Angst, ihn für immer verloren zu haben. Er ist einfach so ein guter Kerl, und ich weiß, dass ich ihm alles erzählen kann. Er hört wirklich zu, wenn ich von meiner Arbeit im Labor erzähle, die immer noch nicht so toll ist wie all die interessanten Dinge, die ich in zukünftigen Forschungsthemen verfolgen will. Er kommt auch überraschend gut mit, wenn man bedenkt, dass er sich nach der Highschool nie wieder mit Biologie oder Chemie befasst hat. Er ist klug, warmherzig und so gut gelaunt, dass ich mich unbeschwert und glücklich fühle, wenn ich nur in seiner Nähe bin.

Aber es gibt Momente.

Heftige Momente, die mir den Atem rauben, in denen die Chemie zwischen uns eine so starke Kraft ist, dass ich darauf brenne, die Grenze zu überschreiten, auch wenn ich Angst habe, dass es alles ruinieren könnte. Wie kann ich ihn als Freund behalten, wenn ich so viel mehr empfinde? Ich bin mir nicht sicher, wie lange ich ihm noch widerstehen kann. Sara hat mir gesagt, dass es sich lohnt, ein Risiko einzugehen, egal wie beängstigend es sich anfühlt, wenn einem der richtige Mensch über den Weg läuft. Sie spricht aus Erfahrung, aber es scheint, als ob das Risiko, das sie mit Adrian eingegangen ist, viel kleiner war. Sie waren Sandkastenfreunde, die jahrelang Vertrauen zueinander aufbauen konnten, bevor sie die Grenze überschritten haben. Ganz und gar nicht das Gleiche hier. Sie sagt auch, dass ich dazu neige, dichtzumachen, wenn es zu intensiv wird, aber bei Brendan fühlt sich das nicht so an. Ich mache nicht dicht. Tatsächlich bin ich, nachdem ich ihn gesehen habe, aufgekratzt, und meine Nerven liegen so blank, dass es Stunden dauert, bis ich einschlafe. Ich bin ihm gegenüber zu offen, zu verletzlich, und das Verrückte daran ist, dass ich ihn immer noch nicht gehen lassen will. Heißt das, er ist der Richtige für mich? Bin ich die Richtige für ihn? Ich weiß es einfach nicht.

Ich gehe in meiner Wohnung auf und ab, meine Beine sind zittrig vor Nervosität, meine Brust zugeschnürt. Er wird bald hier sein, um mich zum Grillen abzuholen, und ich fürchte, ich habe für dieses Wochenende zu viele Erwartungen in meinem Kopf ausgemalt. Ich habe mit mir selbst vereinbart, mir das lange Wochenende freizunehmen, um so viel Zeit wie möglich mit ihm zu verbringen. Nur so kann man wissen, ob er der Richtige ist, um ein Risiko mit ihm einzugehen.

Er klopft mit unserem geheimen Klopfsignal an die Tür, schnell wie ein Specht. Es ist nervig genug, um lustig zu sein. Nur dass mein Atem zu schnell geht, um zu lachen.

„Einen Moment", sage ich und erzwinge einen fröhlichen Ton. Ich schließe meine Augen und stelle mir Sara mit ihren warmen Augen und ihrem liebevollen Lächeln vor, die mich ermutigt, ein Risiko einzugehen. Meine Gedanken wandern zu ihr und Adrian, die nebeneinander auf dem Sofa sitzen und ihr wunderschönes Baby anstarren. Es beruhigt mich, wenn ich an das süße Baby Henry denke.

Ich öffne die Tür. „Happy 4th of July!"

Sein Lächeln ist herzlich, durchdringt mich, und meine Nervosität verschwindet. „Schau dich an, ganz in Rot, Weiß und Blau."

Ich mache einen kleinen Knicks. „Danke!" Ich trage ein weißes Tanktop und blaue Jeans mit einer roten Strickjacke, die ich für später um die Taille gebunden habe. Ich gehe davon aus, dass wir lange draußen bleiben werden, um das Feuerwerk zu sehen, und es könnte kühl werden. „Und wo ist dein Rot, Weiß und Blau?"

Er schaut an sich herunter und klopft sein T-Shirt ab. „Es ist hier irgendwo."

Ich lache. Er trägt ein schwarzes T-Shirt mit schwarzen Basketball-Shorts. „Hast du Boxershorts mit amerikanischer Flagge darunter an?"

Er zieht am Hosenbund seiner Shorts, späht hinein und

schaut zweimal hin, als wäre er schockiert über das, was er trägt. „Tasmanische Teufel." Er ist so lustig.

„Im Ernst?"

Er neigt den Kopf. „Willst du sie sehen?"

Meine Wangen werden rot. „Lass uns gehen." Ich schiebe mich an ihm vorbei.

„Sicher?", neckt er und hält mir die Tür auf.

„Ja, sicher", sage ich lachend über die Schulter.

„Ich werde später eine amerikanische Flagge als Umhang tragen", sagt er, als wir nach unten gehen. „Wie Super American Man."

„Du meinst Captain America."

„Generell Amerika. Ich betrachte mich eher als General."

„Natürlich tust du das."

Er öffnet die schwere Haustür und hält sie für mich auf. Ich ducke mich unter seinem Arm in den strahlenden Sonnenschein eines perfekten Sommertages, dessen Luft verheißungsvoll flirrt.

„Chloe", ruft eine tiefe Stimme.

Ich drehe mich um und erstarre, mein Magen sackt in meine Kniekehlen. „Michael", flüstere ich.

Er kommt auf uns zu und starrt Brendan böse an, bevor er sich wieder mir zuwendet. „Ich habe dich mit ihm auf Villroy gesehen. Seid ihr jetzt ein Paar?"

Mein Kopf schwirrt. Ich kann nicht glauben, dass er hier ist, den ganzen Weg von Villroy. Wie hat er mich gefunden? Dann erinnere ich mich, dass ich ihm meine Adresse gegeben habe, damit er mir meine Sachen zurückschicken kann. „Michael, ich hatte keine Ahnung, dass du herkommen wolltest."

Er verschränkt seine muskulösen Arme vor der Brust. „Offensichtlich."

Brendan streckt ihm seine Hand entgegen. „Wir sind uns nicht offiziell vorgestellt worden. Brendan Rourke."

Michael ignoriert ihn.

Ich wende mich Michael zu. „Brendan ist mein Nachbar und Freund. Wir waren gerade auf dem Weg zum Grillen."

„Chloe, kann ich allein mit dir reden?", fragt Michael.

Ein entsetzlicher Gedanke kommt mir. „Warte, ist was mit Sara?"

„Nein, ihr geht's gut", sagt er. „Das ist nur zwischen dir und mir."

Ich entspanne mich ein wenig und sehe Brendan an. Sein Kiefer ist angespannt, nein, sein ganzer Körper. „Nur eine Minute, okay?"

Ich winke Michael auf dem Bürgersteig ein Stück weiter weg. Ich möchte ihn nicht in meine Wohnung einladen. Ich will das in der Öffentlichkeit machen, weil ich das Gefühl habe, dass es sehr, sehr schlecht laufen wird. Dass er so weit gereist ist, nur um mich zu sehen, besonders wenn ich bald nach Villroy komme, nun ja, das tut ein platonischer Freund nicht.

„Was ist, Michael? Warum bist du hierhergekommen? Ich habe dir gesagt, dass ich Sara in ein paar Wochen besuchen werde."

„Ich wusste, dass du heute freihast, und ich konnte es kaum erwarten, dich zu sehen."

Ich beiße auf meine Unterlippe. „Du hättest nicht herkommen sollen."

Er legt eine Hand auf meinen Arm. „Ich liebe dich. Ich werde nie aufhören, dich zu lieben, und diese Trennung war so ..." Seine Stimme bricht. „So schwer. Ich habe meinen Fehler erkannt. Ich habe deinen Zielen nicht die Aufmerksamkeit geschenkt, die sie verdienen, die du verdienst. Ich hätte dich nicht bitten sollen, in Frankreich zu studieren. Ich habe beschlossen, in die USA zu ziehen, um bei dir zu sein."

Ich keuche. „Nein, Michael, tu das nicht. Du hast einen guten Job auf Villroy mit freier Kost und Logis und allem. So etwas gibt es hier nicht."

Seine Stimme ist rau vor Emotionen. „Mein Job bedeutet nichts im Vergleich zu dir."

Mein Herz sinkt, weil ich einfach nicht empfinde, was er empfindet. Ich blicke über meine Schulter zu Brendan, und bei seinem Anblick durchströmt mich eine Welle von Zuneigung. Da wird es mir bewusst – Brendan ist bereits in meinem Herzen, obwohl ich dachte, ich hätte es fest verschlossen. Er muss der Richtige für mich sein.

Brendan tritt einen Schritt vor, und ich schüttle den Kopf. Ich will nicht, dass er rüberkommt. Ich schlucke schwer und wende mich wieder Michael zu. „Es tut mir leid. Ich empfinde einfach nicht dasselbe. Ich denke, du solltest gehen."

Er starrt über meine Schulter. „Seinetwegen?"

„Das hat nichts mit ihm zu tun. Nur mit mir."

Doch er scheint mich nicht zu hören. Er marschiert zu Brendan und baut sich vor ihm auf. Scheiße! Die beiden starren einander an.

Ich eile zu ihnen. „Lass den Mist. Brendan ist ein Freund, Michael."

Er lässt Brendan nicht aus den Augen und starrt ihn an, fast Nase an Nase.

Ich appelliere stattdessen an Brendan. „Bitte, Bren, lass uns einfach gehen."

Brendan kneift die Augen zusammen, seine Stimme ein wildes Knurren. „Leg nur einen Finger an mich, einen Rourke, und dein Job ist Geschichte. Sie werden dich für immer aus Villroy verbannen. Deine Pflicht ist es, die königliche Familie zu schützen, egal was passiert."

„Sag du mir nicht, was meine Pflicht ist", blafft Michael, doch er zieht sich einen Schritt zurück.

„Schön, dass wir uns verstehen", sagt Brendan.

Michael starrt ihn an, bevor er auf mich zeigt. „Hier ist etwas, das du über Chloe wissen solltest. Sie ist herzlos. Eine leere Hülle. Hat sie dir gesagt, dass sie nie weint? Nicht einmal, als ihre Eltern gestorben sind."

„Michael!" Das habe ich ihm im Vertrauen erzählt.

Er prescht weiter. „Sie hat einfach die Stumme gespielt und die Welt ausgeschlossen." Er schüttelt den Finger vor Brendans Gesicht. „Sie wird dich auch ausschließen. So ist sie nämlich."

„Du solltest jetzt gehen", sagt Brendan leise zu ihm.

Michael macht einen Schritt auf mich zu. „Chloe –"

Brendan packt seinen Arm und reißt ihn von mir weg. Michael wirbelt herum und stößt Brendan mit einer schnellen Bewegung auf den Bürgersteig.

Ich eile zu Brendan, beuge mich schützend über ihn und starre Michael über meine Schulter an. „Bitte geh!"

Michael verzieht den Mund. „Du willst ihn, weil er zur königlichen Familie gehört? Du bist genau wie deine Schwester, ein gesellschaftlicher Emporkömmling. Du bist nicht besser als ich, eine mittellose Waise, die niemand haben wollte."

Ich blinzle sprachlos. Das denkt er über mich? Ich hatte immer Sara. Und sie ist kein gesellschaftlicher Emporkömmling. Sie und Adrian waren seit ihrer Kindheit befreundet. Das habe ich Michael schon gesagt. Er versucht nur, mich zu verletzen.

Brendan steht auf, und ich schließe mich ihm an. Er legt schützend einen Arm um meine Schultern. „Sie hat gesagt, du sollst verschwinden."

Ich starre Michael an und spreche leise, Wut in jeder Silbe. „Meine Schwester ist der beste, liebevollste und selbstloseste Mensch, den ich kenne. Ich hoffe, dass ich eines Tages genauso bin wie sie, und das hat nichts damit zu tun, wen sie geheiratet hat. Sprich nie wieder so über meine Schwester, oder ich sorge dafür, dass ihr Mann davon erfährt. Dann bist du so schnell aus dem Palast, dass du gar nicht weißt, was dir geschieht."

„Du kannst nicht lieben", blafft er, bevor er davonpirscht.

Ich schlucke schwer, die Worte tun weh, weil sie auf meine größte Angst abzielen. Ich habe immer befürchtet, dass ich nicht wirklich lieben kann. Ich liebe meine Schwester und meinen Neffen, aber das ist anders. Vielleicht bin ich nicht in der Lage, Brendan die Liebe zu geben, die er verdient, was bedeutet, dass ich nicht die richtige Frau für ihn bin. Nein, das kann ich Michael nicht für mich entscheiden lassen. Er ist emotional und wütend und wollte mich verletzen. Doch mein Magen dreht sich, und Zweifel bleiben in meinem Kopf hängen.

„Du hast mich verteidigt", sagt Brendan und dreht sich zu mir um. „Du hast deinen zierlichen kleinen Körper zwischen mich und einen trainierten Killer geschoben."

Ich sehe ihn an, plötzlich besorgt. „Er hat dich auf den Bürgersteig gestoßen. Bist du verletzt? Brauchen wir das Erste-Hilfe-Set?"

Er streicht mir eine Haarsträhne hinters Ohr. „Du bist nicht herzlos, Chloe."

„Ich weiß." *Ich bin kaputt.* Die schreckliche Wahrheit behalte ich jedoch für mich.

Er legt eine Hand an meine Wange. „Und ich weiß, dass du etwas für mich empfindest."

Ich schlucke schwer, mein Magen flattert, meine Nerven zum Zerreißen gespannt. Ich will zustimmen, doch was herauskommt ist: „Wir sind Freunde."

Seine Augen sind warm, sein Ton sanft. „Ich denke, es ist an der Zeit, dass wir aufhören zu leugnen, was zwischen uns ist."

„Ich leugne nicht."

„Dann küss mich."

Mein Herz pocht, und meine Hände zittern. Ich will nicht, dass er weiß, wie sehr mich dieser Schritt erschreckt, also bluffe ich. „Was soll das beweisen? Versuchst du, mich dazu zu bringen, mit dir ins Bett zu springen?"

„Sicher. Lass uns ins Bett springen."

Er geht viel zu lässig mit etwas um, das für uns eine große Sache ist!

Ich bin wütend und verängstigt und erschüttert von Michaels unerwartetem Besuch und seinen harten Worten. Ich hebe mein Kinn und balle meine Hände zu Fäusten, um das Zittern zu stoppen. „Fein. Wir schlafen miteinander, und dann wirst du sehen, dass es alles ruiniert –", meine Stimme stockt, „– und du wirst die Flucht ergreifen."

„Wollen wir wetten?"

Wir starren uns einen Moment lang angespannt an.

Ich weiß nicht, wer sich zuerst bewegt, aber wir klatschen aneinander und küssen uns gierig auf dem Bürgersteig. Brendans starke Arme schlingen sich um mich, das Einzige, was mich in dem Sturm der Gefühle, der in mir wütet, verankert hält. All meine Lust, all meine aufgestauten Emotionen fließen in den Kuss. Ich bin außer Kontrolle.

Lange Augenblicke später unterbricht er den Kuss und drückt mich an sich. Mein ganzer Körper entspannt sich. Ich fühle mich in seinen Armen sicher und zittere nicht mehr. Seine Stimme ist heiser und grollt in seiner Brust. „Lass uns hochgehen."

Es ist keine Frage.

Es war immer klar, dass das passieren würde. Ich wusste es, als wir uns das erste Mal nähergekommen sind.

Er streckt mir seine Hand entgegen, und ich nehme sie und folge ihm zurück ins Haus und nach oben.

14

Chloe

Er schließt die Tür zu seiner Wohnung auf, ergreift wieder meine Hand und führt mich in sein Schlafzimmer. Keine süßen Worte, keine Verführung. Er ist direkt und auf den Punkt. Das ist ein Mann, den ich verstehe.

Er bleibt neben dem Bett stehen und zieht mich an sich. Seine große Hand wiegt meine Wange, sein Blick glüht. „Chloe, ich habe so lange darauf gewartet."

Ich auch. „Wolltest du jemals mein Freund sein? Oder war das nur ein Weg für dich, hierherzukommen?"

Seine Augen weiten sich. Er erholt sich und hält mein Gesicht mit beiden Händen. „Ich wollte dir auf jede erdenkliche Weise nahe sein. Ich habe die Anziehung ignoriert, obwohl es eine Qual war. Ich brauche dich."

Mein Atem stockt. Er muss bei mir sein. Er will mich nicht nur, er braucht mich. Niemand hat mich jemals für irgendwas gebraucht. „Warum?"

„Weil du einzigartig bist. Ich werde nie wieder eine andere Frau treffen, die so brillant und sexy und lustig ist wie du."

Ich blinzle fassungslos. Brillant habe ich schon gehört,

aber in meinem Leben hat mich noch nie jemand als lustig bezeichnet. Und nur die Jungs, mit denen ich geschlafen habe, haben mich sexy genannt. „Du bist der mit dem Humor."

„Wir haben Spaß zusammen." Er senkt den Kopf, um mich sanft zu küssen. „Warum bist du so kurz?"

Ich kichere. Er ist über einen Kopf größer als ich. Verspielt schubse ich seine Brust und ziehe ihn zum Bett. Er folgt dem Wink, setzt sich auf das Bett und zieht mich auf seinen Schoß.

„Viel besser", sagt er gegen meine Lippen, bevor er seinen Mund über meinem schließt. Ich neige meinen Kopf, vertiefe den Kuss, und seine Zunge schiebt sich in meinen Mund. Verlangen sammelt sich tief in meinem Bauch. Seine Hand wandert zu meinem Po und hält mich fest, während die Lust mich überflutet. Der Kuss wird wild, außer Kontrolle, als das Feuer zwischen uns zu brennen beginnt.

Er unterbricht den Kuss und zieht mein Tanktop über meinen Kopf, wirft es hinter mich und macht dann kurzen Prozess mit dem BH. Er streichelt meine Brüste und hält sie, während sein Mund wieder auf meinen prallt. Meine Finger graben sich in sein Haar, getrieben von einem scharfen Verlangen. Seine Daumen streichen über meine harten Brustwarzen und jagen Lust durch mich. Ich packe den unteren Teil seines T-Shirts und reiße es hoch.

Er stellt mich auf die Beine und löst meine Strickjacke, dann zieht er mir meine Jeans und das Höschen aus. Anschließend zieht er sich ebenfalls aus, während er mich mit Blicken verzehrt. Sobald er nackt ist, stürze ich mich auf ihn.

Er lässt sich auf die Laken fallen, nimmt mich mit, rollt sich dann auf mich und stützt seine Unterarme zu beiden Seiten meines Kopfes auf die Matratze. Er streichelt meine Wange. „Chloe." Seine Stimme ist heiser, sein Blick zärtlich.

„Bren", flüstere ich.

Er wiegt meinen Kiefer und küsst mich innig. Ich spreize meine Beine weiter und brauche mehr. Aber er hat es nicht eilig und küsst mich, als hätte er alle Zeit der Welt. Dann bewegt er sich, verteilt Küsse meinen Kiefer entlang und meinen Hals hinunter.

„Warum bist du so zärtlich?", platze ich heraus.

Er taucht seine Zunge in meine Drosselgrube und küsst eine heiße Spur entlang meines Schlüsselbeins. Ich winde mich unter ihm.

Er hebt den Kopf. „Weil es unser erstes Mal ist, dass wir Liebe machen."

„Ich mag Ficken lieber."

Seine Lippen zucken. „Ich liebe diesen Mund." Er gibt mir einen zärtlichen Kuss auf meinen Mundwinkel und dann auf den anderen. Meine Lippen öffnen sich zu einem Seufzer. Er streicht mit einem Finger über meinen Mund, studiert meine Lippen, bevor er an meiner Unterlippe knabbert und dann daran saugt. Lust schießt durch mich hindurch.

Er nimmt mein Ohrläppchen zwischen die Zähne und zupft daran. Dann streichen seine Lippen über mein Ohrläppchen, bevor er sagt: „Ich habe vor, mir Zeit zu lassen."

Ich stöhne.

Er stützt sich weit genug hoch, um eine Hand zwischen meine Beine zu schieben und streichelt mich langsam. „Willst du, dass ich dich tief und hart nehme?"

„Ja", zische ich, während seine Finger einen langsamen, sinnlichen Zauber wirken, seine Stimme fast hypnotisierend.

„Und dann, in der zweiten Runde, hebe ich dich auf mich und lasse dich auf meinem Gesicht sitzen." Seine Finger dringen in mich ein, während sein Daumen mich in einem gleichmäßigen Rhythmus liebkost.

Mein Atem wird schwerer, aber ich schaffe es immer noch, „Ja" zu sagen. Irgendwann rutschte er neben mich. Doch ich bin zu sehr in der Lust verloren, um es bewusst wahrzunehmen.

„Und dann drehe ich dich um und spieße dich auf mir auf." Er macht etwas mit seinen Fingern, das mich Sterne sehen lässt. Meine Hüften wiegen sich gedankenlos, weißglühendes Vergnügen flutet mich.

Seine Stimme ist rau. „Ich lasse dich in deinem eigenen Rhythmus auf mir reiten, bis ich die Kontrolle übernehme und mir nehme, was ich brauche, während du mich anbettelst, kommen zu dürfen."

Alles in mir zieht sich zusammen, während ich mir vorstelle, was er beschreibt, und er mich mit seinen Fingern verwöhnt. Ich stöhne leise, das Verlangen so allesverzehrend, mein Orgasmus gerade außer Reichweite.

Plötzlich wird seine Berührung federleicht. Meine Augen fliegen auf. „Bitte, Bren!"

Sein Mund klatscht auf meinen, seine Finger beschleunigen das Tempo. Meine Hüfte biegt sich ihm entgegen, und er drückt sie wieder auf die Laken und setzt seine sinnliche Folter fort.

Ich stöhne tief in meiner Kehle.

Er bricht den Kuss ab. „Ich liebe dein kehliges Stöhnen. Gib mir mehr davon, Chloe!"

Und dann rutscht er an meinem Körper hinunter, hinunter, hinunter, bis sein Mund auf meinem Venushügel ist. Ich packe sein Haar, ziehe gedankenlos daran und stöhne schamlos. Sein Mund ist sündig, seine Finger unerbittlich, treiben mich immer weiter. Ja! Das habe ich gebraucht. Mein ganzer Körper zieht sich zusammen und ich zerbreche, der Orgasmus rauscht mit einer heftigen Welle der Lust durch mich hindurch. Ich kollabiere schwer atmend.

Er erhebt sich über mich und hält inne, um an meiner Brust zu saugen. Ich stöhne leise. Er lässt mich gerade lange genug allein, um nach einem Kondom auf dem Nachttisch zu greifen. Dann ist er endlich da, wo ich ihn haben will, und schiebt sich zwischen meine Beine. Ich schlinge meine Beine hoch um seine Taille, und er nimmt mich mit einem einzigen, langen Stoß und stöhnt.

Er hält meine Wange, während er langsam und tief

zustößt. Unsere Blicke verschmelzen, unser Atem vermischt sich, unsere Körper so nah wie zwei Menschen einander nur sein können. Es ist mächtig, überwältigend. Emotionen schnüren mir die Kehle zu. Ich schließe meine Augen, unfähig, die Intensität des Augenblicks zu ertragen.

Er bewegt sich weg, doch er positioniert uns nur neu, kniet zwischen meinen Beinen und legt meine Knöchel über seine Schulter. Er küsst sanft meine Wade, bevor er das andere Bein über seine Schulter hebt und auch diese Wade küsst. Dann packt er meine Hüften und stößt hart in mich hinein und nimmt mir den Atem. Mein Blick begegnet seinem, während die Lust mich verzehrt. Er lässt eine Hand von meinem Hals zu meiner Brust gleiten, zwickt hart in eine Brustwarze und lässt mich nach Luft schnappen, bevor er sanft weiter über meinen Bauch streichelt und zwischen meinen Beinen eintaucht. Seine Liebkosungen sind federleicht, seine Stöße hart. Alles in mir glüht.

Seine Augen leuchten. Er scheint zu wissen, was ich brauche, bevor ich es aussprechen kann. Mein Körper zieht sich um ihn zusammen, der Genuss wächst.

„Bren", flehe ich ihn praktisch an.

Seine Augen bohren sich in meine, und alles ist da – die Lust, die Liebe, die Zärtlichkeit. Und dann die Forderung. „Jetzt", knurrt er.

Ich explodiere, und eine Supernova der Lust durchströmt mich, als er mich fest an sich presst, hart zustößt und immer mehr Genuss bringt. Sein heiseres Stöhnen, als er kommt, jagt eine weitere Welle durch mich.

Er lässt mich los, lässt sich hinter mir nieder und manövriert mich in Löffelchenstellung. Er küsst meine Schulter. „Baby, sobald ich mich erholt habe, werde ich dich einfach so nehmen." Er zieht mein Bein wieder über seines. „Du wirst weit offen sein für ganz tiefes Ficken."

Ich erschauere. Er malt ein erotisches Bild, das mich mehr erregt, wie ich es nur mit Worten für möglich gehalten hätte. „Wir kommen zu spät zum Grillen mit deiner Familie."

„Wir werden pünktlich zum Abendessen da sein, anstatt zum Mittagessen."

„Werden sie sich nicht fragen, wo du bist?"

„Prioritäten, Chloe. Das hat lange auf sich warten lassen." Er dreht meinen Kopf zu sich und küsst mich auf den Mund. „Du magst es, wenn ich aggressiv bin. Du brauchst das."

„Das hilft mir, aus mir herauszukommen", gebe ich zu, drehe mich auf die Seite und lasse meinen Kopf auf sein Kissen sinken. „Ich verbringe zu viel Zeit in meinem Kopf."

Seine Stimme ist ein Grollen in meinem Ohr. „Ich brauche es auch. Wir passen gut zusammen."

Eine Welle der Nervosität erfasst mich. „Oh, Blaze." *Falscher Typ, haha.* Ich muss unbeschwert bleiben, mich langsam an die Situation gewöhnen.

Er knabbert an meinem Hals. „Blaze." Ich kann das Lächeln in seiner Stimme hören.

Mir kommt sofort die Frage in den Sinn, die ich nicht zu stellen wage: *Was nun?*

⁓

BRENDAN

Ich beobachte, wie Chloe ihr Kinn hebt und ihren Hals im Badezimmerspiegel untersucht. „Habe ich Bartkratzer?"

„Nein." *Ja.*

Wir sind schon seit Stunden zugange, aber ich will sie schon wieder. Ich schlinge meine Arme von hinten um ihre Taille und schmiege mich an ihren entblößten Hals. „Sei froh, dass ich dir keinen Knutschfleck gemacht habe." Ich sauge an ihrem Hals. Nicht zu hart. Wir wollen schließlich noch zu meinen Eltern.

„Bren." Sie klingt atemlos. „Knutschflecke sind Highschool."

„Danke." Ich schiebe eine Hand unter ihr Tanktop und lasse sie an ihr empor wandern. „Hey, habe ich nicht vorhergesagt, dass du dein Zölibat-Gelübde bis zum 4. Juli brechen würdest? Und hier sind wir."

„Es war kein Gelübde, so wie …" Sie keucht, als ich ihre Brustwarze kneife. „Wir dürfen nicht noch später kommen. Sie erwarten uns." Sie schiebt meine Hand weg.

Stattdessen streichle ich ihren süßen Po in ihrer engen Jeans. „Was ist schon eine Stunde? Wir müssen die verlorene Zeit aufholen." Ich bin gierig.

Sie dreht sich zu mir um. „Wir haben schon mehr als zwei Stunden Verspätung. Wenn wir endlich zu deinen Eltern kommen, ist es schon lange mehr als modisch spät."

„Ich sage einfach, du konntest mir nicht widerstehen. Alle werden es verstehen." Ich streiche mit meiner Hand über ihren Arsch und zwischen ihre Beine. Dann streichle ich sie. Sie lehnt sich schwach an mich. Sie fühlt sich heiß an, sogar durch ihre Jeans. Ich bringe sie zum Schmelzen.

Ich streichle ihren Hals und kratze mit den Zähnen über sie, während ich sie streichle.

Ihre Finger graben sich in mein T-Shirt. „Bren." Ihre Stimme ist gehaucht, eindringlich.

„Nur noch einmal", sage ich ihr, öffne den Knopf an ihrer Jeans und drehe sie so, dass ihr Rücken an meiner Brust ist. Ich küsse ihren Nacken, bevor ich ihr Jeans und Höschen ausziehe und meine Finger sofort zwischen ihre Beine schiebe.

Sie greift nach dem Waschbecken, um das Gleichgewicht zu halten. „Mach schnell", sagt sie über die Schulter.

Ich schenke ihr ein teuflisches Grinsen. „Baby, daran wird nichts schnell sein." Ich ziehe mich aus, rolle ein Kondom über – ja, ich war vorbereitet – und dann beuge ich sie über das Waschbecken.

Ihr Atem zittert, doch ich höre kein Wort der Klage über mein langsameres Tempo. Sie ist zu sehr damit beschäftigt zu stöhnen, während ich tief in sie hineinpumpe, während meine Finger sie necken und das Zentrum ihrer Lust liebkosen. Es ist so befriedigend, ihre übliche sorgfältige Kontrolle verschwinden zu spüren, bis sie sich ganz und gar auflöst. Sie wiegt mit ihrer Hüfte, schon gierig nach mehr Berührungen. Ich arbeite daran, sie verrückt zu machen, abwechselnd feste Stöße und zärtliche Berührungen, bis wir beide von einer Schweißschicht überzogen sind. Ich vor Zurückhaltung, sie aus purem Verlangen.

„Hör nicht auf, hör nicht auf!", stöhnt sie.

Ich lasse sie kommen, und sie schreit auf, ihr Körper melkt mich rhythmisch, nimmt mich fast mit. Mein eigenes Verlangen krallt sich in mich. Ich packe ihre Hüften und ziehe sie fest an mich, um sie zum Stillhalten zu zwingen. Sie keucht vor mir, ihr Kopf sinkt auf ihre Brust.

Ich hebe ein Knie auf den Waschtisch, öffne sie weiter und stoße erneut zu. Sie schnappt nach Luft. *Oh ja, das ist gut.* Langsame Stöße fühlen sich an wie himmlische Folter. Sie stöhnt wieder leise, was mich noch härter macht.

„Du musst nochmal für mich kommen, Baby", flüstere ich ihr ins Ohr und tippe mit dem Finger nur leicht zwischen ihre Beine. Ihre Hüfte zuckt.

Ich berühre sie sanfter, und sie stöhnt lange und leise. Ein schöner Klang.

Ich streichle sie zärtlich, meine Stöße sind tief und treiben uns beide immer weiter dem Orgasmus entgegen. Ihre Hüften wiegen sich in meinem Rhythmus, ihre Haut fiebrig heiß unter meiner. Ich erhöhe das Tempo und kann mich nicht mehr zurückhalten. Sie kommt mit einem heiseren Schrei, und ich lasse los, pumpe heftig, als eine Explosion von Lustraketen durch mich hindurch schießt. Mein eigenes gutturales Stöhnen vermischt sich mit ihren leisen Klängen der Lust.

Ich setze ihr Bein auf den Boden, doch ich lasse sie nicht

los. Ich halte sie noch einen Moment fest an mich gedrückt, meine Arme um sie geschlungen.

„Das war definitiv nicht schnell", sagt sie mit einem gehauchten Lachen. „Aber ich fühle mich zu gut, um böse zu sein, weil wir zu spät kommen."

Ich ziehe mich aus ihr zurück und drehe sie zu mir herum, nehme ihr Gesicht in meine Hände und küsse sie. „Das schien mir eine Herausforderung zu sein."

Ihre Augen funkeln, ihre Wangen werden rot. „Dir zu sagen, dass du schnell machen sollst, ist eine Herausforderung?"

„Aber sowas von. Der Teufel in mir hat gesagt, ich soll sehen, wie lange ich es rauszögern kann."

„Das merke ich mir für später."

„Warum? Damit du mich nochmal rausfordern kannst?"

„Oh ja. Auch auf die Gefahr hin, dass du dir das zu Kopf steigen lässt ..."

„Ich werde nie nein sagen, wenn du mir auf den Kopf steigen willst."

Sie lächelt. „Das war der beste Sex, den ich je hatte. Bei weitem, und ich hatte großartigen Sex. Du scheinst einfach zu wissen, was ich brauche, wenn ich es brauche."

Ich drücke ihr das Kinn, glücklich von ihrem Geständnis. „Ich nehme, was ich brauche, und es entspricht ganz natürlich dem, was du brauchst. Du weißt, was das bedeutet?"

„Was?," flüstert sie.

„Du bist für mich bestimmt."

Sie schluckt hörbar und wendet den Blick ab. „Wir sollten gehen. Oder?"

Ich lasse es ihr durchgehen. Sie zieht sich zurück, wenn es intensiver wird, nur ein bisschen, genug, um mich wissen zu lassen, dass sie etwas Tiefes spürt. Für mich hat es sich den letzten Monat über aufgebaut. Ich kann warten, bis sie sich mit dem Gedanken anfreunden kann. Aber nicht zu lange. Sie fliegt in etwas mehr als drei Wochen nach Villroy. Ich muss wissen, dass sie mir gehört, bevor sie geht. Denn sobald sie zurück ist, wird sie wieder studieren und nicht viel Zeit für mich haben. Ich muss eher früher als später ein solides Fundament aufbauen.

Ich ziehe mich wieder an und gebe ihr etwas Privatsphäre, um sich frischzumachen und sich auf das nächste Ereignis vorzubereiten – mit meiner Familie abzuhängen. Sie können Spaß machen, aber alle zusammen sind laut. Sie ist einen ruhigeren Lebensrhythmus gewohnt.

Ich setze mich aufs Sofa, um auf sie zu warten. Kurze Zeit später kommt sie aus dem Bad und atmet aus. Ich gehe zu ihr, denn etwas sagt mir, dass sie nicht so glücklich ist wie eben, als ich sie noch vom Orgasmus glühend im Bad zurückgelassen habe.

Ihr Blick heftet sich einen Moment lang auf meinen, bevor sie ihn abwendet und ihr Haar glättet. Da merke ich, dass ihre Hand zittert.

„Du musst nicht nervös sein", sage ich. „Du kennst alle."

„Bin ich nicht. Mir geht's gut." Sie verschränkt die Arme und versteckt ihre Hände.

Ich ziehe ihre Arme auseinander und umarme sie. Sie lässt mich und drückt ihre Wange an meine Brust. Ich lege eine Hand auf ihren Kopf, halte sie an mich und sage kein Wort. Etwas beschäftigt sie, und ich weiß nicht einmal, wie ich fragen soll, damit sie nicht ganz schnell abwiegelt. Sie ist nicht sehr offen mit ihren Gefühlen.

Schließlich sagt sie leise: „Dass wir die Grenze überschreiten, ist viel für mich. Ich fürchte, ich werde verlieren, was wir haben, unsere enge Freundschaft. Ich fürchte, es war ein großer Fehler."

„Es war unvermeidlich." Ich küsse ihr Haar. „Und ich werde immer dein Freund sein."

Sie sieht zu mir auf, Zweifel vermischen sich mit Hoffnung in ihrem Gesicht. „Ich bin nicht gut mit emotionalem Kram. Michael hat dir das ja gesagt –"

„Er weiß nicht, wovon er redet. Er war wütend und wollte dir wehtun, weil du keine tiefen Gefühle für ihn hast."

Sie sieht weg. „Da ist was Wahres dran."

Es fühlt sich an, als ob sie mich warnt, um sicherzugehen, dass ich nicht zu viel von ihr erwarte. Dieses Spiel können zwei spielen. „Ja, also, ich hatte noch nie eine Beziehung, also rechne nicht damit, dass ich das beherrsche."

Ihre Augen suchen meine. „Wir haben offiziell eine Beziehung? Nur weil wir ... gefickt haben?"

„Nein, weil wir schon eine Beziehung hatten. Jetzt haben wir nur die körperliche Ebene einbezogen."

Ein leises Lächeln umspielt ihre sexy Lippen. „Du klingst so ..."

„Großartig."

„Erfahren und reif –"

„Wie kannst du es wagen, mich reif zu nennen?" Ich schiebe sie von mir und gehe vor ihr auf die Knie. „Steig auf."

„Du willst, dass ich auf deinen Rücken klettere wie auf ein Pferd?"

Ich lache. „Reite mich, Cowgirl. Ich weiß, wie du funktionierst." Ich beziehe mich natürlich auf den Sex. Sie in Cowgirlposition hat in Runde zwei viel Spaß gemacht.

„Du hast mich in diese Position manövriert."

„Und du hast es verdammt nochmal geliebt." Ich winke sie zu mir. „Wir haben nicht ewig Zeit."

Sie klettert vorsichtig auf mich, als hätte sie noch nie jemand Huckepack reiten lassen. Ich schiebe sie hoch, als ich aufstehe, und halte sie fest, damit sie nicht abrutscht. Sie quietscht bei der plötzlichen Bewegung.

Ich versetze ihr einen Klaps auf den Po. „Mach's dir bequem, wir müssen zu meinen Eltern."

Sie legt ihr Kinn auf meine Schulter und lächelt. „Und wir wären schon da, wenn du nicht auf mehr Sex bestanden hättest."

Ich gehe zur Tür. „Willst du mir *das* wirklich zum Vorwurf

machen? Es war eine Qual, so lange diesem sexy Körper so nah zu sein und doch so weit weg."

„Warte! Meine Handtasche liegt auf dem Sofatisch."

Ich galoppiere zurück, und sie lacht, ein übermütiges Bauchlachen, das ich noch nie von ihr gehört habe. Ich bin begeistert, dass ich das aus ihr herausgebracht habe. Sie hat es verdient, viele glückliche Momente in ihrem Leben zu haben. Ich lehne mich zur Seite, hebe ihre kleine Handtasche am Riemen auf und gebe sie ihr. Dann reiten wir hinaus.

„Whoa, Pferdchen", sagt sie, als wir das Ende des Flurs erreichen. „Nicht die Treppe."

Ich setze sie ab und gebe ihr einen Kuss. „Zeit, sich den Rourkes zu stellen." Ich sprinte die Treppe hinunter, und sie hält mit mir mit.

Unten an der Treppe versetzt sie mir einen Klaps auf den Po und eilt hinaus. Meine so fleißig studierende Freundin spielt mit mir.

Ich treffe sie draußen. Sie strahlt, geht rückwärts und hofft, dass ich sie jage. Ich täusche einen Ausfallschritt vor, und sie quietscht, dreht sich um und rennt. Ich hole sie problemlos ein, schlinge meine Arme um sie und schwinge sie herum. Sie windet sich in meinen Armen.

„Falsche Richtung", sage ich.

„Vielleicht wollte ich nur vor dir fliehen."

Ich beiße in ihr Ohrläppchen und knurre: „Keine Chance."

Sie erschauert, bevor sie sich gegen mich entspannt. Oh ja, sie gehört mir.

15

Chloe

Ich bewege mich mit Brendan auf unbekanntem Terrain, fühle mich, also ob zu schnell zu viel passiert. Wir sind fast am Haus seiner Eltern, und das euphorische Gefühl von vorhin hat roher, furchteinflößender Verletzlichkeit Platz gemacht. Meine Brust ist angespannt, was es mir schwer macht, tief durchzuatmen. Ich muss mich wieder unter Kontrolle bekommen. Ich meine, wer sagt, dass wir überhaupt eine Zukunft haben? Wir sind an ganz verschiedenen Orten in unserem Leben. Er hat sich in eine Karriere eingelebt, und ich stehe erst am Anfang meiner langen Reise. Ich weiß nicht, warum ich nicht vorher an dieses massive Problem gedacht habe. Es ist nicht so einfach herauszufinden, ob wir zueinander passen. Emotionen haben alle logischen Pfade meines Gehirns verstopft. Ich muss mich auf meinen großen Plan konzentrieren. Ich habe einen Plan, jahrelang sorgfältig entwickelt, und er kommt darin nicht vor. Ich habe mich immer allein gesehen.

Er nimmt meine Hand und führt mich durch das Wohnzimmer des Reihenhauses seiner Eltern, ohne sich meines inneren Aufruhrs bewusst zu sein. „Sind wahrscheinlich alle draußen."

Es ist ein langer Raum mit Schiebetüren, die die Bereiche abtrennen – Wohnzimmer vorne, Küche in der Mitte und Esszimmer hinten.

„Hey, du hast es geschafft", sagt Garrett, tritt ein und geht in die Küche. „Dad ist irritiert, dass du ohne ein Wort so spät kommst. Kein guter Stil, Bruder." Er lächelt mich an. „Schön, dich zu sehen, Chloe. Was hängst du immer noch mit diesem Typen rum?"

Brendan zeigt mit dem Finger auf ihn und verengt seine Augen in einem drohenden Blick. „Pass auf, Beast."

Garrett winkt ihn herausfordernd heran. „Mach nur. Jetzt krieg ich dich. Anders als früher, als wir Kinder waren."

Brendan marschiert in die Küche und baut sich vor ihm auf.

Meine Augen weiten sich. Garrett ist aufgepumpt. Es ist wohl berechtigt, dass sie ihn Beast nennen. Ich bezweifle nicht, dass er es mit Brendan aufnehmen könnte, obwohl er auch fit und muskulös ist.

„Fass ihn nicht an." Meine Stimme kommt hart heraus.

Beide Männer drehen sich überrascht zu mir um.

„Er hat genug harten Mist für einen Tag durch", sage ich und denke an seine Konfrontation mit Michael.

Garrett lächelt breit. „Cool, wie du meinst."

Meine Wangen werden heiß, als ich merke, dass es sich anhört, als würde ich andeuten, Brendan und ich hätten hartes Bondage oder so etwas gemacht.

Brendans Augen werden weich. „Chloe, Baby, komm her."

Es ist mir zu peinlich, mich zu bewegen. Er kommt herüber, zieht mich in seine Arme und küsst mich.

Garrett pfeift eine fröhliche Melodie, während er ein paar Wasserflaschen aus dem Kühlschrank holt. Er zwinkert mir zu. „Schön, wie du für deinen Mann einstehst. Wir sehen uns da draußen."

„Er ist nicht mein Mann", murmele ich. Das klingt, als wären wir verheiratet oder so.

Sobald sich die Tür hinter ihm schließt, dreht sich Brendan zu mir um. „Ich bin nicht dein Mann?"

Ich muss ehrlich zu ihm sein. „Ich bin keine gute Wette."

„Ja, also *ich* werde diese Wette den ganzen Tag eingehen. Komm." Er nimmt meine Hand und führt mich durch das Esszimmer zur Hintertür. „Wir müssen die Runde machen, bevor ich dich wieder allein haben kann."

„Wow", murmele ich. „Du hast eine unglaubliche sexuelle Ausdauer." Wir haben es heute schon dreimal gemacht.

Er öffnet die Tür und hält sie fest, wartet darauf, dass ich durchgehe. Es ist laut im Garten. Aus einem Lautsprecher dröhnt Neil Diamond, und ein Haufen Leute redet und lacht. „Unglaublich was?", fragt er.

Ich höre meine Stimme über den Lärm hinweg: „Sexuelle Ausdauer". Alle hören mich, als das Lied endet.

Die Menge verstummt, alle Augen sind auf uns gerichtet.

„Jetzt wissen wir, warum er so spät dran ist", witzelt einer seiner Brüder.

Alle lachen.

Mir ist das so peinlich, dass ich nicht weiß, ob ich kehrtmachen und davonlaufen oder darauf bestehen soll, dass wir aus nicht-sexuellen Gründen aufgehalten worden sind. Meine Ganzkörperröte macht es jedoch unnötig, dass ich noch etwas sage.

Seine Mutter spricht mit angespannter Stimme. „Brendan, Faith ist hier." Sie deutet auf eine hübsche brünette Frau in einem kurzärmeligen Blumenkleid, die neben ihr steht.

Brendan murmelt einen Fluch vor sich hin. *Wer ist Faith?* Sie ist Mitte zwanzig, Typ hübsches, braves Mädchen von nebenan. Sie lächelt Brendan süß an. *Ist sie eine Ex?*

Alle starren uns immer noch an, während wir auf der Terrasse stehen, die sich langsam wie eine Bühne anfühlt. Er schlendert die Stufen hinunter, und ich folge ihm und lasse seinen großen Körper mein hochrotes Gesicht verbergen.

Seine Mutter kommt zu uns. „Hallo Chloe, ich wusste nicht, dass Sie kommen würden."

„Hallo!" Ich wende mich fragend an Brendan, und er zuckt die Achseln.

Seine Mutter lächelt strahlend. „Ach was, je mehr, desto lustiger." Sie sieht Brendan mit zusammengekniffenen Augen an. „Ich wollte, dass du Faith kennenlernt. Sie ist neu in der Stadt, und ich dachte, ihr möchtet vielleicht etwas Zeit miteinander verbringen." Sie hält mir die Hand hin. „Chloe, warum setzt du dich nicht zu mir?"

Oh, mein Gott. Seine Mutter hat ihm ein Date organisiert.

Ich weiß nicht, ob ich lachen oder schreiend aus dem Garten rennen soll. Meine Nerven fühlen sich roh und bloßgelegt an. Ich bin körperlich und emotional auf eine Art und Weise erschöpft, wie ich es noch nie zuvor war. Jetzt, wo wir die Grenze überschritten haben, ist es fast zu viel für mich, mit Brendan zusammen zu sein.

Er greift nach meiner Hand und hält mich an seiner Seite fest. Ich sehe ihn an, und seine Ohrenspitzen sind leuchtend rot. „Mom, Chloe und ich sind zusammen."

Faith wird rot und starrt zu Boden.

Sie tut mir leid. Brendan hat seiner Mutter bei Jacks Hochzeit erzählt, dass wir nur Freunde sind.

„Du hättest mich auf dem Laufenden halten können", sagt seine Mutter durch die Zähne. „Hast du nicht meine SMS bekommen, in der ich dir geschrieben habe, dass ich will, dass du sie triffst?"

„Doch", antwortet Brendan, ebenfalls durch die Zähne. „Ich wusste nur nicht, dass du mich damit überrumpeln würdest."

„Ich sollte gehen", sagt Faith.

„Nein", sagt seine Mutter. „Bitte bleib. Du bist gerade erst angekommen." Sie wendet sich uns zu. „Wie wäre es, wenn wir uns alle hinsetzen und ein Dessert essen?"

Faith sieht Brendan schüchtern an.

Ich habe keine Ahnung, was ich tun soll.

„Wer hat Lust auf Hufeisenwerfen?", ruft sein Vater aus der hintersten Ecke des Gartens bei der Hufeisengrube.

Brendan geht zu ihm.

Grr…

Seine Mutter drängt mich und Faith zu einem runden Terrassentisch unter einem Sonnenschirm, wo eine Dessertplatte meine Aufmerksamkeit auf sich zieht. Schokoladen-Cupcakes mit Minidekoration in Form der amerikanischen Flagge, Schokoladenkekse, Apfelkuchen und Brownies mit roten, weißen und blauen Streuseln. Mir läuft das Wasser im Mund zusammen.

Mrs. Rourke nimmt neben einer Frau Platz, die aussieht, als könnte sie ihre Schwester sein, genauso schulterlanges, dunkelbraunes Haar, nur dass die andere Frau einen Pony hat. Mrs. Bianchi, ach ja. Arianas Mutter. Ich habe sie auf der Hochzeit kennengelernt. Dann bedeutet Mrs. Rourke Faith, sich neben sie zu setzen.

Ich setze mich neben Ariana und das Baby und begrüße sie herzlich, versuche, den Stich zu ignorieren, dass Mrs. Rourke Faith einlädt, sich neben sie zu setzen. Es bedeutet nichts. Sie will wahrscheinlich nur, dass Faith sich nicht ganz dumm vorkommt.

Mrs. Rourke deutet auf den Dessertteller. „Bitte, bedienen Sie sich. Gerne eins von jedem. Wir urteilen hier nicht."

Ich nehme einen Cupcake, Keks und Brownie. „Ich hebe mir den Kuchen für später auf."

„Nein, danke", sagt Faith. „Ich achte auf meine Figur."

„Oh, du siehst doch toll aus, Honey", sagt Mrs. Rourke kopfschüttelnd. „Bitte iss."

„Ich kann nicht", sagt Faith. Und dann tut sie es tatsächlich nicht.

Mrs. Rourke stellt Faith allen vor und endet mit: „Sie geht in unsere Kirche, und sie ist Kindergärtnerin!"

Faith lächelt. „Ich liebe Kinder."

Mrs. Rourke drückt ihren Arm. „Ich auch."

Ich auch. Nicht, dass das wichtig ist. Schweigend esse ich mein Dessert. Mrs. Rourke scheint Faith zu lieben, eine hübsche, gutherzige Kindergärtnerin. Ich wette, Faith ist bereit, sich niederzulassen und eine Familie zu gründen. Und sie wohnt in der Nachbarschaft. Ich komme nicht umhin zu denken, dass sie besser zu Brendan passt als ich. Sie würde sein Leben überhaupt nicht auf den Kopf stellen. Offensichtlich denkt Mrs. Rourke mit diesem Überraschungsdate in die gleiche Richtung.

Becca nimmt auf meiner anderen Seite Platz und stellt eine Wasserflasche vor mich. „Hier, ich dachte, du hast vielleicht Durst." Sie ist Connors Verlobte. Ich habe sie zu Weihnachten auf Villroy getroffen und sie auch auf Jacks Hochzeit gesehen.

„Danke", sage ich, überrascht, da ich nicht um ein Getränk gebeten habe.

Ich sehe, wie Mrs. Rourke sie anlächelt und nickt. Hat sie ihr eine SMS geschickt und sie gebeten, mir eine Flasche Wasser zu holen? Ihr Handy liegt vor ihr. Ich war vom Dessert und meinen kreisenden Gedanken abgelenkt. Ich beiße in den Brownie und stöhne fast. Es ist reichhaltige, dekadente Schokolade, die in meinem Mund schmilzt.

„Das ist unglaublich", sage ich.

„Ich habe die Brownies gemacht", sagt Becca stolz. „Und die Kekse."

„Ich lade mich zu dir ein", sage ich.

Sie lacht. „Ich backe wahnsinnig gern. Con sagt, ich mache ihn dick." Sie dreht sich um und sieht hinüber zu Dylan, Brendan, Connor und Mr. Rourke, die Hufeisenwerfen spielen. Brendan hat mir vorhin erzählt, dass sein Bruder Sean für den Film seiner Frau nach Vancouver zurückgeflogen ist. Jack ist immer noch in den Flitterwochen auf Hawaii. Langsam kenne ich seine Familie.

„Bring einfach weiter deine Leckereien zu Familienfeiern mit", sagt Ariana und nimmt sich einen Keks. „Verteilen den Zucker schön, damit sich niemand überfrisst."

„Ich habe den Nudelsalat gemacht", sagt Mrs. Bianchi zu mir. „Wenn das Abendessen losgeht, solltest du ihn unbedingt versuchen. Du wirst ihn lieben." Sie wendet sich Faith zu. „Du auch, wenn du zum Essen bleibst." Ihr Ton sagt, dass sie Frauen, die beim Grillen nicht essen, nicht gutheißt. Ich fange an, Mrs. Bianchi wirklich zu mögen.

„Gerne", sage ich. „Ich bin mir nur nicht sicher, wie lange Brendan bleiben will."

Mrs. Rourke sieht sich am Tisch um. „Ich hoffe, dass alle bleiben können, um heute Abend mit uns das Feuerwerk anzusehen. Bei der Hochzeit letztes Wochenende habe ich mich nicht viel unterhalten können, da ich die Mutter des Bräutigams war."

„Und drei Gläser Champagner intus hattest", sagt Mrs. Bianchi mit einem gackernden Lachen. „Sie verträgt keinen Alkohol."

Mrs. Rourke setzt sich steif auf und sagt: „Das ist keine Beleidigung. Ich trinke nur zu besonderen Anlässen."

„Ich trinke nie", sage ich und schlucke einen Bissen Brownie herunter. „Ich bin technisch gesehen noch minderjährig. Außerdem will ich nicht außer Kontrolle geraten."

„Ich trinke auch nie", sagt Faith und lächelt mich gelassen an.

Versucht sie, mich auszustechen?

Ich stelle mein Wasser ab. „Na ja, ich habe einmal was mit Brendan getrunken, als wir über Weihnachten auf Villroy waren." Ich füge fast hinzu, dass ich ein bisschen wild geworden bin, aber beschließe, dass es besser ist, meinen unglücklichen Verführungsversuch nicht zu erwähnen. Warum hat er mich damals zurückgewiesen? Lange dachte ich, dass er mich nicht anziehend findet. Ich recke meinen Hals, um ihn zu suchen, und frage mich, was es war. Er steht mit dem Rücken zu mir, also kann ich seinen Blick nicht einfangen. Dieser Mann ist so verwirrend. Damals hat er gesagt, wenn er mich küssen würde, wäre es, als würde er seine Cousine küssen, dann hat er mir eine Abfuhr erteilt, und dann, als wir uns hier in Brooklyn zum zweiten Mal getroffen haben, hat er mich glauben gemacht, dass er sich mit anderen Frauen trifft. Warum hat er mich absichtlich so lange auf Distanz gehalten, nur, um mit all dem Sex und den tiefen Emotionen eine komplette Kehrtwende zu machen? Wollte er mich überwältigen? Denn wenn er das damit bezweckt hat, hat es funktioniert. Es war wie ein Angriff aus dem Hinterhalt, wie er mir unter die Haut gegangen ist.

Die Frauen kichern.

Ich wende mich wieder dem Tisch zu. „Was?"

„Nichts, Sweetheart", sagt Mrs. Rourke.

„Es ist offensichtlich, dass du verliebt bist ", betont Mrs. Bianchi. „Kannst deinen Blick nicht lange von ihm losreißen."

Meine Wangen werden wieder rot. Ich weiß nicht, wo ich hinsehen oder was ich sagen soll, also stecke ich mir den Rest des Brownies in den Mund. *Können wir über etwas anderes reden?*

„Nicht doch", sagt Mrs. Rourke, winkt ab und wirft ihr einen vielsagenden Blick zu. Wahrscheinlich, weil Faith neben ihr sitzt – Brendans potenzielle zukünftige Partnerin.

Mrs. Bianchi fährt munter fort: „Ich sage nur, das Erste, worüber sie gesprochen hat, war seine sexuelle Ausdauer. So machen sie dich süchtig. Die Guten zumindest. Also, Chloe, behandelt Brendan dich gut?"

Ich ersticke fast an dem Brownie. Ich bin mir nicht sicher, ob sie im Schlafzimmer meint oder außerhalb, aber es gibt nur eine richtige Antwort. „Ja." Es stimmt jedenfalls.

Ich drehe mich um, um ihn anzusehen. Er spricht mit seinem Vater, stellt aber plötzlich Blickkontakt her und schenkt mir ein warmes Lächeln. Mein Magen flattert, mein Puls pocht in meinen Adern. Ich winke ihm kurz zu und wende mich wieder dem Tisch zu.

Alle Frauen lächeln mich an. Nur Faith nicht.

„Er ist auch verliebt", sagt Mrs. Bianchi mit einem Nicken. „Ich kenne die Zeichen."

Ich weiß nicht, was ich dazu sagen soll. Aber ich denke, es ist wahr. Ich bin mir nicht sicher, wie wir zu diesem Punkt gekommen sind. Ich starre auf den Tisch, verloren in einem Strudel verwirrender Emotionen.

Zwei große Hände landen auf meinen Schultern und drücken sanft zu. Ich kenne diese Hände. Ich blicke auf, als Brendan sich über mich beugt und lächelt. „Hi, wie läuft's hier drüben?"

Ich entspanne mich, jetzt, wo ich ihn wieder in der Nähe habe. „Gut."

„Wir gehen bald", sagt er.

Ich bin lächerlich erleichtert und versuche, es nicht zu zeigen.

„Ihr seid gerade erst angekommen", sagt Mrs. Rourke knapp. „Und du bist spät gekommen."

„Ich habe dir doch gesagt, er ist verliebt", singt Mrs. Bianchi.

Faith steht auf und hängt den Riemen ihrer Handtasche über ihre Schulter. „Ich werde auch gehen. Danke für die Einladung."

„Oh, Faith, es tut mir leid", sagt Mrs. Rourke, steht auf und legt eine Hand auf ihren Arm. „Ich bringe dich raus." Gemeinsam gehen sie zurück ins Haus.

Wir bleiben noch ein paar Minuten und warten darauf, dass seine Mutter zurückkommt, um sich von ihnen zu verabschieden. Als sie es tut, runzelt sie die Stirn. Sie durchbohrt Brendan mit einem strengen Mom-Blick. „Das war extrem peinlich, Bren. Ich erwarte, dass du mich das nächste Mal auf dem Laufenden hältst."

„Misch dich das nächste Mal einfach nicht in mein Liebesleben ein", antwortet er ruhig.

„Faith ist eine hübsche junge Frau", feuert sie zurück. Sie sieht mich an. „Du bist auch hübsch, Chloe. Ich war einfach nur überrascht." Sie betrachtet uns beide. „Ich wusste nicht, dass sich die Situation zwischen euch geändert hat."

„Es ist ziemlich neu", sage ich leise.

Brendan umarmt seine Mutter, küsst sie auf die Wange und sagt etwas zu ihr. Sie lächelt und klopft ihm auf die Schulter.

Ich winke und verabschiede mich von allen. Brendan führt mich durch das Haus zurück, seine Hand auf meinem Rücken. Wir sagen beide nichts.

Ich warte, bis wir auf dem Bürgersteig stehen, um zu sprechen. „Faith scheint nett zu sein."

„Es tut mir so leid, dass du das durchmachen musstest. Ich hatte keine Ahnung."

„Warum hast du deiner Mutter nicht gesagt, dass ich komme?" Ich hasse es, dass es mich stört. Ich bin überwältigt von allem, was ich empfinde, und ich fürchte, er ist noch lange nicht da, wo ich bin.

Er zuckt eine Schulter. „Dachte nicht, dass das wichtig ist."

„Oh." *Autsch*.

Er dreht sich zu mir um. „Nicht, dass du nicht wichtig wärst. Es kam mir einfach nicht in den Sinn zu erwähnen, dass ich einen Gast mitbringe. An einem solchen Tag kommen und gehen immer viele Leute."

Ich atme tief durch. „Ich denke, Faith würde gut zu dir passen."

Er erstarrt. „Was hat meine Mutter gesagt?"

Ich nicke kläglich. „Es ist wahr. Deine Mutter mag sie sehr. Sie hat wahrscheinlich gesehen, was ich gesehen habe – eine Kindergärtnerin, die Kinder liebt, in etwa in deinem Alter, und sie lebt in der Nachbarschaft. Es ist perfekt. Ich bin sicher, Faith ist bereit, sich niederzulassen und eine Familie zu gründen, und würdest du nicht einen großartigen Vater abgeben?" Meine Stimme bricht. Ich bin nicht bereit für all das, noch lange nicht, und ich halte ihn zurück.

„Chloe."

Ich starre auf seine Schulter, unfähig, ihm in die Augen zu sehen. „Vielleicht bin ich nicht die Richtige für dich. Wir sind an zwei verschiedenen Orten in unserem Leben. Du verdienst es zu sehen, wer sonst noch da draußen ist. Jemand wie Faith wäre besser geeignet." Meine Brust schmerzt, meine Kehle ist unerträglich eng.

„Bist du fertig damit, mich davon überzeugen zu wollen, dass du keine gute Wette bist?"

Ich nicke, unfähig, über den Kloß in meiner Kehle hinweg zu sprechen.

Er wiegt mein Gesicht in seiner Hand. „Erstens kannst du Faith aus deinem Kopf verbannen, weil ich nie mit ihr zusammen sein werde. Das stand nie zur Debatte, auch nicht, bevor du und ich zusammengekommen sind. Und zweitens." Er küsst mich, diesmal zärtlich, und es ist genau das, was ich brauche, um meine wunden Nerven zu beruhigen. „Ich gehe nirgendwo hin, also hör auf, mir zu sagen, dass du keine gute Wette bist."

Alle meine Sorgen drängen an die Oberfläche, weil ich einfach nicht glauben kann, dass er bleiben wird. Niemand bleibt jemals. „Warum hast du dann auf Villroy meinen Kuss abgelehnt? Warum hast du mich denken lassen, dass du jeden Freitag irgendwelche Frauen abschleppst? Ich verstehe nicht, warum du dich so lange so verhalten hast, als wolltest du mich nicht." *Und mich dann mit einer Beziehung überrumpelt hast, die so große Gefühle in mir weckt, dass es mir Angst macht.*

Er seufzt. „Ich habe versucht, dir zu widerstehen, doch es war unmöglich. Am Anfang haben mich unsere familiären Verbindungen abgeschreckt, da ich nicht dafür bekannt bin, langfristige Beziehungen zu haben. Ich wollte nicht die

Ursache für familiäre Spannungen sein." Er hebt mein Kinn hoch, seine Augen voller Wärme und Herzlichkeit. „Hat nicht geholfen, dass dein Psycho-Ex gedroht hat, mich umzubringen, wenn ich dich anfasse."

„Er war einfach angepisst. Er würde dich nicht wirklich verletzen."

Er wiegt seinen Kopf hin und her. „Ich bin mir nicht sicher, ob ich dir da zustimme. Aber abgesehen davon wollte ich dich nicht ablenken. Du hast große Ziele, und ich wollte dir nicht in die Quere kommen. Und dann ist mir schließlich klargeworden, dass ich schon so in dich verliebt war, und dass es nicht anders geht."

Meine Kehle verstopft vor Emotionen. Seine Augen sind auf meine gerichtet, als ob er darauf wartet, dass ich etwas sage. „Okay." Das ist alles, was ich herausbekomme.

„Gut", sagt er gegen meine Lippen. Dann küsst er mich und lässt mich in einer Pfütze des Verlangens zurück. Meine Knie sind schwach, ich schmelze.

Er unterbricht den Kuss, verschränkt seine Finger mit meinen und setzt unseren Spaziergang fort. Ich folge wie betäubt.

Ich bin in diesen Mann verliebt. Ich, die Frau, die nie Liebe empfunden hat, die über die zu meiner Schwester hinausgeht. Ich wusste nicht, ob ich überhaupt in der Lage bin, jemanden zu lieben. Ich habe mich so lange wie beschädigte Ware gefühlt, weil ich nicht so tief empfunden habe, wie es andere zu tun scheinen. Doch hier ist es, ein Wunder.

Ich denke darüber nach, was er gesagt hat, dass er mir nicht im Weg stehen und mich mein Ding machen lassen wollte. Jetzt, wo wir zusammen sind, wie soll das funktionieren?

Erwartet er, dass ich meine Pläne ändere und in New York bleibe? Ich bin mir nicht einmal sicher, ob das eine Option ist. Ich habe keine Ahnung, an welcher Uni ich genommen werde.

Wäre er bereit, meinen Traum zu unterstützen, egal was es ihn kosten könnte?

Ich kann ihn nicht bitten, seine Familie für mich zu verlassen. Er würde etwas ganz Wunderbares verlieren. Auch beruflich sind sie auf ihn angewiesen. Sie sind ein Teil von ihm. Ich bin diejenige, die nicht in diese Gleichung gehört.

Ich wollte noch nie in meinem Leben so sehr dazugehören. Aber werde ich meinen Traum aufgeben müssen? Oder er?

Chloe

Ich wusste nicht, was ich wegen Brendan und unserer ungewissen Zukunft tun sollte, also habe ich absolut nichts getan. Die letzten drei Wochen habe ich einfach unsere gemeinsame Zeit genossen. Das war nicht schwer. Wir sind jede Nacht zusammen, entweder bei ihm oder bei mir, und das ganze Wochenende lang. Es macht ihm nicht einmal etwas aus, mir Ruhe zum Lernen zu geben. Ich mache mehr Pausen als je zuvor, doch ich lese gerne die neuesten medizinischen Fachzeitschriften und lese dem Lehrplan voraus. Seit letztem Wochenende sind Sean und Josie zurück, und Garrett und ist wieder bei Brendan eingezogen. Das war auch okay. Garrett ist ein netter Typ, und ich fühle mich in seiner Gegenwart wohl. Brendan kommt einfach zu mir, um Privatsphäre zu haben, wenn wir sie brauchen. Alles hat sich so leicht und unbeschwert angefühlt, bis heute, meinem vorletzten Tag hier. Jedes Mal, wenn ich denke, *ich habe nur noch einen Tag*, dreht sich mein Magen um, und ich habe einen sauren Geschmack im Mund. Brendan sagt, er kann sich nicht freinehmen, um mich auf Villroy zu besuchen, was bedeutet, er ist da: Der Anfang vom Ende.

Jetzt ist es drei Uhr morgens, und ich kann nicht schlafen vor all der Angst, die sich wegen morgen, meinem letzten Tag, aufbaut. Ich stütze mich auf meine Ellbogen und sehe zu Brendan hinüber, der tief und fest in meinem Bett schläft, und seufze. Ich habe mich stundenlang hin und her gewälzt. Ich gebe auf, schleiche auf Zehenspitzen ins Wohnzimmer, kuschele mich mit einer Decke in die Sofaecke und starre ins Nichts.

Ich wusste immer, dass ich Opfer bringen muss, um das zu tun, wofür ich geboren wurde. Aber ich kann nicht zulassen, dass meine Entscheidungen anderen schaden. Ich habe es mit Michael vermasselt und weigere mich, die Geschichte zu wiederholen. Brendan verdient das Glück mit einer Frau, die ihm Dinge geben kann, die ich ihm nicht geben kann, wie ein geregeltes Leben mit Ehe und Kindern, das volle Programm. Das bin ich nicht, zumindest noch eine lange Zeit nicht. Ich habe in der Zwischenzeit zu viel zu tun. Er sagt, er will mir nicht im Weg stehen, doch Fakt ist, ich bin diejenige, die *ihn* zurückhält. Er ist älter als ich und wird all das eher früher als später wollen.

Und ich kann ihn nicht bitten, mich auf meiner Reise zu begleiten, da ich weiß, dass sie mich weit von hier weg führen könnte. Er hat keine Ahnung, wie besonders seine eng gestrickte Familie ist, weil er noch nie etwas anderes erlebt hat. Er war nie einsam oder hat sich innerlich durch einen Verlust zerbrochen gefühlt. Ich will das nicht für ihn. Er gehört hierher.

Brendans warmes Lächeln blitzt durch meinen Kopf, lässt meine Augen brennen, und meine Brust verkrampft sich. Ich ziehe die Decke fester um mich herum wie eine Umarmung. Ich liebe ihn. Ich hätte nie gedacht, dass ich so tief für einen anderen Menschen empfinden könnte. So lange habe ich in Frieden mit mir gelebt und habe all meine Leidenschaft und meinen Fokus auf diese eine Sache ausgerichtet, meine Traumkarriere, die Sache, für die ich auf diese Erde gekommen bin. Jetzt bin ich hin- und hergerissen. Ich kann nicht alles aufgeben, wofür ich so hart gearbeitet habe. Aber es ist nicht fair, ihn zu bitten, seine Karriere zu opfern und seine Familie für mich zu verlassen.

Zum ersten Mal in meinem Leben sind mein Kopf und mein Herz nicht einig. Mein Kopf sagt, ich soll ihn gehen lassen, und mein Herz sagt, dass ich ihn festhalten soll, ganz gleich, was es kostet. Aber er ist derjenige, der den Preis zahlen muss. Das kann ich nicht von ihm verlangen. Es ist egoistisch, und das ist nicht das, was Liebe sein sollte.

Ich rutsche auf dem Sofa herunter, rolle mich auf der Seite zusammen, verloren an einem dunklen Ort aufgewühlter Emotionen und widersprüchlicher Gedanken. Alles, was ich je wollte, ist zum Greifen nah. Alles, von dem ich nie wusste, dass ich es brauche, ist auch da, mit ihm. Meinen Traum aufgeben oder ihn aufgeben? Die Frage kreist in einer endlosen, schmerzhaften Schleife in meinem Kopf.

Bei den ersten Sonnenstrahlen werfe ich schließlich die Decke zurück und stehe mit schweren Gliedern auf. Ich weiß, was ich tun muss. Meine Kehle schnürt sich schmerzhaft zu, und ich umarme mich. Es ist das Einzige, was ich tun kann, damit er glücklich wird –

Ich muss ihn gehen lassen.

ICH HABE mich durch den letzten Tag meines Praktikums geschleppt und eine Menge Kaffee getrunken, um wach zu bleiben. Danach hat Brendan mich zum Abendessen in ein schickes Restaurant ausgeführt, um meinen letzten Tag zu feiern, und jetzt sind wir wieder in meiner Wohnung. Ich habe das Restaurant geliebt, die Tische weiß eingedeckt, viel zu viel Besteck. Ich liebe ihn. Ich habe es ihm nicht gesagt, weil ich weiß, dass es den Abschied nur noch schwerer machen würde. Mein Magen dreht sich um und droht, das

Abendessen auszuspucken. Ich brauche einen Moment, bevor ich mich dem stellen kann, was ich tun muss.

Ich gebe ihm die Fernbedienung. „Ich gehe packen."

„Klar", sagt er und knöpft die beiden oberen Knöpfe seines Hemds auf. Er sieht so gut aus in einem hellblauen Hemd, einer dunkelblauen Hose und schicken Lederschuhen. Er ist früher von der Arbeit nach Hause gekommen, um zu duschen und sich für unseren besonderen Abend umzuziehen.

Ich lächle, doch es ist ein bisschen wackelig, meine Kehle ist zugeschnürt. Ich gehe in mein Schlafzimmer und hole den Koffer aus dem Schrank. Mir bleiben weniger als vierundzwanzig Stunden mit Brendan. Ich sage mir, alle guten Dinge müssen ein Ende haben. Das ist zumindest meine Erfahrung. Es war ein Glücksfall, dass ich für den Sommer seine Nachbarin sein durfte, und dafür bin ich dankbar. Ich muss diese bittersüßen Erinnerungen festhalten.

Ich werfe meine Klamotten in meinen Koffer und sehe sie kaum. Die Sache ist, es ist so viel mehr als nur Sex mit ihm. Er gibt mir ein gutes, entspanntes und sicheres Gefühl. Als hätte ich ein stabiles Fundament. Wie seltsam ist das? Sara war schon immer mein stabiles Fundament, und dann habe ich mein eigenes aufgebaut, was sich manchmal wackelig anfühlt, aber ich komme klar. Er ist mir wichtig geworden, und es macht mich fertig, dass wir auseinandergerissen werden. Ich halte inne, schlucke schwer, und mein erschöpftes Gehirn versucht, sich darauf zu konzentrieren, warum das die beste Vorgehensweise ist. Sein Glück, das stimmt. Ich kann ihm nicht geben, was er verdient. Alles, was ich tun werde, ist, ihn von allem Guten in seinem Leben wegzureißen.

Ich drücke meine Freizeitkleidung flach, um oben Platz für meine Arbeitskleidung zu schaffen. Ich wusste, dass er mir entrissen werden würde. Es war unvermeidlich. Es spielt keine Rolle, dass ich diesmal diejenige bin, die geht, das

Ergebnis ist das gleiche. Meine Sicht verschwimmt für einen Moment, und ich blinzle die Tränen schnell weg. Ich brauche dringend Schlaf, aber zuerst muss ich ... ich darf nicht egoistisch sein. Ich muss jedes Quäntchen Kraft in mir schöpfen, um das Richtige zu tun.

Nachdem ich mit dem Packen fertig bin, ziehe ich mein schickes Outfit aus und meinen Sommerpyjama, ein altes T-Shirt und eine Jogginghose, an. Dann kommen mir Zweifel. Soll Brendan sich so an mich in unserer letzten gemeinsamen Nacht erinnern? Ich ziehe wieder ein grünes Tanktop und Jeans an, meine übliche Freizeituniform.

Ich atme tief ein und gehe zurück ins Wohnzimmer, setze mich neben ihn. Er sieht sich eine Autoshow an, bei der die Mechaniker einen Oldtimer reparieren. Ich sitze ruhig da und versuche, genug Mut zusammenzukratzen, um zu sagen, wovon ich weiß, dass es gesagt werden muss. Irgendwas in der Art wie: *Es war wunderbar, aber wir sind an zwei verschiedenen Orten in unserem Leben, und ich denke, es ist das Beste, wenn wir uns jetzt verabschieden. Aber lass uns uns in fünf Jahren wieder treffen, falls wir beide noch Single sind.* Ich weiß, dass der letzte Teil, ein kleines Fenster offen zu lassen, um wieder zusammenzukommen, egoistisch ist, aber zumindest gebe ich ihm die Chance, jemand anderen zu treffen. Er ist älter als ich, und ich erwarte ehrlich gesagt nicht, dass er auf mich wartet und auf eine ferne Zukunft hofft. Ich fühle mich einfach besser, wenn ich glaube, dass es einen kleinen Hoffnungsschimmer gibt.

Nein, ich muss um seinetwillen die Beziehung beenden. Ganz. Er bekommt seine Freiheit. Punkt. Ich wünschte, ich könnte heute Abend einfach genießen. Ach, verdammt. Am Ende wird er mich sowieso verlassen. Er wird es satt haben, auf die winzigen Splitter von Freizeit in meinem Leben zu warten.

Er sieht mich von der Seite an. „Du wirkst angespannt."

Ich verschränke meine Arme und lasse sie wieder sinken, versuche, entspannt zu wirken. „Nein."

Er drückt auf Pause und legt die Fernbedienung auf den Tisch. „Muss ich dich da reinbringen –", er deutet mit dem Kinn in Richtung Schlafzimmer, „– und dich zu einer schlaffen Nudel machen?"

Ich lache ein wenig und erröte trotz meiner inneren Unruhe vor Hitze. Ich sage immer, dass er mich zu einer schlaffen Nudel macht. Er wringt mich aus und lässt mich vollkommen erschöpft zurück. Seine Ausdauer ist unglaublich. Und er ist anspruchsvoll, will alles, was ich geben kann, und dann noch mehr. Wenn nur alles so einfach wäre wie das, was wir im Schlafzimmer haben.

Er streicht mir eine Haarsträhne hinters Ohr. „Was ist los mit dir?"

Ich schlucke schwer. „Wir müssen reden."

Er schaltet den Fernseher aus. „Ich weiß. Es ist deine letzte Nacht hier. Ich werde dich vermissen, aber wir telefonieren und sehen uns, wenn du zurückkommst."

Ich beiße mir auf die Unterlippe. „Bren, ich denke, wir sollten hier aufhören und es auf dem Höhepunkt beenden."

Er starrt mich an, sein Mund steht offen.

Scheiße. Ich hätte nicht gedacht, dass das eine so große Überraschung sein würde. Es schien unvermeidlich.

Ich fahre schnell fort. „Der Sommer mit dir war großartig, aber nach meiner Rückkehr aus Villroy werde ich mit meinem Studium und der Arbeit im Krankenhaus rund um die Uhr arbeiten. Ganz zu schweigen davon, dass ich meine Bewerbungen für das Medizinstudium fertig machen muss. Und dann weiß ich nicht, an welche Uni ich gehen werde. Ich könnte Tausende von Meilen entfernt sein. Alles ist so ungewiss in meinem Leben, und du hast Besseres verdient."

Seine Kiefermuskeln zucken, und er starrt mich an.

Meine Stimme ist kleinlaut. „Ich habe versucht, dir zu sagen, dass ich keine gute Wette bin."

„Also machst du mit mir Schluss?"

„Es ist ein natürlicher Schlussstrich."

Mehr finstere Blicke.

Ich schlucke den Kloß in meiner Kehle herunter. „Bren, du bist irgendwie mein bester Freund geworden. Freunde können jederzeit an ihre Freundschaft anknüpfen. Bei einer Beziehung ist das nicht dasselbe. Ich werde weder die Zeit noch die Energie haben, mich einer zu widmen. Nicht so, wie du es verdienst." Meine Stimme bricht. „Ich kann dir nicht geben, was du verdienst."

„Habe ich ein Mitspracherecht?"

„Es tut mir Leid." Ich ringe mir die Hände und starre sie an. „Ich bereue unsere Zeit nicht. Ich bin so … dankbar für das, was wir hatten."

„Dankbar? Dankbar!", blafft er und erschreckt mich.

Er starrt zur Decke, holt tief Luft und richtet dann seinen Blick auf mich. „Chloe, ich kenne dich. Du ziehst dich zurück, wenn es hart auf hart kommt. Ich weiß, dass wir tief drin stecken, wir beide. Ich bitte dich, bei mir zu bleiben, und ich schwöre, dass ich auch bei dir bleiben werde."

„Ich habe mir viele Gedanken gemacht. Es ist das Richtige." Ich schlucke schwer. „Was ist, wenn wir als beste Freunde zusammen bleiben?" Bei dem Gedanken erwacht ein kleiner Hoffnungsschimmer in mir. Ich muss ihn nicht ganz verlieren.

„Nein."

Mein Magen sackt in meine Kniekehlen. „Nein?"

„Nein, Chloe", presst er heraus. „Ich will dich nicht als beste Freundin."

„Siehst du nicht, dass es zu deinem eigenen Besten ist? Ich gebe dir deine Freiheit."

Seine Lippen sind zu einer flachen Linie zusammengepresst. „Für jemanden, der so intelligent ist, machst du was wirklich Dummes." Er steht auf und geht zur Tür.

Ich springe vom Sofa. „Du wirst sehen, dass ich Recht habe. Gib der Sache Zeit."

Er bleibt einen Moment stehen, schüttelt den Kopf und geht aus der Tür.

Ich schlage mir mit der Hand vor den Mund, meine Augen sind heiß, und mein Magen dreht sich. Es ist vorbei, und jetzt hasst er mich. Oh Gott, mir wird schlecht.

Ich renne ins Badezimmer und kotze. Ist das nicht die perfekte Metapher für das Ende meiner Beziehung? Die Toilette runtergespült.

17

Chloe

Am nächsten Morgen laufe ich wie ein Zombie über die Startbahn zum königlichen Jet. Ich habe letzte Nacht kaum geschlafen. Ich habe den Abend mit Brendan immer wieder im Kopf durchgespielt. Unser gemeinsames Abendessen, seine blauen Augen warm auf meinen, die Art, wie seine tiefe Stimme mich zu streicheln schien. Und später dann mein Versuch, ihm ohne jemandem wehzutun den Weg für eine glückliche Zukunft freizumachen. Ich habe ihn verletzt, und das tut mir am meisten weh. Aber was war die Alternative? Es in die Länge ziehen, während wir allmählich auseinanderdriften, bis nichts mehr zwischen uns ist? Irgendwann musste es enden. Es wird nur noch mehr weh tun, das Unvermeidliche hinauszuschieben.

Auf halbem Weg kommt mir ein Flugbegleiter entgegen, der mir mein Gepäck abnimmt. „Guten Morgen, Miss Chloe."

„Morgen", sage ich abwesend. Ich werfe einen Blick auf sein Namensschild, da ich ihn auf früheren Flügen nicht gesehen habe. „Schön, Sie kennenzulernen, Henry." So heißt auch mein Neffe. Wenigstens werde ich Baby Henry haben, um mich zu trösten.

Ich gehe die Treppe zum Eingang des Jets hoch, mein Rucksack über der Schulter. Ich habe vor, während des Fluges an Bewerbungen für die Uni zu arbeiten, da ich mir vorstellen kann, dass es mir helfen wird, meine derzeitige Qual zu bewältigen, wenn ich mich auf mein zukünftiges Ziel konzentriere. Meine Augen brennen vor unvergossenen Tränen. Ich kann immer noch nicht weinen, auch wenn ich mich so schrecklich fühle. Ich kann nicht glauben, wie nah ich Brendan gekommen bin, mehr als jedem anderen Menschen in meinem Leben abgesehen von meiner Schwester, und jetzt ist es vorbei, wie ich es immer gewusst habe. Ich habe einfach nicht mit diesem tiefen Schmerz gerechnet. Als ob ein Teil von mir fehlt.

Außer Pilot und Copilot, die mich herzlich begrüßen, ist der Jet leer. Ich schaffe es nicht zu lächeln, zwinge aber etwas Energie in meine Stimme, um die Begrüßung zu erwidern.

Ich setze mich an einen Fensterplatz in der ersten Reihe und starre auf das freie Feld neben dem Privatflughafen in New Jersey. *Auf Wiedersehen, auf Wiedersehen, auf Wiedersehen!* Ich lehne meinen Kopf an die Kopfstütze zurück und schließe die Augen.

„Hi", sagt eine vertraute tiefe Stimme und lässt sich auf dem Sitz neben mir nieder.

Ich reiße meine Augen auf. „Brendan! Was machst du hier?"

„Wonach sieht es aus?"

Ich starre ihn an. „Fliegst du nach Villroy?"

Er legt seinen Sicherheitsgurt an. „Ja. Für eine Woche. Schnall dich an."

Ich gehorche, meine Gedanken vollkommen aus dem Takt. *Was bedeutet das?*

Der Flugbegleiter begrüßt ihn und teilt uns mit, dass wir in Kürze abfliegen.

Ich kann die Teile nicht zusammenfügen, so wie der gestrige Abend geendet hat. Ich dachte, er hasst mich. Es hilft nicht, dass ich unter Schlafmangel leide. „Bren, warum fliegst du nach Villroy?"

Er streckt seine Beine aus und schlägt die Knöchel übereinander. „Ich bin ein Prinz. Der Palast ist mein natürlicher Lebensraum."

„*Natürlicher Lebensraum*", wiederhole ich.

„Mmm-hmm."

Ich blicke geradeaus und blinzele ein paarmal. Schließlich frage ich: „Sind wir wieder Freunde?"

Er wirft mir einen Seitenblick zu. „Wir werden reden, wenn wir unsere Reiseflughöhe erreicht haben. Ich will sicher sein, dass du nirgendwohin gehst."

Ich schlucke. Warum denkt er, dass ich fliehen könnte? Was wird er mir sagen, was mich dazu bringen könnte zu fliehen? Weiß er nicht, dass ich hier kaum an einem Faden hänge?

„Du siehst müde aus", sagt er.

„Ich habe letzte Nacht nicht viel geschlafen. Oder die Nacht zuvor."

„Dann ruh deine Augen ein bisschen aus."

Ich starre ihn an. „Ich glaube nicht, dass das geht. Ich stehe zu sehr unter Schock."

Er lehnt den Kopf zurück und schließt die Augen. „Schock und Staunen. Ja. Ich habe diese Wirkung auf die Menschen."

Mein Kopf tut weh, ich versuche zu ergründen, was er vorhat, und dann rollt der Jet über die Startbahn, und das weiße Rauschen macht mich schläfrig.

Ich wache beim Ping auf, das signalisiert, dass wir uns abschnallen können. Ich löse meinen Gurt und wende mich Brendan zu, nach meinem Nickerchen ein bisschen wacher. „Also gut, rede. Was ist los? Warum bist du hier? Was hast du diese Woche auf Villroy vor? Sind wir Freunde oder nicht?"

„Ich bin hier, weil ich beschlossen habe, dass wir weiterhin beste Freunde bleiben, wie du es wolltest." Er streicht eine Haarsträhne hinter mein Ohr und kommt näher, sein Atem heiß über meinen Lippen. „Ich werde dein bester Freund und dein Liebhaber sein." Er küsst mich und zieht sich dann zurück, seine Augen auf meine gerichtet.

Meine Lippen öffnen sich, für einen Moment gefesselt, und dann runzele ich die Stirn. „Das ist kein Ding! Bester Freund und Liebhaber. Du kannst nicht beides sein."

„Chloe, man nennt das Ehemann."

Mir bleibt der Mund offen stehen, mein Herz pocht. Meine Gedanken schießen zurück zu Michael, der mir erst letztes Jahr einen Antrag gemacht hat, doch dieses Mal ist es anders. Anstatt dass sich alles in mir bei dem Gedanken zurückzieht, sehne ich mich danach, ja sagen zu können. Aber ich kann nicht. Er wird unglücklich an mich gebunden sein. Ich werde ihm nicht geben können, was er verdient. Er wird zu viel verlieren.

Meine Kehle ist vor Emotionen zugeschnürt. „Das meinst du nicht. Nimm es zurück."

Er sieht mich an. „Das hier –" er gestikuliert zwischen uns „ – das ist Liebe. Ich spüre es, und ich weiß, dass du es auch spürst. Es ist vielleicht nicht das perfekte Timing, aber…" Er zuckt die Achseln. „Es ist das einzig Wahre."

Meine Welt kippt unter mir. „Plötzlich bist du der Beziehungsexperte."

Er lehnt sich zu mir vor. „Es hat sich den ganzen Sommer über aufgebaut. Warum bin ich dein bester Freund?"

Ich betrachte seine warmen Augen, sein schönes Gesicht, das immer zu einem Lächeln bereit ist, seine solide Stärke. „Weil ich es kaum erwarten kann, dir alles zu erzählen, was ich am Tag erlebt habe, und alles zu teilen, was ich für die Zukunft plane und träume. Und ich liebe es, auch alles von dir zu hören."

Er streicht mein Haar aus dem Gesicht und legt die Hand an meine Wange. „Und ich höre es gern und erzähle dir gern von meinem Tag. Ich freue mich darauf, mit dir zu Abend zu essen und zusammen zu reden und einfach nur fernzusehen und den Fernseher anzuschreien. Wir sind sehr kompatibel."

„Ich dachte, wir wären Gegensätze." Er ist der Witzige. Ich bin es nicht.

Er verzieht die Lippen zu einem schiefen Lächeln. „Vielleicht hast du einen kleinen Teufel in dir, und ich habe einen ernsthaften kleinen Studenten in mir."

„Was studierst du?"

Er küsst mich. „Dich. Jedes kleine Detail archiviere ich, jeden Ausdruck, jede Emotion. Ich sauge es in mir auf. Du bist mein Lieblingsmensch auf der Welt geworden."

Eine Welle der Zuneigung durchströmt mich, meine Brust wird warm. Das bedeutet viel, weil er so viele wunderbare Menschen in seinem Leben hat. „Du bist auch mein Lieblingsmensch."

„Danke!"

„Aber die Konkurrenz ist nicht groß. Ich habe nur meine Schwester, meine Mitbewohnerin und meine Lerngruppe."

Er zieht mich auf seinen Schoß und schlingt seine Arme um mich. Ich weiß, ich sollte es nicht zulassen, doch es fühlt sich so gut an, wieder in seinen Armen zu sein. Außerdem, wohin sollte ich gehen? Wir sind in einem Jet Tausende von Metern in der Luft. Kluger Mann, darauf zu warten, bis wir fliegen. Jetzt muss ich hier bleiben, dicht neben ihm.

Er bewegt sich, um mir in die Augen zu sehen, seine Stimme leise. „Dieser Sommer mit dir war die längste Zeit, die ich je mit einer Frau zusammen gewesen bin, bevor wir Sex hatten. Wir haben hier etwas aufgebaut, das weit über das Körperliche hinausgeht. Verstehst du? Diese Liebe geht nirgendwo hin."

Mein Atem stockt, eine kleine Hoffnungsblase steigt in mir auf. Trotzdem wird es nicht leicht werden. „Du musst verstehen, was du dir da einhandelst. Ich muss mich auf mein Studium konzentrieren. Ich muss in die Forschung gehen. Es ist alles, was ich jemals wollte, um auf bedeutsame Weise der Welt etwas zurückzugeben."

„Das wirst du. Das will ich für dich."

Ich mache mir Sorgen um meine Unterlippe, fast habe ich Angst, den nächsten Teil zu sagen. „Und wenn ich zum Medizinstudium weg muss? Mein Traum ist Harvard."

Er betrachtet mich einen langen Moment, bevor er mich fest an sich drückt. „Dann komme ich mit."

Ich schiebe seine Arme weg und lehne mich in meinem Sitz zurück. „Was?"

„Ich komme mit", sagt er laut und deutlich. Ich kann meinen Ohren immer noch nicht trauen.

„Um was zu tun?"

„Ich suche mir einen neuen Job."

Mein Verstand kommt ins Schleudern. „Du kannst deine Familie nicht für mich aufgeben!"

„Ich gebe sie nicht auf. Ich folge meinem Herzen. Du bist mein Herz, Chloe."

Ich hebe eine Hand und weigere mich, der Grund dafür zu sein, dass er alles verliert. „Das ergibt keinen Sinn."

Er legt seine Hand auf meine.

Meine Stimme erstickt, meine Augen sind heiß. „Du ergibst keinen Sinn." Und dann fließen Tränen über meine Wangen. Ich weine. Ich weine nie. Ich wische irritiert die Tränen weg.

Sein Arm legt sich um meine Schultern und zieht mich an seine Seite. „Sag mir, warum du weinst. Du, die Frau, die niemals weint."

Die Tränen kommen einfach weiter und laufen mir über die Wangen. Ich bin wütend und verwirrt und habe das Gefühl, keine Kontrolle zu haben. „Ich kann der Liebe nicht trauen! Es ist ein Cocktail aus Chemikalien, der mit der Zeit schwächer wird."

Er wischt meine Tränen mit seinem Daumen weg. „Das

hat dich zum Weinen gebracht? Weil du Angst hast zu lieben?"

Ich schniefe. „Ich habe nicht gesagt, dass ich Angst habe." *Habe ich Angst?* „Ich habe gesagt, ich vertraue ihr nicht."

Er winkt dem Flugbegleiter Henry zu, der mit einer Packung Papiertaschentücher herbeieilt. Mir fällt ein, dass sie Brendan erwartet haben müssen, und vielleicht hat er ihnen auch den Grund erklärt. So schnell Henry gekommen ist, verschwindet er wieder im hinteren Teil des Jets und schließt den Vorhang hinter sich.

Ich umklammere die Taschentuchpackung, Tränen fließen immer noch, mein Halt zur Realität rutscht ab. Nichts ergibt einen Sinn. Ich sitze in einem Privatjet, führe ein sehr privates Gespräch mit einem diskreten Zeugen in der Nähe, und der Mann, von dem ich dachte, dass ich ihn nie wiedersehen würde, verspricht, niemals zu gehen.

Brendan nimmt ein Taschentuch, reicht es mir und nimmt mir die Packung aus der Hand. Ich putze mir die Nase und versuche, die Schleusen zu schließen. Jetzt, wo der Damm gebrochen ist, scheint es unmöglich.

„Chloe."

Ich sehe ihn mit nassen Augen an. „Was?"

„So wird es ablaufen. Teil eins des Plans, nach Villroy gehst du wieder aufs College. Wir treffen uns an den Wochenenden."

„Was, wenn ich lernen muss?" Meine Stimme ist zittrig.

Er schenkt mir ein sanftes Lächeln, wodurch eine neue Flut von Tränen aus meinen brennenden Augen strömt. „Dann treffe ich dich, wenn du mit dem Lernen fertig bist, oder vielleicht helfe ich dir beim Lernen, indem ich dich abfrage. Du wirst deinen Abschluss machen, und ich werde da sein und dich auf jedem Schritt des Weges anfeuern. Gut soweit?"

Ich nicke und deute auf die Taschentuchpackung. Er gibt mir eines.

Er fährt fort. „Teil zwei, du studierst Medizin. Ich werde auch da sein. Im dritten Teil wirst du Forscherin und findest ein Heilmittel gegen Krebs. Und irgendwo zwischen Teil eins und Teil drei wirst du mich heiraten."

Ich starre ihn ausdruckslos an, blinzele die Tränen weg und versuche, mich auf sein Gesicht zu konzentrieren. Er ist absolut aufrichtig. Ich hätte nie gedacht, dass er bereit sein würde, mir mehr als die halbe Strecke entgegenzukommen. Es ist zu schön, um wahr zu sein.

„Aber deine Familie –", beginne ich.

„Wird es verstehen." Er lächelt und gibt den Blick frei auf das Grübchen, das ich kenne und liebe. Ich streichle es durch seinen Bart, und er legt seine Hand auf meine und drückt sie. „Mein Vater hat aus Liebe ein Königreich aufgegeben, erinnerst du dich?"

Ich nicke und versuche zu verstehen, wie das funktionieren könnte, dass er nicht am Ende bereut, was er aufgibt. Ich würde ihn nie darum bitten, doch er hat es angeboten, und ich zweifle keine Minute an seiner Aufrichtigkeit.

„Bren, das ist ein schrecklich langfristiger Plan. Bist du sicher, dass du auf mich warten willst?"

Er streichelt meine Wange, sein Blick ist zärtlich. „Wenn ich dich heute heiraten würde, wäre ich ein Leben lang bei dir. Wenn ich dich nach dem Medizinstudium heirate, bin ich immer noch ein Leben lang bei dir. Ich gehe nirgendwo hin, Chloe. Du bleibst bei mir."

Ich ersticke ein Schluchzen und gebe endlich meine größte Angst zu. „Jeder, der mir je nahegestanden hat, wurde weggerissen. Was, wenn du stirbst?"

„Dann werde ich in deiner Wohnung spuken."

Ich blicke finster drein. „Das ist nicht möglich. Geister gibt es nicht."

„Ich werde dich im Leben und im Tod lieben." Er nimmt meine Hand und legt sie auf sein Herz. „Unsere Liebe wird in unseren Herzen weiterleben."

„Aber bei meinen Eltern war das nicht so. Ich erinnere mich kaum an sie. Sara sagt, sie haben uns sehr geliebt, aber das ist nicht in meinem Herzen." Er wischt mir weitere Tränen aus dem Gesicht. „Ich habe ein Loch in meinem Herzen, das nie gefüllt werden kann."

„Sara liebt dich sehr. Sie hat dir auch ihre Liebe geschenkt. Sie hat das, was deine Eltern ihr gegeben haben, an dich weitergegeben. Es gibt kein Loch in deinem Herzen, Baby. Du liebst mich, oder?"

Ich atmete zittrig aus. „Das tue ich. Ich hatte Angst, es zu sagen."

„Dann sag es jetzt."

„Ich liebe dich." Ruhe legt sich plötzlich über mich. Ich bin nicht vom Blitz getroffen worden, weil ich es wage zu lieben. Das Flugzeug ist nicht plötzlich vom Himmel gefallen. Ich hatte Angst, wirklich zu lieben, weil mir diese Liebe genommen werden könnte.

Er senkt den Kopf, seine Stimme seidig in meinem Ohr. „Ich liebe dich auch." Er sieht mich mit tiefer Liebe in den Augen an. Ich wusste die ganze Zeit, dass sie da war, hatte aber Angst, zu vertrauen. Jetzt sauge ich sie auf und genieße sie.

„Bren, ich liebe dich, okay? Aber ich hatte einen Plan. Du warst nicht in diesem Plan."

Seine Augen glänzen verschmitzt, und er neigt den Kopf zur Seite. „Dann habe ich wohl Sand ins Getriebe gestreut."

„Ja!"

„Manchmal braucht man Sand. Sand ist gut." Er starrt mich an und zieht mich für einen Kuss an sich. „Nur nicht im Höschen."

Ich lege eine Hand auf seine Brust. „Sei ernst."

„Das bin ich." Er küsst mich wieder, diesmal aggressiver, lenkt mich ab, als er mich wieder auf seinen Schoß zieht. In dem Moment, in dem sich seine Arme um mich schließen, entspannt sich mein ganzer Körper. Das hier ist richtig. Ich kann es nicht leugnen, und ich fange an zu glauben, dass er wirklich auf lange Sicht dabei ist.

Ich seufze, als er sich bewegt, um meinen Hals zu küssen. „Habe ich gerade zugestimmt, dich zu heiraten?"

Er hebt den Kopf und grinst. „Ich glaube, das hast du."

Ich schlinge meine Arme um seinen Hals und küsse ihn leidenschaftlich. Das Feuer entzündet sich zwischen uns, es beruhigt meine Ängste wie nichts anderes, diese Verbindung. Er gehört für immer mir.

Viel später hebt er mit lodernden Augen den Kopf. „Schade, dass es im Jet kein Schlafzimmer gibt."

Ich lächle. „Du kannst bis Villroy warten."

Er streicht mit dem Daumen über meine Unterlippe. „Das ist Folter." Seine Stimme ist rau und kratzt an meinem Innersten.

Ich stoße einen zittrigen Seufzer aus und kuschle mich an seine Brust. Ich hebe meinen Kopf, als mir ein Gedanke kommt. „Was, wenn ich nicht ja gesagt hätte? Du wärst mit mir im Jet und würdest in Villroy festsitzen."

Er grinst mich selbstbewusst an. „Es wäre ein wenig angenehmer Besuch gewesen, oder? Aber ich wusste, dass du meinem Charme nicht widerstehen kannst."

Ich blicke ihm in die Augen, verloren in meinen Gefühlen für ihn. Er ist selbstbewusst genug für uns beide, und ich fange an, auf seine Zuversicht zu vertrauen.

Er knabbert an meiner Unterlippe und lutscht dann daran. „Du gehörst mir."

Lächelnd streiche ich mit meinen Fingern durch sein weiches Haar. „Warte. Du wirst dir Michael nicht auf Villroy vornehmen, oder?"

„Muss ich nicht. Es ist offensichtlich, dass du verrückt nach mir bist."

„Ganz schön eingebildet."

Er grinst. „Weil es stimmt."

„Heiraten wir wirklich?"

Er wird ernst. „Ich möchte, dass du zuerst dein Studium an der Columbia abschließt. Dein ganzer Fokus darauf, ohne Ablenkungen durch Hochzeitsplanerei und so weiter. Klingt gut?"

Meine Augen brennen, und ich presse meine Lippen fest zusammen und versuche verzweifelt, nicht wieder zu weinen. „Ja. Ich liebe dich so sehr."

Er umarmt mich und küsst mein Haar. „Ich wusste immer, dass du das tust."

18

Zehn Monate später ...

Brendan

Mein Herz fühlt sich an, als würde es aus meiner Brust platzen. Im wahrsten Sinne des Wortes. Ich bin so verdammt stolz auf meine Frau. Ich springe von meinem Sitz auf und klatsche in die Hände, als Chloe über die Bühne geht, um ihr Diplom entgegenzunehmen. Sie hat ihr Studium summa cum laude abgeschlossen – was nur die besten fünf Prozent der Studenten erreichen – mit einem Doppelstudium in Biologie und Chemie. Nachdem sie dem Dekan die Hand geschüttelt hat, lächelt sie und winkt uns im Publikum zu.

Sara filmt alles mit ihrem Handy wie eine stolze Mutter. Sie hat Chloe praktisch großgezogen, und dafür liebe ich sie. Mein Cousin Adrian hält den kleinen Henry und pfeift Chloe mit zwei Fingern im Mund zu. Er muss Henry jetzt, da er zwanzig Monate alt ist, festhalten; ansonsten würde er alles erkunden. Auch Chloes Mitbewohnerin Lindsey, mit der sie drei Jahre lang eine Wohnung geteilt hat, sitzt bei uns. Sie ist eine gute Freundin von Chloe. Sie stehen sich ziemlich nahe, wenn man bedenkt, wie viel Zeit Chloe mit Lernen verbringt.

Lindsey sagt, es wird schwer für sie sein, im Herbst ohne Chloe wieder ans College zurückzugehen. Sie macht erst im Mai nächsten Jahres ihren Abschluss.

Ich beobachte, wie Chloe in der Menge hellblauer Hüte und Roben wieder Platz nimmt. Ein strahlendes Lächeln breitet sich auf meinem Gesicht aus, meine Augen brennen. Ich schwöre, sie ist ein Genie, obwohl sie darauf besteht, dass sie nur ein harter Arbeiter ist. Wie viele Leute können schaffen, was sie geschafft hat? Abschluss mit höchster Auszeichnung in einem Doppelstudiengang in nur drei Jahren an einer erstklassigen Universität. Es ist bemerkenswert, *sie* ist bemerkenswert. Ich hoffe, unsere Kinder schlagen nach ihr. Bis dahin ist es aber noch eine Weile hin. Sie hat Zeit. Sie ist jetzt einundzwanzig und hat eine neue Herausforderung vor sich – die Harvard Medical School. Ja. Sie hat den Studienplatz bekommen. Ich hätte fast mit ihr geweint, als sie die Nachricht bekommen hat. Okay, ich *habe* mit ihr geweint. Ein bisschen. Emotionen sind so ansteckend.

Ich tausche mit Sara ein wässriges Lächeln aus. „Unser Mädchen ist ein verdammtes Genie", flüstere ich ihr zu.

Sara strahlt. „Ich weiß! Ich bin so stolz auf sie."

Der Rest der Zeremonie zieht sich in die Länge. Ich will unbedingt zu Chloe, um ihr zu gratulieren. Dieses letzte Semester war nicht so schlecht, was unsere gemeinsame Zeit anging. Wir haben ausgemacht, dass ich sie am Samstagabend abhole, nachdem sie mit dem Lernen fertig ist, und dass sie mit zu mir kommt, um über Nacht zu bleiben. Den Sonntag verbringen wir den ganzen Tag zusammen. Das ist ihr freier Tag. Ein paarmal musste sie ein bisschen lernen, wenn es nötig war, aber ich habe natürlich Verständnis dafür gehabt. Es macht mir nichts aus, solange wir zusammen sind. Beast war so nett, uns an den Wochenenden allein zu lassen. Er hat dann in der Regel bei Sean und Josie übernachtet, die ein Gästezimmer haben.

Ich ziehe mit ihr nach Massachusetts. Es ist ein süßer Deal, da wir im erschwinglichen Studentenwohnheim wohnen können. Wir werden eine Wohnung in der Nähe des Campus haben. Was meinen Job angeht, nun, es war schwer, meinen Brüdern die Nachricht zu überbringen, dass ich gehen würde. Ich bin der Einzige, der jemals ganz ausgestiegen ist. Dylan hat mir die Tür offen gelassen, damit ich zurückkommen kann, falls Chloe und ich uns nach ihrem Studium in New York niederlassen. Für die nahe Zukunft starte ich meine eigene Firma, die Häuser kauft, saniert und wieder verkauft. Ich bin begeistert, weil ich schon immer mein eigener Boss sein wollte, und das ist etwas, das ich buchstäblich überall machen kann. Es gibt immer ein heruntergekommenes Haus, das renoviert werden muss. Und dank der Zeit, die ich damit verbracht habe, Immobilien für Rourke Management zu scouten, weiß ich, woran man eine gute Investition erkennt.

Und ratet mal, wer meinen alten Job für mich übernimmt? Genau genommen sind es zwei Leute, mein Vater und meine Schwägerin Ariana. Es passt hervorragend zu ihnen, da mein Vater seine Maklerlizenz hat und Ariana früher für einen Bauträger gearbeitet hat. Sie arbeitet von zu Hause aus, sodass sie mit dem Baby flexibel ist. Also habe ich ein gutes Gefühl. Was ich in der Firma gemacht habe, bleibt weiter in den Händen der Familie.

Endlich kommt Chloe zu uns. Sie strahlt. „Ich hab's geschafft!"

Sara kommt zuerst zu ihr, umarmt sie und weint. „Und ob! Meine Schwester, das Genie. Ich bin so stolz auf dich!" Chloe umarmt sie und lächelt mich über die Schulter ihrer Schwester hinweg an.

In dem Moment, in dem Sara sie loslässt, ziehe ich Chloe in meine Arme. „Herzlichen Glückwunsch, meine Absolventin. Ich bin so stolz auf dich." Ich nehme ihr Gesicht in meine Hände und küsse sie. „Ich komme aus dem Staunen nicht raus."

Sie ergreift meine Wangen und streichelt meinen Bart.

„Danke, Bren. Und danke, dass du dieses Jahr so geduldig mit mir warst."

„Das war es wert."

Dann gratulieren Adrian und Lindsey ihr, und Chloe küsst Henrys pausbäckige Wange und staunt, wie groß er geworden ist.

Wir schließen uns der Menge an, die zu den Ausgängen strömt. Adrian hat eine Limousine arrangiert, die uns zu einem feierlichen Mittagessen in ein schickes italienisches Restaurant bringt. Der Laden war meine Wahl, weil sie großartige Tortellini haben und ich Chloe an unser erstes „Date" erinnern will, bei dem wir zusammen Tortellini gemacht und gleichzeitig versucht haben, einander zu widerstehen. Ich wusste immer, dass das ein aussichtsloser Kampf war. Ha! Es hat sich dermaßen gelohnt, einen Monat der Folter zu ertragen, um sie besser kennenzulernen. Sie hat sich in meinem Herz eingenistet. Im Restaurant habe ich auch noch etwas Besonderes für Chloe geplant.

Chloe

Wir sitzen zu sechst an einem runden Tisch in einem stilvollen italienischen Restaurant zum Mittagessen nach der Diplomübergabe. Brendan, Sara, Adrian und Lindsey, Henry in einem Hochstuhl und ich. Ich sitze zwischen Brendan und Henry. Ich muss meinen Neffen genießen, solange ich kann. Ich liebe den kleinen Kerl.

„Ich bin so froh, dass ich die Mütze und die Robe ausziehen konnte", sage ich. „Da wurde es ziemlich heiß drunter."

„Du hat fantastisch ausgesehen", sagt Sara. „Wie eine Gelehrte."

Ich lächle. Es ist ein tolles Gefühl, nach drei Jahren harter Arbeit den Abschluss zu machen. Ich weiß, dass ich vier Jahre

Medizinstudium vor mir habe, was definitiv nicht leicht ist, aber zwischendurch habe ich eine Pause. Einzugstag in Harvard ist der 2. August. Diesen Sommer widme ich mich dem Vergnügen mit meinem besten Freund und Liebhaber, dem phänomenalen Brendan Rourke. Brendan und ich haben zusammen gelernt, unsere Beziehung zu meistern. Wir sind die erste Liebe des anderen, was ich ziemlich besonders finde.

Er hebt mein Kinn. „Du siehst mich schon wieder so anbetend an. Mach weiter." Er küsst mich und grinst.

Ich bin so verrückt nach ihm und lasse ihn so oft wissen, dass er sich was darauf einbildet. „Bescheiden wie immer."

„Jemand muss es sein, Miss Summa Cum Laude. Ich schwöre, ich rufe Mensa an, um dich testen zu lassen."

Ich schüttle lächelnd den Kopf. „Oh nein. Du weißt, dass ich mir den Arsch abarbeite. Es ist der Einsatz, der es im Endergebnis einfach aussehen lässt. Wenn ich wirklich ein Genie wäre, hätte ich bei den Abschlussprüfungen nicht so geschwitzt." Ich habe tatsächlich geschwitzt. Mein Gehirn arbeitet so hart, dass ich bei Prüfungen wie bei einem körperlichen Training schwitze.

Der Kellner kommt, um uns die Tagesgerichte anzubieten. Eines davon sind frisch zubereitete Tortellini!

Ich drehe mich zu Brendan um. „Tortellini! Die nehme ich auf jeden Fall. Erinnerst du dich, als wir welche gemacht haben? Es war so mühsam, aber es hat auch Spaß gemacht."

Er grinst und sieht sich am Tisch um. „Chloe und ich waren letzten Sommer einen Monat lang Pseudofreunde und haben zusammen Tortellini gemacht."

Alle lächeln uns an.

Ich neige den Kopf. „Warte, Pseudofreunde? Nein, wir waren echte Freunde."

Er wirft mir einen ausdruckslosen Blick zu. „Tu nicht so, als ob du nicht die ganze Zeit gegen die große Chemie angekämpft hättest."

„Erwischt!", kräht Lindsey. Ihr Haar ist kurz und hat

wieder sein natürliches Braun. Ich vermisse irgendwie das Lila, das sie eine Weile hatte. „Ich habe alles über den heißen Nachbarn gehört, den sie in der Freundeszone halten musste."

„Lindsey!", keuche ich. „Diese verzweifelten Nachrichten waren privat."

Wir lachen.

Kurze Zeit später genieße ich meine Tortellini. Brendan auch. „Was denkst du?", frage ich ihn. „Besser als unsere?" Ich mache Witze. Sie sind viel besser.

„Wenn man bedenkt, dass wir beide zum ersten Mal überhaupt ein richtiges Abendessen gekocht haben, würde ich sagen…" Er lacht. „Die hier sind viel besser. Ich glaube, wir haben unsere zu lange gekocht, die waren irgendwie labbrig. Und manche hatten kaum Fleischfüllung. Aber sie waren trotzdem fantastisch, weil wir sie zusammen gemacht haben."

Mein Herz drückt. Ich will ihn küssen, doch vor der Familie meiner Schwester und Lindsey will ich nicht ganz kitschig werden. Stattdessen lächle ich nur, wende mich Henry zu und biete ihm eine meiner Tortellini an. Er hat eine winzige Schale Makkaroni mit Käse, die er weitgehend ignoriert. Er kaut eifrig die Tortellini, schnaubt, beugt sich vor und macht das Zeichen für mehr. Sara hat ihm Babyzeichensprache beigebracht, weil er was das Reden angeht, ein Spätentwickler ist. Bisher sagt er nur Mama, Papa und nein.

Nachdem wir mit dem Essen fertig und die Teller abgeräumt sind, sagt Brendan zu mir: „Ich habe dir einen Kuchen besorgt."

„Im Ernst?" Ich reibe meinen vollen Bauch. „Du hättest es mir sagen sollen, damit ich Platz spare."

„Für Kuchen ist immer Platz."

Ich schüttle den Kopf. „Ich weiß nicht. Vielleicht esse ich nur einen Bissen von deinem."

Sara informiert mich über das Neueste über das Casino, das sie mit Adrian betreibt, was immer ein faszinierendes

Update ist. Sie organisiert viele coole Sachen wie Events und Spielveranstaltungen, um mehr Stammkunden zu gewinnen.

Brendan flüstert mir ins Ohr: „Schau."

Ich drehe mich gerade um, als ein Kellner einen runden Schokoladenkuchen mit einer riesigen Wunderkerze darauf auf den Tisch stellt. Aus der Wunderkerze zischen goldene Funken. So einen Kuchen habe ich noch nie gesehen. Für mich waren es normalerweise immer nur langweilige Kerzen.

„Wie cool!" Ich beobachte Henry, dessen Augen so groß wie Untertassen sind. Sein Mund steht weit offen. Er findet es auch cool. Ich beobachte die Reaktion der anderen am Tisch. Alle lächeln mich an. Ich lächle zurück. Lindsey zieht die Brauen hoch und nickt zu Brendan.

Ich drehe mich um, doch er ist nicht da. Und dann merke ich, dass sein Stuhl aus dem Weg geschoben wurde, weil er vor mir auf ein Knie gegangen ist und mir einen Diamantring entgegenhält.

Meine Hand fliegt zu meinem Mund, meine Augen tränen. Er hatte gesagt, dass er will, dass ich meinen Abschluss mache, bevor wir uns offiziell verloben. Ich wusste nur nicht, dass er den gleichen Tag meinte.

„Chloe, du bist meine Welt, mein Herz, meine ewige Liebe. Meine erste, meine letzte. Willst du meine Frau werden?"

Ich nicke, unfähig, über den Kloß in meiner Kehle ein Wort herauszubekommen. Er schiebt den Ring an meinen Finger, steht auf und zieht mich in seine Arme. Ich schlinge meine Arme um seine Taille und drücke ihn fest, während meine Tränen sein schönes Hemd durchnässen.

Er streichelt mein Haar. „Ich liebe dich."

Ich hebe den Kopf. „Ich dich auch!"

„Yay!", ruft Sara. „Herzlichen Glückwunsch! Ich war vorbereitet und habe einen Haufen Bilder vom Antrag gemacht. Komm, lass mich den Klunker sehen."

Ich lache und gehe zu ihr hinüber und zeige ihr einen

schlichten runden, goldgefassten Solitär. Es ist perfekt. „Dann wusstet ihr also alle, dass er mir einen Antrag machen würde?"

Sie lächelt und nickt. Adrian und Lindsey lächeln ebenfalls.

„Ich war so aufgeregt", sagt Lindsey. „Es war so schwer, es geheim zu halten."

Ich drehe mich zu Brendan um, der jetzt sitzt, während der Kellner zurückkommt, um den Kuchen aufzuschneiden. Brendan lächelt mich zärtlich an, seine Augen sanft. „Ich wollte, dass deine Familie dafür da ist." Er dreht sich zu Lindsey um. „Du bist ihre Schwester ehrenhalber, also musstest du auch dabei sein."

Lindsey strahlt mich an. Ich schenke ihr ein wässriges Lächeln und merke plötzlich, wie viel Glück ich hatte, in den letzten drei Jahren so eine wunderbare Mitbewohnerin zu haben. Sie hat sich immer Zeit genommen, um Spaß mit mir zu haben, obwohl sie auch eine Gruppe anderer Freunde hatte, mit denen sie ausgegangen ist. Ich gehe zu ihr und umarme sie. „Ich werde dich vermissen."

„Ich werde dich auch vermissen", schnieft sie und legt ihre Arme um mich. „Ohne meine Mitbewohnerin ist es nicht dasselbe."

Ich schniefe ebenfalls und wische noch mehr Tränen weg. „Wir bleiben in Kontakt. Ich bin sicher, du wirst ein großartiges Abschlussjahr haben." Wir reden noch ein paar Minuten, und dann gehe ich wieder an meinen Platz.

Brendan schiebt mir einen Bissen von seinem Kuchen in den Mund.

„Mmmh, der ist gut! Ich wünschte nur, ich hätte mehr Platz dafür."

„Ich hol dir ein Stückchen", sagt er.

Ich lächle ihn mit all der Liebe in meinem Herzen an und betrachte dann meine Familie. Mein Herz ist zum Bersten gefüllt. „Das ist der glücklichste Tag meines Lebens", presse ich über den Kloß in meiner Kehle heraus.

Sara hebt ihr Glas auf mich. „Auf viele mehr!"

Zum ersten Mal sehe ich die Zukunft nicht nur als lange Arbeit, sondern als strahlendes Abenteuer voller großartiger Zeiten. Es ist Liebe, die mein Herz für mehr Möglichkeiten geöffnet hat. Es ist Brendan, die Liebe meines Lebens.

„Hört, hört", sagt Adrian, hebt sein Glas und stößt mit Saras an. Dann stoßen alle um den Tisch herum an.

Ich seufze glücklich. Nach all meiner harten Arbeit, meinen Abschluss zu machen und mich mit der Liebe meines Lebens zu verloben – das ist der beste Tag aller Zeiten.

BRENDAN

Ich schiebe Chloe gegen die Wand, sobald ich sie allein bei mir zu Hause habe. Es ist mitten unter der Woche, also ist Beast noch bei der Arbeit. „Endlich habe ich dich ganz für mich allein." Ich küsse sie und hebe sie dann hoch, damit sie ihre Beine um mich schlingen kann. Sie klammert sich an meine Schultern, während ich den Kuss vertiefe.

Sie unterbricht den Kuss und sieht viel zu ernst aus. „So sehr ich es auch liebe, mit dir nackt zu sein, habe ich eine Frage."

Ich horche argwöhnisch auf. „Was?"

„Ich bin jederzeit gerne deine Frau, aber würde es dir etwas ausmachen, wenn wir auf die Kinder warten, bis ich meine AIPler-Zeit beendet habe?"

Ich bin so erleichtert, dass es nichts Schlimmes ist, und eine Welle der Energie durchströmt mich. Es ist pures Glück. „Absolut." Ich trage sie zu meinem Schlafzimmer, während sie an meiner Brust klebt. „In der Zwischenzeit werden wir uns amüsieren."

„Ich will keine große Hochzeit. Eigentlich sollten wir unser Geld sparen. Das Medizinstudium ist teuer."

Ich stelle sie neben das Bett und ziehe ihr blassgrünes Kleid hoch und über ihren Kopf. „So ist besser." Ich greife zum hinteren Haken ihres BHs. „Wie ist das? Wir heiraten in einer kleinen standesamtlichen Trauung, bevor das Medizinstudium beginnt, damit wir uns die Flitterwochen leisten können. Sagen wir, zwei Wochen auf Hawaii. Jack hat davon geschwärmt."

Sie schnappt nach Luft. „Hast du das auch schon geplant?"

Ich kann mir mein Lächeln nicht verkneifen. „Ja. Ich wollte nicht, dass du von all dem Zeug abgelenkt wirst, als du dich auf die Abschlussprüfungen vorbereitet hast."

„Bren! Woher wusstest du, dass mir das alles gefallen würde?"

Ich ziehe ihren BH aus, werfe ihn weg und ziehe ihr Höschen herunter. Dann bringe ich sie zum Bett. Sie quietscht und lacht dann.

Ich küsse sie. „Weil ich dich kenne."

Sie schüttelt den Kopf und sieht benommen aus. Meine Großartigkeit hat diese Wirkung auf sie. „Hast du die Flitterwochen schon gebucht?"

„Natürlich." Ich schmiege mich an ihren Hals und sauge ihr Ohrläppchen zwischen meine Zähne. „Anfang Juli standesamtliche Hochzeit, gefolgt von einem Honeymoon auf Hawaii. Rechtzeitig zum Semesterbeginn sind wir wieder da."

Sie schlägt mir auf die Schulter. „Ich fass es nicht! Das ist perfekt!"

Ich lache. „Ich weiß!"

Ich steige gerade lange genug von ihr herunter, um mich auszuziehen und ein Kondom zu nehmen. Ich kehre zu ihr zurück, verflechte unsere Finger und pinne ihre Hände auf die Matratze. Ihre Lippen öffnen sich, ihre Augen glänzen vor Glück. Alles meinetwegen.

„Du warst dir verdammt sicher", sagt sie.

„Ich kenne meine Frau."

„Das tust du. Ich muss auch was Cooles für dich planen."

„Du, Chloe, du bist das Einzige, was ich brauche."

Sie befreit ihre Hände aus meinen, packt meinen Po und zieht mich zu sich. Ich folge ihrem Wink und gleite tief in sie hinein. Unsere Blicke begegnen sich, und mir wird bewusst, dass wir das erste Mal als verlobtes Paar Liebe machen.

„Du siehst mich ganz schnulzig an", beschuldigt sie mich. „Hör auf, sonst bringst du mich noch zum Weinen."

„Kann nicht anders." Ich beuge mich zu ihr hinunter und knabbere an ihrem Hals. „Ich liebe dich so verdammt sehr."

Diesmal ist es anders, weniger dringlich, aber ach-so-befriedigend. Unsere Atemzüge vermischen sich, und wir verbinden uns auf einer tiefen Ebene, die jenseits von Worten liegt, jenseits des Körperlichen. Es ist das absolute Glück der wahren Liebe.

Bei mir ist es endlich passiert. Das Warten hat sich gelohnt.

EPILOG

Chloe

Es ist das Labor Day-Wochenende, Anfang September, und ich habe zum ersten Mal seit einem Monat ein paar Tage frei. Es tut gut, wegzukommen. Nicht, dass ich es nicht liebe, aber es ist eine Menge harte Arbeit. Ich habe gelernt, meine Auszeiten zu schätzen. Brendan und ich sind auf dem Weg nach New York, um uns mit seiner Familie in einem Haus am See zu treffen, das sie gemietet haben.

„Schreib Jack, dass wir in der Nähe sind", sagt Brendan, als er in den Lakeshore Drive einbiegt.

Ich schicke eine kurze SMS (alle Mitglieder meiner neuen Familie sind jetzt in meinem Handy gespeichert), bevor ich aus dem Fenster blicke und die niedlichen Cottages und größeren Häuser oben auf dem Hügel mit Blick auf einen hübschen See mit ein paar Leuten in Ruderbooten und Kanus betrachte.

„Es ist schön", sage ich. „Warst du schonmal hier?"

„Ja. Jack und Riley haben sich hier in einem Haus am See verlobt, und sie mieten jetzt immer zum Labor Day eins für eine Familienfeier, um daran zu erinnern. Jetzt, wo unsere Familie gewachsen ist, haben sie ein größeres Haus gemietet."

Er zeigt geradeaus. „Es ist das zweistöckige weiße Haus da oben."

„Oh, schau dir die Terrasse mit Blick auf den See an. Das ist so hübsch! Ich frage mich, warum niemand da draußen sitzt."

„Wahrscheinlich gerade alle beim Essen. Ein Freund von Jack hat ein Restaurant in Brooklyn und bewirtet sie jedes Jahr."

„Wow."

Er lacht und drückt meine Hand. „Ja."

„Bist du hier schonmal angeln gegangen?"

„Nein."

„Ich auch nicht. Vielleicht könnten wir es versuchen, während wir hier sind."

Er fährt in die Auffahrt und stellt den Motor ab. „Was immer du willst. Jack sagt, es gibt hauptsächlich Barsch und Forelle."

„Keine Ahnung, wie die aussehen, aber ich denke, wir werden es herausfinden." Ich steige aus und treffe ihn am Kofferraum, aus dem wir einen Koffer und ein Sixpack Bier holen. Ich nehme das Bier.

Brendan holt den Rollenkoffer hervor, schlägt den Kofferraum zu und nimmt mir den Sixpack ab. Er bedeutete mir mit dem Kinn, dass ich vorgehen soll.

„Bren, jetzt habe ich nichts in den Händen."

„Lächle einfach dein schönstes Lächeln. Auf, auf. Jack sagt, dass er die Terrassentür offen gelassen hat und wir hochkommen sollen."

Ich erklimme die Stufen zur Terrasse und warte an der großen Glaswand auf Brendan, der hineinspäht. „Alles ist mit Herzballons, Blumen und weißen Luftschlangen verziert."

„Hm. Klingt, als würden sie etwas feiern."

Ich werfe ihm über meine Schulter einen misstrauischen Blick zu. Er klingt eine Spur zu lässig.

Er grinst, seine blauen Augen tanzen amüsiert. „Kannst du mir bitte die Tür aufmachen? Ich hab die Hände voll."

„Ist das ein Hinterhalt?"

Er wackelt mit den Brauen. „Du meinst, die ganze Familie greift an? Hört sich richtig an."

Ich lache. Ich bin albern. Ich öffne die gläserne Terrassentür und halte sie für Brendan auf. Alle hören auf zu reden, um uns anzustarren.

„Sie sind hier", flüstert jemand laut.

„Ich dachte, er würde Jack schreiben, wenn sie noch fünf Minuten entfernt sind", flüstert jemand anderes.

„Shit. Mein Handy hängt am Ladegerät."

Ich wende mich Brendan zu, der amüsiert dreinblickt, dann die Brauen hochzieht und seiner Familie zunickt mit einer Geste, die sagt *auf geht's*.

„Herzlichen Glückwunsch!", schreien alle.

Und dann bricht die Horde über uns herein. Mein Schwiegervater überreicht mir einen Strauß roter Rosen, meine Schwägerin Josie legt mir einen Brautschleier um, und meine Schwiegermutter schenkt mir ein blaues Strumpfband, das Brendan mir überzieht, während ich immer noch völlig geschockt dastehe. Jemand ist mit unserem Koffer und dem Bier verschwunden.

Ich blinzle verwirrt. „Warum trage ich einen Schleier und ein Strumpfband? Wir haben vor zwei Monaten geheiratet."

Brendan flüstert mir ins Ohr: „Sie wollten hier mit uns feiern, da wir nur die kleine standesamtliche Hochzeit hatten. Und die meisten haben sie verpasst."

Ich drehe mich voller Staunen zu meiner neuen Familie um, weil sie das alles für uns organisiert hatten. Eine Party für etwas, das sie verpasst haben. „Wir wollten niemanden von unserer Hochzeit ausschließen. Wir wollten nur Geld sparen wegen der Uni und der Flitterwochen. Oh, jetzt habe ich so ein schlechtes Gewissen, dass ihr es alle verpasst habt."

„Lass es uns nachspielen", sagt Brendan und zieht sein T-Shirt aus.

Ich starre meinen Mann ohne Hemd an. „Was machst du?"

Er fängt ein weiteres T-Shirt auf, das Jack ihm gerade zugeworfen hat, und zieht es an. Es ist eines dieser Shirts, auf denen vorne ein falscher Smoking aufgedruckt ist. Es ist absolut lächerlich und so lustig. Ich kichere und kann dann nicht aufhören zu lachen.

„Ich bin deine Brautjungfer!", sagt eine vertraute weibliche Stimme.

Mein Kopf wirbelt herum. „Sara! Oh mein Gott, ich wusste nicht, dass du hier bist!" Meine Augen füllen sich mit Tränen, und ich beeile mich, meine Schwester zu umarmen.

Sie zieht sich zurück und rückt lächelnd meinen Schleier auf ihre mütterliche Art zurecht. „Ich wollte mit dir den zweiten Teil eurer Hochzeit feiern."

„Danke!" Ich umarme ihren Ehemann Adrian, der neben ihr auftaucht. „Und danke, dass du geholfen hast, das zu arrangieren." Ich weiß, dass er derjenige ist, der hinter den Kulissen alles mit dem Privatjet arrangiert, ganz zu schweigen davon, dass Angestellte für ihn und Sara während ihrer Abwesenheit im Casino einspringen müssen.

„Du bist Familie, Chloe", sagt Adrian. „Alles für die Familie."

Ich wische mir die Tränen ab, völlig fassungslos. Ich stoße den Finger in Brendans Brust. „Du hättest mich warnen sollen. Jetzt sind die Dämme wieder gebrochen."

Er nimmt meine Hand. „So macht es mehr Spaß."

„Hast du mir deshalb gesagt, ich soll mein weißes Sommerkleid tragen?"

„Ja, und deshalb habe ich dir auch das weiße Sommerkleid gekauft." Er zwinkert. „Außerdem siehst du verdammt sexy darin aus."

Ich lache und schaue mich um. „Wartet, wo ist Henry?"

Mein Neffe ist jetzt dreiundzwanzig Monate alt. Ich kann es kaum erwarten zu sehen, wie groß er geworden ist.

Sara lächelt. „Er ist euer Ringträger und Olivia ist das Blumenmädchen. Ariana macht sie gerade drüben hinter der Insel fertig." Es gibt eine Insel, die das Wohnzimmer von der Küche trennt. Olivia ist die entzückende kleine Tochter von Dylan und Ariana.

Henrys Stimme ertönt. „Mama!"

„Wir fangen besser an", sagt Sara. „Alle in Position!"

Das Wohnzimmer ist groß, und sie haben scheinbar die Möbel weggeräumt, nur ein paar Stühle stehen an einer Wand rechts von mir. Ich schaue nach links, und da ist ein Bogen aus rosa Blumen. Ich keuche. Wie ist mir der nicht schon früher aufgefallen?

Josie meldet sich mit ihrer lauten Theaterstimme zu Wort. „Gefällt es dir? Der Bogen ist von meiner Valentinstags-Hochzeit. Nur dass wir noch mehr Pink in der Deko hatten."

„Er ist wunderschön", sage ich ihr. „Danke, dass du ihn mit uns teilst!"

Strahlend stürzt sie auf mich zu. „Kein Problem. Es funktioniert gut für eine Indoor-Hochzeit mit den Seidenblumen." Sie küsst meine Wange. „Ich bin so aufgeregt, dass wir jetzt bei eurer Hochzeit dabei sein dürfen."

Adrian rollt einen roten Teppich aus, und Garrett hilft ihm dabei. Ich muss einen Gang hinuntergehen. Nicht zu glauben.

Dann nehmen alle ihre Plätze ein. Das ist so verrückt. Eine Braut, die schon verheiratet ist! Brendan steht am Blumenbogen und wartet mit meinem Schwiegervater als demjenigen, der die Trauung vollzieht, auf mich. Garrett ist der beste Mann. Sara schiebt Olivia und Henry am anderen Ende des roten Teppichs in Position. Olivia ist jetzt neunzehn Monate alt. Sie werden so schnell groß!

Prozessionsmusik beginnt aus einem Lautsprecher auf der Insel zu spielen. Ich folge Sara, Olivia und Henry. Ich kann nicht aufhören zu lächeln, als ich alle ansehe. Unsere Familie hat sich zu beiden Seiten des roten Teppichs versammelt. So lange dachte ich, dass Sara meine einzige Familie ist, und jetzt sieh sich das einer an! So viele Menschen, die mich lieben und die ich von ganzem Herzen liebe.

Adrian taucht an meiner Seite auf. „Würdest du mir die Ehre erweisen, dich von mir zum Altar führen zu lassen?"

Ich schenke ihm ein wässriges Lächeln und nicke. „Das wäre schön." Adrian kennt mich schon mein ganzes Leben, seit meiner Kindheit, als ich mit meiner Familie die Sommer auf Villroy verbracht habe. Er hat mich in seine Familie aufgenommen, und das habe ich bis jetzt nicht ganz begriffen. Ich schlucke den Kloß in meinem Hals herunter. Ich habe Familie auf zwei Kontinenten. Wie kommt es, dass ich so viel Glück habe?

Henry klatscht gegen mein Bein und umarmt mich. Ich gehe in die Hocke und umarme ihn. „Ich habe gehört, du hast einen wichtigen Job, großer Junge! Du wirst Onkel Brendan das hübsche Kissen und den Ring geben." Es ist ein riesiger Bonbonring mit roten „Juwelen". Zum Glück war er in Plastik gewickelt, sonst hätte Henry vielleicht versucht, ihn zu essen. Ich zeige ihm die richtige Richtung. „Geh einfach nur geradeaus. Ich treffe dich dort."

Er macht zwei Schritte und eilt dann zurück zu seiner Mutter. Sara nimmt seine Hand und geht mit ihm den Gang entlang.

Olivia braucht keine Aufforderung. Sie trägt einen Korb mit Rosenblättern und ist für ein Kleinkind unglaublich anmutig, sie tanzt irgendwie den Gang entlang, streckt ihren kleinen Arm aus und wirft ein Blütenblatt, macht einen Wirbel, macht ein paar Schritte und wirft das nächste Blütenblatt und so weiter.

„Genau wie ihre Mutter", sagt Dylan stolz. „Kleine Ballerina."

Ariana zuckt mit den Schultern. „Das habe ich ihr nicht beigebracht."

Alle machen oh und aah über die entzückenden Kinder.

Die Musik wechselt zum Hochzeitsmarsch, und plötzlich fühlt sich alles echt an. Ich hatte weder einen Hochzeitsmarsch noch eine Prozession für meine Hochzeit auf dem Standesamt. Oh, ich bin so froh, dass ich jetzt diese Gelegenheit bekomme!

Adrian bietet mir seinen Arm an, und ich nehme ihn.

Und dann gehe ich den Gang hinunter zu meinem Mann, bereit, ihn zum zweiten Mal zu heiraten.

BRENDAN

Na ja, wenn sie es nicht schon wusste, tut sie es jetzt – meine Familie ist nicht ganz bei Trost. Sie habe verstanden, dass wir nur standesamtlich heiraten wollten, konnten aber einfach nicht anders, als eine zweite Hochzeit zu zelebrieren. Da Chloe so begeistert war, erkläre ich den heutigen Abend zum zweiten Teil unserer Hochzeitsnacht. Sie war in der ersten Nacht eine Wildkatze.

Ich grinse, als sie mir ein bisschen Zuckerguss aus meinem Mundwinkel wischt. Alle essen Hochzeitstorte und trinken Champagner. Jemand hat den Kleinkindern Zucker gegeben, und jetzt rasen sie wie aufgedreht im Zimmer herum.

Chloe spießt eine weitere Gabel voll Kuchen auf. „Das war so großartig, dass ich denke, wir sollten es wieder tun. Weißt du, eine Erneuerung des Ehegelübdes an einem coolen Jubiläum, zum Beispiel zu unserem Fünfundzwanzigsten oder so."

„Oder wie wäre es mit einer Strandzeremonie zum zehnjährigen Jubiläum auf Hawaii?"

Ihre Augen weiten sich. „Ich liebe diese Idee. Du bist großartig in diesem Planungszeug. Du bist offiziell dafür verantwortlich, coole Ferien und alle zukünftigen Erneuerungen unseres Ehegelübdes zu planen."

Ich küsse ihre Wange. Es ist keine *so* große Ehre. Planen macht ihr keinen Spaß, sie konzentriert sich ganz auf ihr Studium. Und auf mich natürlich. Sie ist mit jedem Tag nur liebevoller und liebevoller geworden. Es war, als müsste sie lernen, darauf zu vertrauen, dass ich wirklich bei ihr bleiben würde, wie ich es gesagt habe. Ich verstehe es. Der Verlust beider Eltern in so jungen Jahren kann zu ernsthaften Verlustängsten führen. Es war hart für sie.

Dylan führt seine schwangere Frau an uns vorbei zur Terrassentür. Ariana wird nächsten Monat zwei Mädchen zur Welt bringen. Beide sagen, dass drei Kinder genug sind. Dylan wird in seinem Haus mit drei Töchtern und einer Frau zahlenmäßig unterlegen sein.

„Alles okay?", frage ich ihn.

Er lächelt. „Alles gut. Sie braucht nur einen kleinen Spaziergang. Da drin herrscht mit den Zwillingen Platznotstand."

„Nochmal herzlichen Glückwunsch, ihr zwei", sagt Ariana, hält ihren dicken Bauch und seufzt. „Ich bin so glücklich für euch."

Aus dem Augenwinkel erspähe ich lange dunkle Haare, die auf Ariana zulaufen. Ich fange meine Nichte ab, bevor sie ihre Mutter umwerfen kann. Ich drehe sie auf den Kopf. „Was glaubst du, wo du hingehst?"

Olivia lacht begeistert, als ich sie hochhebe, damit wir auf Augenhöhe sind.

„Vorsicht, Bren", sagt Dylan. „Sie hat gerade Kuchen gegessen."

Ich setze sie wieder ab, und sie greift nach Dylans Jeans, starrt mich mit ihren großen braunen Augen an und lächelt schüchtern. Sie ist eine Miniaturausgabe von Ariana. Dylan hebt seine Tochter hoch und klemmt sie in seine Armbeuge. Sie sieht vollkommen zufrieden aus, unbeeindruckt von der Position. Dann führt er Ariana hinaus. „Bis bald", sagt er über die Schulter.

Chloe dreht sich zu mir um. „Siehst du jemals deine Nichte und all deine schwangeren Schwägerinnen an und wünschtest, wir würden lieber früher als später Babys bekommen?"

„Nein. All diese Nichten und Neffen sind unsere Übung. Wie wenn man einen Welpen adoptiert, um sicherzustellen, dass du ein kleines Wesen am Leben erhalten kannst, bevor du ein Baby bekommst."

Sie lacht.

Ich lehne mich an ihr Ohr und flüstere: „Sieht so aus, als wäre hier was im Wasser, findest du nicht?" Ariana ist nicht die Einzige, die schwanger ist, sondern auch Jacks Frau Riley ist im siebten Monate, und wir haben heute erst herausgefunden, dass Connors Frau Becca im dritten Monat schwanger ist. Meine Eltern sind begeistert. Sie lieben es, Großeltern zu sein. Josie und Sean wollen noch warten. Sie ist jung, und ihre Schauspiel-karriere nimmt gerade an Fahrt auf. Sie hat eben eine neue Sitcom gestartet. Das Schöne ist, dass sie in New York drehen.

Chloe stößt meine Schulter an. „Es ist nicht das Wasser. Es liegt am Testosteron. All diese Männlichkeit."

„Ich glaube, es sind die Frauen. Sie können einem Rourke nicht widerstehen."

Sie lächelt mich an. „Ich bin jetzt eine Rourke, das heißt, du kannst mir nicht widerstehen."

„Und umgekehrt." Ich küsse sie zärtlich. Ich habe nicht darauf bestanden, doch sie hat meinen Namen angenommen. Sie sagte, sie hat es getan, damit unsere zukünftigen Kinder denselben Namen tragen wie wir. Familie ist ihr wichtig. Trotzdem kann ich nicht anders, als über ihre Bereitschaft zu staunen. Es ist eine solche Ehre. Eines Tages wird es heißen, dass Dr. Chloe Rourke das Heilmittel gegen Krebs entdeckt hat. Eine Rourke wird für etwas ganz Erstaunliches in die Geschichte eingehen. Meine Frau wird die Welt verbessern.

Wir essen unseren Kuchen auf und gehen mit unseren

Tellern in die Küche. Beast ist da und bückt sich gerade, um ein Bier aus dem Kühlschrank zu holen. Er richtet sich auf, öffnet den Deckel mit einem Flaschenöffner und bietet mir die Flasche an.

„Ich hab schon, danke", sage ich. „Und danke, dass du wieder als mein Trauzeuge eingesprungen bist." Er war als Trauzeuge bei unserer standesamtlichen Zeremonie dabei. Chloes Schwester Sara war die andere Trauzeugin. Meine Eltern waren auch da. Ich wusste, dass sie mir nie verziehen hätten, wenn sie das verpasst hätten.

Er trinkt einen Schluck von seinem Bier. „Du schuldest mir was."

„Klar, klar, wenn du heiratest, mache ich den Trauzeugen für dich. Hey, das heißt, ich kann auch deinen Junggesellen-abschied planen."

„Ja", sagt er und lehnt sich an die Theke. „Ich brauche nur noch die Braut dazu."

Chloe drückt seinen Arm. „Du bist ein echter Fang. Die richtige Frau wird schon kommen."

Er grunzt. „Die *Richtige*. Das ist jetzt der Knackpunkt."

Ich tätschele seine Schulter. „Du bist erst sechsundzwanzig. Entspann dich, geh aus und hab Spaß."

Chloe dreht sich zu mir um. „Du warst sechsundzwanzig, als wir uns kennengelernt haben."

„Ja, aber wir haben uns erst verlobt, als ich siebenund-zwanzig war. Und als wir geheiratet haben, war ich achtund-zwanzig."

„Gerade mal eine Woche."

Ich werfe ihr einen warnenden Blick zu. Beast ist empfind-lich. Sie macht ihm ein schlechtes Gewissen, weil er der einzige Single hier ist. Er hatte Freundinnen, aber nichts von Dauer.

Sie begreift, was ich meine, und dreht sich zu ihm um. „Beziehungen sind nicht so toll, wie alle immer behaupten."

„Hey!", protestiere ich. Sie musste mich nicht da reinziehen.

Er lacht und zieht seine Brauen hoch. „Ja, ok. Danke, Chloe!"

Chloe wirft mir einen Blick zu, der sagt, dass sie nur wollte, dass er sich besser fühlt.

„Ihr könnt ein ganzes Wörterbuch mit euren Blicken füllen", sagt Beast. „Wie eine eigene Sprache. Wirklich verrückt."

„Hey Leute!", trällert Josie, als sie hereinkommt und sich ein Glas Wasser holt. „*Living Gold* hat an den Aufnahmetagen ein Live-Studio-Publikum. Ihr solltet hinkommen. Eure Eltern haben es letzte Woche gesehen und gesagt, dass es ihnen Spaß gemacht hat." Das ist ihre neue Sitcom.

„Danke, aber wir fahren morgen zurück", sage ich. „Wir werden die Show sehen, sobald sie ausgestrahlt wird."

„Nehmt ihr jemals spät auf?", fragt Beast.

„Manchmal", sagt Josie. „Filmstart ist meistens irgendwo zwischen drei und sieben."

„Cool. Sag mir Bescheid, wenn ihr eine Woche mal spät anfangt, dann komme ich."

Josie strahlt. „Großartig! Es wird dir gefallen. Ich setze dich auf die Liste, dann bekommst du einen speziell reservierten Sitzplatz in der ersten Reihe. Ich muss dich jedoch warnen, dass die Filmarbeiten manchmal Stunden dauern können."

„Kein Problem. Schließlich lässt du mich mietfrei bei dir wohnen."

„Oh du!" Sie dreht sich zu uns um. „Er ist ein echter Housesitter für uns, wenn wir unterwegs sind, und weigert sich, sich von mir bezahlen zu lassen. Und er lässt uns immer was zum Abendessen im Kühlschrank, wenn wir zurückkommen." Sie drückt Beasts breite Schulter. „So ein Schatz."

Sie gratuliert uns noch einmal und macht sich auf die

Suche nach Sean, ihrem Mann. Er ist drüben beim Blumenbogen, unter dem sie vor fast zwei Jahren geheiratet haben.

Chloe, Beast und ich gehen auf die Terrasse, um die
Aussicht zu genießen. Jack ruft Beast ein paar Minuten später
zur Hilfe beim Grillen, und dann stehen nur ich und meine
Frau an der Brüstung und genießen den glitzernden See, der
von grünen Bäumen umgeben ist.

Ich lege einen Arm um ihre Schultern. „Denkst du, was
ich denke?"

Sie sieht zu mir auf, ein verschmitztes Lächeln umspielt
ihre Lippen. „Unsere Hochzeitsnacht nachstellen?"

Ich beuge sie für einen Kuss über meinen Arm, und sie
quietscht überrascht auf. Ich grinse und küsse sie, bevor ich
sie wieder aufrichte. „Ich wusste, dass es einen Grund gibt,
warum ich mich von dir in eine feste Beziehung habe locken
lassen. Du hast einen ähnlichen schmutzigen Verstand."

„Ich habe *dich* gelockt? Es war eher so, dass du geneckt
und mich in Versuchung geführt hast, bis ich keine andere
Wahl hatte, als nachzugeben, weil du so Hals über Kopf in
mich verliebt warst."

Ich schiebe sie vor mich und lege meine Arme von hinten
um ihre Taille. „Ach, jetzt schreiben wir die Geschichte neu?"

Sie entspannt sich gegen mich. „Problem ist …" Sie dreht
sich um, stellt sich auf die Zehenspitzen und flüstert mir ins
Ohr: „Ich habe die Handschellen nicht eingepackt." Sie
wendet sich sofort wieder der wichtigen Sache zu – Hochzeitsnacht, Teil zwei.

„Wie ist das?" Ich nehme ihre beiden Handgelenke in eine
Hand und ziehe sie über ihren Kopf. Dann küsse ich sie grob.

„Das funktioniert", sagt sie, als ich sie endlich Luft holen
lasse.

Ich halte sie fest im Griff und betrachte ihre geweiteten
Augen und geröteten Wangen. „Ich kann heute Nacht kaum
erwarten."

„Ich auch", sagt sie mit gehauchter Stimme.

„Was in aller Welt tust du da mit ihr, Brendan?", fragt meine Mutter.

Ich drehe mich um und sehe meine Eltern hinter uns auf der Terrasse stehen. Mein Vater zieht fragend eine Braue hoch. Chloes Wangen sind leuchtend rot. Ich schiebe sie an und wirble sie herum, während ich ihre Handgelenke weiter mit einer Hand halte. „Tanzen."

„Ausdruckstanz", sagt sie mit ernstem Gesicht. Bei uns ist das ein Insider-Witz geworden. Ich verschlucke mich fast, als ich versuche, mein Lachen zu unterdrücken.

Ich nehme ihre Hand und führe sie von der Terrasse, während ich meinen Eltern zuwinke.

Wir platzen beide fast und versuchen, das Lachen zu unterdrücken. Als wir in sicherer Entfernung sind, fragt sie: „Wie rot ist mein Gesicht?"

„Besser jetzt."

„Glaubst du, sie wissen es?"

„Nein." *Ja.* Ich bin sicher, sie wissen, was wir gemacht haben. „Jack sagt, dass eines der Ruderboote am Wasser für uns ist. Willst du auf den See rausrudern?"

„Okay."

Wir machen uns auf den Weg zum Ufer direkt hinter einem Wäldchen.

„Du ruderst. Ich lasse mich rudern", sagt sie.

„So funktioniert das nicht."

Sie streichelt meinen Bizeps. „Aber du bist derjenige mit den spektakulären Muskeln." Dann drückt sie mich gegen einen Baum, und ihr Mund klatscht auf meinen. Rohe Lust erwacht sofort in mir.

Sie zieht sich zurück und lächelt, ein süßes Engelslächeln. „Okay?"

„Sicher." Ich kann mich nicht einmal an die Frage erinnern.

Ein paar Minuten später sitzen wir im Ruderboot, angetrieben von meinen spektakulären Muskeln, während sie weiter vorne sitzt, mir gegenüber, und meine Muskeln bei der Arbeit bewundert. Ich warte, bis wir in der Mitte des Sees sind, bevor ich „Flutwelle" schreie und das Boot wild schaukele.

Sie packt die Seiten. „Ich schwöre, wenn dieses Boot kentert, gehst du mit."

„Vorsicht, ich habe gehört, dass diese Forellen einen kleinen Snack lieben."

„Das kriegst du zurück!", quietscht sie.

Ich halte an. „Sexy Revanche? Das ist die einzige Art, die sich lohnt."

Sie streckt mir den Finger entgegen. Ich stehe auf und mache einen vorsichtigen Schritt auf sie zu. Sie schaukelt das Boot, und ich fliege ins Wasser. *Teufelsweib!* Das Wasser ist erfrischend kühl. Allein kann ich es natürlich nicht genießen. Ich packe die Seite des Bootes und kippe sie heraus.

„Ah!", schreit sie.

Einen Moment später taucht sie auf und spritzt mir ins Gesicht. Dann schwimmt sie zum Boot. Ich helfe ihr hinein – sie ist schließlich ein Leichtgewicht –, doch bevor ich hineinklettern kann, schnappt sie sich ein Paddel und rudert los. Ich entdecke das andere Paddel, das davontreibt, und hole es zurück.

Sie sieht aus, als hätte sie Spaß, paddelt plötzlich allein und wechselt dabei die Seiten. Bei ihr geht das jedoch extrem langsam, weil ihre Muskeln nicht mit meinen vergleichbar sind. Sie hebt nicht einmal Babyhanteln.

„Ich kann durch dein weißes Kleid hindurchsehen!", rufe ich.

Sie erstarrt und schaut an sich herunter. „Oh Mist! Ich könnte genauso gut nackt sein."

Ich nutze die Gelegenheit, um zu ihr zu schwimmen, werfe das zweite Paddel ins Boot und ziehe mich hinein. Dann ziehe ich mein klatschnasses T-Shirt aus und ziehe es ihr an. Was nicht einfach ist, da es nass ist, aber sie hilft mir so gut sie kann. Das Schwarz des Smoking-Aufdrucks verdeckt die wichtigsten Details.

Sie streicht ihr nasses Haar aus den Augen. „Ich sehe lächerlich aus."

„Du hast noch nie schöner ausgesehen." Und ich meine es so. Nicht, dass ich sie jemals gesehen hätte, und sie nicht für schön gehalten hätte.

Ihre Augen werden weich. Ich gehe vor ihr auf die Knie, und sie legt ihre Arme um meinen Hals und presst ihre Lippen auf meine.

Lange Zeit später beendet sie den Kuss. „Siehst du, in welche Art von Zwangslage du mich bringst?", fragt sie und streichelt meine Wange.

„Ein Prost auf viele mehr. Lass uns gemeinsam heiß duschen, um uns aufzuwärmen und ein bisschen zu entspannen." Ich wackele mit meinen Brauen.

Sie lächelt, ihre grünen Augen strahlen. „Wir müssen da drin sehr leise sein."

Ich lehne mich auf meinen Sitz zurück und beginne mit dem Powerrudern. „Ich kann nichts dafür, wenn du laut bist."

„Du machst mich laut."

„Ich gebe einfach, Chloe, ich bin ein Geber. Du musst dich besser unter Kontrolle halten."

Wir grinsen uns für einen funkelnden Moment an, völlig im Einklang, mitten auf einem See an einem sonnigen Tag mit den Vögeln und dem sanften Plätschern des Wassers um unser Boot. Jeder Moment mit Chloe ist fantastisch, aber dieser ist etwas Besonderes. Meine Frau, die ich eben zum zweiten Mal geheiratet habe, ist klatschnass, trägt mein Bräutigam-T-Shirt und lächelt mich an. Meine Brust schmerzt von allem, was ich für diese unglaubliche Frau empfinde.

Sobald ich uns wieder an Land habe, nehme ich ihr Gesicht in meine Hände und küsse sie. „Ich liebe dich, Ehefrau."

„Ich liebe *dich,* Ehemann."

Und dann gehen wir Hand in Hand zurück zum Haus und sehen aus wie zwei begossene Pudel, klatschnass und so glücklich wie man nur sein kann. Vor allem, weil wir beim Saubermachen sehr schmutzig werden, aber auch wegen der Liebe. Immer wegen der Liebe. Sie hat mein Herz, und ich habe ihres. Für immer.

Verpassen Sie nicht das nächste Buch aus der Serie *Abtrün-niger Beschützer*, in dem sich alles um Garrett in einer vorge-täuschten Beziehung mit echter Chemie dreht!

Abtrünniger Beschützer
   Harper
   Alle halten mich für tough und glauben, ich sei hart im Nehmen, weil ich früher im Fernsehen einen weiblichen CEO gespielt habe. Doch das bin ich nicht. Leider hat das seltsame Stalkertypen aus allen Löchern kriechen lassen, weshalb ich schließlich kapituliert habe und einen Bodyguard engagiert habe. Spulen wir ein Stück weiter: Ein Tier von einem Mann mit auffälligen Aquamarinaugen taucht am Set meiner neuen Show auf. Die spontane Lust überrascht mich. Ich spreche von einem Hitzeschub von Kopf bis Fuß, einem flatternden Magen und vibrierenden Nervenenden.

   Das ist ein Problem. Ich habe einen Freund, und das soll eine berufliche Beziehung sein. Ich bin lüstern wie ein Teen-ager, der sich seinem Schwarm gegenübersieht. Und dann bemerke ich, dass es meinem Schwarm gefällt.

Garrett
   Ich besuchte meine Schwägerin am Set, als Harper Ellis mich in ihren Trailer eingeladen hat. Sie ist eine echte Schön-heit. Ein bisschen schüchtern und sehr süß. Wir haben wirk-lich auf einer Wellenlänge gefunkt, also wollte ich den Moment nicht verderben, indem ich zugab, dass ich nicht ihr Bodyguard war.

   Dann taucht ihr echter Bodyguard auf, und ich denke, das ist das Ende. Und es stellt sich auch noch heraus, dass sie einen Freund hat. Doch dann trennen sie sich, und die Konse-quenzen bringen die Leute dazu, Mitleid mit ihr haben (der Typ hat sie sehr öffentlich betrogen) zu müssen. Um ihr Gesicht zu wahren, behauptet sie, dass sie mich gedatet hat.

   Es ist mir egal, ob wir zu PR-Zwecken eine Beziehung

vortäuschen, die Chemie ist real, und ich denke, wir haben eine Zukunft. Bis mir alles um die Ohren fliegt. Jetzt muss ich beweisen, dass wir zusammengehören.

Erhalten Sie die neuesten Nachrichten zuerst in Kylies Newsletter! kyliegilmore.com/DEnewsletter

WEITERE BÜCHER VON KYLIE GILMORE

Romantik von der Leine gelassen Serie << Heiße romantische Komödien mit Hunden!

Fetching – Deutsche Ausgabe (Buch 1)

Dashing – Deutsche Ausgabe (Buch 2)

Sporting – Deutsche Ausgabe(Buch 3)

Toying – Deutsche Ausgabe (Buch 4)

Blazing – Deutsche Ausgabe (Buch 5)

Die Clover Park Serie << Brüder, für die die Familie an erster Stelle steht!

Das Gegenteil von wild (Buch 1)

Daisy schafft alles (Buch 2)

In den Falschen verguckt (Buch 3)

Ein Weihnachtsmann zum Küssen (Buch 4)

Vermieter küsst man nicht (Buch 5)

Nicht mein Romeo (Buch 6)

Bring mich auf Touren (Buch 7)

Clover Park Braut (Buch 7.5)

Gewagte Verlobung (Buch 8)

Retter in der Not (Buch 9)

Eine verführerische Freundschaft (Buch 10)

Ein Geschenk zum Valentinstag (Buch 11)

Raus aus der Tretmühle (Buch 12)

Die Happy End Buchclub Serie << Die Campbell Familie und ein Liebesromanbuchclub prallen aufeinander!

Hollywood Inkognito (Buch 1)

Ärger im Anzug (Buch 2)

Gewagtes Spiel (Buch 3)

Förmliche Vereinbarung (Buch 4)

Wenn der Bad Boy keiner ist (Buch 5)

Ein Störenfried zum Verlieben (Buch 6)

Schicksalsbegegnungen (Buch 7)

Eine Romantische Chance (Buch 8)

Ein sündhafter Flirt (Buch 9)

Ein unbequemer Plan (Buch 10)

Eine Happy End Hochzeit (Buch 11)

Die Rourkes Serie << Prinzen, bei denen man ins Schwärmen gerät, und ebenso fantastische Prinzessinnen

Königlicher Fang (Buch 1)

Königlicher Hottie (Buch 2)

Königlicher Darling (Buch 3)

Königlicher Charmeur (Buch 4)

Königlicher Playboy (Buch 5)

Königlicher Spieler (Buch 6)

Abtrünniger Prinz (Buch 7)

Abtrünniger Gentleman (Buch 8)

Abtrünniges Schlitzohr (Buch 9)

Abtrünniger Engel (Buch 10)

Abtrünniger Fratz (Buch 11)

Abtrünniger Beschützer (Buch 12)

Die Clover Park Charmeure Serie <<<< heiße Geeks!

Beinahe drüber weg (Buch 1)

Beinahe zusammen (Buch 2)

Beinahe Schicksal (Buch 3)

Beinahe verliebt (Buch 4)

Beinahe romantisch (Buch 5)

Beinahe frisch verheiratet (Buch 6)

Sehen Sie sich auf meiner Website die aktuelle Liste meiner Bücher an: https://www.kyliegilmore.com/deutsch/

ÜBER DIE AUTORIN

Kylie Gilmore ist die USA Today Bestsellerautorin der Happy End Buchclub Serie, der Clover Park Serie, der Clover Park Charmeure Serie, der Rourke Serie und Romantik von der Leine gelassen Serie. Sie schreibt unterhaltsame Romanzen, die die LeserInnen zum Lachen und zum Weinen bringen und zu einem Glas Eiswasser greifen lassen.

Kylie lebt mit ihrer Familie, zwei Katzen und einem verrückten Hund in New York. Wenn sie nicht gerade schreibt, Kinder bändigt oder bei Autorenkonferenzen pflichtbewusst Notizen macht, findet man sie beim Stretching – bis ganz nach oben ins oberste Regal, um dort ihren geheimen Schokoladenvorrat zu erreichen.

Melden Sie sich für Kylies Newsletter an, damit Sie keine ihrer Neuerscheinungen verpassen. https://www.kyliegilmore.com/DEnewsletter

Mehr finden Sie auf Kylies Website https://www.kyliegilmore.com